读客

读客外国小说文库

熊猫君激发个人成长

新手死神 4

拯救老爹

[英]特里·普拉切特 著
王 爽 译

HOGFATHER

DISCWORLD:THE DEATH COLLECTION

河南文艺出版社
·郑州·

· 人物表 ·

审计员 宇宙的“官僚”，想要清除有自由意志的生命

圣猪老爹 圣猪节的神灵，类似人类世界的“圣诞老人”

茗时 刺客行会的刺客，总是有异于常人的想法

死神 死亡的具象化神灵。在本书中他化身“圣猪老爹”，在圣猪节给孩子派送礼物

苏珊 人类，死神的外孙女，“遗传”了死神的所有能力

宿醉之神 宿醉的具象化神灵，名叫比利尔斯，也叫“唉神”。他不喝酒，只负责宿醉

每件事情都是从某个地方开始的，虽然很多物理学家对此持有异议。

但是人嘛，其实都隐隐约约对万事的开端抱有疑问。他们不知道扫雪车司机是怎么开始扫雪的，也不知道编纂字典的人该从哪里查单词。但是大家总觉得能够在扭曲、纠结又松散的时空之网中找到一个点，某个比喻意义上的手指会表示：这里，就是这里，这个点就是万事万物的开端……

刺客行会招收了茗时先生，于是某个事情开始了。茗时先生对于事物的看法很与众不同，其中非常不同的一点在于，他把别人都当作物品。（后来道尼爵爷说："他早年失去双亲，我们很同情他。但是现在再想想，我们当初该仔细追究这个情况才是。"）

很早以前，最古老的故事讲来讲去都是和血有关的，但大家把这一点都忘记了。后来人们把关于血的部分剔除，好让孩子们能够接受，其实是让那些不得不给小孩讲故事的大人接受（孩子们总的来说还挺喜欢血的，只要是该流血的人流血就行[1]），然后他们就想，故事后来怎

1　就是说罪有应得的人流血就行。不过也不一定，小孩子都没个准话的。（如无特殊说明，本书注释均为作者原注）

么样了呢？

在更早的时候，某个在最幽深森林深处的最深黑洞穴里的东西想：那些东西是什么？我得看着点……

而在更早、更早的时候，碟形世界才刚刚成形，被巨龟阿图因和四头大象驮着在宇宙各处游荡。

它四处游荡的时候，就好像盲人在遍布蜘蛛网的房子里乱窜一样，搅得满身都是高度专一化的时空线，这些时空线一碰到历史就想在其中衍生下去，结果把历史扩展破坏折腾一番，形成了新的形状。

当然也可能不是这样的。哲学家两趾泰罗将一切交替假设情况总结为："该死，事情总会发生。"

幽冥大学的众高级巫师集体起立看着房门。

关门的那个人肯定是希望门一直关闭，因为有好多块木板被几十个钉子交错钉在门框上。直到今天早上，这扇门都藏在一个大书柜后面。

"这里有个标记，瑞克雷，"院长说，"我觉得你肯定看过了，是吧？这个标记是说'任何情况下都不要打开这扇门'？"

"我当然看过了，"瑞克雷说，"不然你以为我为什么想打开它？"

"呃……为什么？"讲师操着一口近代如尼文问道。

"当然是为了搞清楚为什么要关上啊。"[1]

大学的园丁兼勤杂工矮人莫多拿着撬棍站在旁边，瑞克雷示意他动手。

1　这段对话包含了人类文明的全部要点。至少是包含了那些已经沉入深海、烧成灰烬、永远封印的要点。

“去吧，小子。”

园丁行了个礼：“好嘞，先生。”

在一片分崩离析的木头碎片中，瑞克雷说：“按图纸来看这里该是个浴室。浴室没什么可怕的。众神在上，我可想要个浴室了。我受够了跟你们一起挤淋浴，一点都不卫生，会得病。我爸跟我说过，跟别人一起洗澡，疣子怪就会拎着他的小包缠上你。”

“疣子怪跟牙仙是一类的吗？”院长不无讽刺地问。

“我是负责人，所以我要独立浴室，”瑞克雷坚持道，“就这么决定了。我一定要有一间独立浴室，这是我的圣猪节礼物，明白吗？”

这就是事情开端的问题所在，真的。你不能像对待时间一样对待神秘学领域，因为有时候原因还没有出现，你就已经看到后果了。

很远处忽然传来一阵银铃似的丁零丁零声。

校长发号施令的同时，苏珊·斯托-赫里特正坐在床上点着蜡烛读书。

窗户上结着霜花。

她喜欢晚上读书。孩子们都睡了之后，她就没什么事情了。盖特夫人虽然是给苏珊开工资的人，但可悲的是她完全不敢使唤苏珊干任何事情。

倒不是说工资有多重要，重点在于，要独立，要有一份像样的工作。当家庭教师当然是像样的工作。唯一的问题在于，雇主发现了苏珊是女公爵。当时情况真的很尴尬，都要怪盖特夫人那本书，那是一本很薄的书，里面写着很大的手写体字，书的硬壳封面晃荡着快掉了。盖特夫妇差点要对苏珊行屈膝礼，苏珊赶紧拦住了。

烛光闪了一下，苏珊转过头。

蜡烛的火焰几乎变成水平状，仿佛被风吹动了一样。

她抬起头，窗帘翻滚不已，窗户——

——咣当一声自己开了。

但是没有风。

至少在这个世界里没有风。

她脑海中出现一幅图景：一个红色的球……雪的气味……然后这些东西消失，取而代之的是……

“牙？”苏珊大声说，“又是牙？”

她眨眨眼睛。当她再次睁开眼睛的时候，窗户如她所料的一样，紧紧地关上了。窗帘安静地垂着。蜡烛的火焰若无其事地竖着。唉，真是的，又来了。没完没了啊。明明一切顺利来着……

“嘟珊？”

她抬起头。门开了，一个小孩子穿着睡衣光脚站在那儿。

她叹了口气：“怎么了，泰拉？”

“我怕地下室的内个怪物，嘟珊。它要吃了我。”

苏珊合上书，警告地竖起一根手指。

“泰拉，关于装可爱，我怎么说来着？”她说。

小女孩回答：“你说，不准装可爱。你说过故意咬字不清该被绞死，还说我这样说话只是为了引人注意。”

“很好。那么这一次是什么怪物？”

“很大，有很多毛，还有内个——”

苏珊竖起一根手指警告道：“嗯？”

“——还有八只胳膊。”泰拉赶紧纠正。

“什么，又是它？很好。”

她下床穿上睡袍。泰拉在看着她，小姑娘表现得非常冷静。它们又回来了——不是说地下室的怪物。怪物真是见惯不怪了。但是她现在觉得自己似乎是在回忆未来的情景。

她摇摇头。不管你跑多远，最终还是会被自己抓住。

但是怪物就简单多了，她知道怎么对付怪物。她捡起儿童房里的拨火棍下了楼，泰拉跟在她身后。

盖特夫妇正在开晚宴，模模糊糊的声音从餐厅传来。

她爬过去的时候，门忽然开了，黄色的光线透出来，有人说："哈，老天，这儿有个穿睡衣的小妞，还拿了个棍儿！"

她在一片光亮中看到几个人影，然后看清了盖特夫人那张焦虑的脸。

"苏珊？呃……你在干什么？"

苏珊看了看拨火棍，又看了看女主人："泰拉说她害怕地下室的怪物，盖特夫人。"

"你要拿棍子去打怪物？"某个客人说道。周围有股很浓的白兰地和雪茄味。

"是的。"苏珊回答。

"苏珊是我们的家庭教师，"盖特夫人说，"嗯……我跟各位说过。"

餐厅里众人的脸色一变，大家露出愉快而尊敬的样子。

"她可以用拨火棍打败怪物？"有人问。

"真是个好主意啊，"另一个人说，"小孩总担心地下室有怪物，你拿个棍子进去乒乒乓乓一顿折腾，孩子听了就觉得怪物跑了。好主意啊。这姑娘真聪明，真现代。"

"是这样的吗，苏珊？"盖特夫人十分不安地问。

"是的，盖特夫人。"苏珊很听话地回答。

"空眼爱奥在上，我可得认真看看！小妞揍怪物可不是每天都能看到的。"夫人身后的一个人说。接着传来一阵丝绸摩擦的声音，雪茄烟雾腾起，与此同时前来赴宴的人纷纷从餐厅里跑出来。

苏珊叹了口气，沿着楼梯走下地窖，泰拉一本正经地坐在楼梯顶端，双手抱着膝盖。

门打开又关上。

一阵短暂的沉默，接着又是一阵骇人的尖叫。一个女人吓晕了，还有个男的吓得烟卷都掉了。

“别担心，没事的，”泰拉冷静地说，“苏珊能打赢。一切都会恢复正常。”

地窖里一阵乒乒乓乓的声音，然后是呼呼呼的声响，最后好像是冒泡的声音。

苏珊打开门，拨火棍弯成了直角。众人紧张地欢呼起来。

“干得好，”其中一人说，“逻辑想象非常丰富。还把拨火棍弄弯，真是太聪明了。小姑娘，现在你不怕了吧？”

“不怕了。”泰拉回答。

“逻辑想象非常、非常丰富。”

“苏珊说不要怕，要愤怒。”泰拉说。

“呃，谢谢你，苏珊。”盖特夫人已经吓得抖成一团了，“还有，呃，杰弗里爵士，现在我们回客厅——我是说，回画室吧——”

于是他们回大厅继续开宴会。关门之前，苏珊听见的最后一句话是：“特别有说服力，她居然把拨火棍弯成那样——”

她等了一会儿。

“他们都走了吗，泰拉？”

“都走了，苏珊。”

“很好。”苏珊回到地窖里，把一个长着八条腿的长毛大家伙拖出来。她拖着这玩意儿爬上楼梯，又顺着走廊来到后院，然后一脚把它踢出去。天亮前这东西就会蒸发殆尽。

“我们就是这样对付怪物的。”她说。

泰拉认真看着。

“现在你该睡觉了，小姑娘。”苏珊说着拉起泰拉。

“今晚我能把那个拨火棍拿到我屋里吗？”

“可以。”

苏珊把她抱上楼的时候，小姑娘睡意蒙眬地说：“它只杀死怪物，对不对？”

“对，”苏珊回答，“杀死各种怪物。”

泰拉的床在她哥哥的床旁边，苏珊把她放回床上，然后把拨火棍靠在玩具柜旁边。

拨火棍是某种常见金属做成的，有个黄铜把手。苏珊觉得自己很想用这棍子痛揍前任家庭教师一顿。

“晚安。”

“晚安。”

她也回到自己的小卧室睡了，临睡前还不忘怀疑地盯着窗帘。

当然，她可以说刚才是眼花了，但是那样安慰自己真的很愚蠢。不过她已经差不多当了两年普通人了，在现实世界里认真生活着，不再回忆未来什么的……

也许她只是做梦吧（但梦也有可能是真的）。

蜡烛上有一条长长的烛泪，说明刚才确实吹风了，苏珊硬是假装没看见。

就在苏珊努力睡着的时候，道尼爵爷正在书房里处理文件。

道尼爵爷是一位刺客。或者，准确来说，道尼爵爷乃是**刺客**——加粗体很重要。他绝不是那种谋财害命的小杂鱼，他是一位绅士，偶尔为其他绅士提供咨询服务，并收取费用，剔除深埋在生活这块棉花糖中的瘆人小刀片。

刺客行会的成员皆认为自己是文明人，喜好音乐、美食和文学。

他们深谙人命的价值。大部分情况下，他们可以将人命的价值精确到一毫一厘。

道尼爵爷的书房镶着橡木护壁板，还铺着厚厚的地毯。书房里的家具很旧也挺破了，但那种破和旧的韵味只有上等好家具小心翼翼地用上好几百年才能体现出来。这些是酿制成熟的家具。

炉火在壁炉里烧着。壁炉前面有几条狗横七竖八地趴着睡觉，看起来和普通长毛大狗没什么两样。

除了偶尔狗打个喷嚏或者木头爆个火星以外，屋里一片安静，只有道尼爵爷在纸上写写画画的声音，还有门口那个高座钟的嘀哒声……这些是非常细微也很私人的声响，旨在强调安静。

至少，在某人清嗓子之前是挺安静的。

这声音很明显不是为了清除一点点烦人的饼干渣，而是尽可能礼貌地强调嗓子本身的存在。

道尼停下笔，却没有抬头。

然后，仿佛是经过了一番考量之后，他以公事公办的语气说道："门锁着。窗户安了栅栏。狗看起来没醒。地板没有咯吱响。其他我没提到的东西你都绕过了。那么可能性就减少了很多。我认为你不是鬼魂，神灵来访没这么礼貌。你有可能是死神，不过我觉得他不会如此和蔼，再说我感觉很健康。嗯！"

有个东西浮现在他书桌上空。

"我的牙很好，所以你也不会是牙仙。我睡前总喜欢喝点高度白兰地，所以也不需要睡魔。我唱歌也不跑调，所以不太可能招惹到麻烦老头[1]。嗯。"

---

1 碟形世界的一个疯疯癫癫的神灵。如果有人唱歌五音不全，麻烦老头就会上门找他麻烦。——译者注（摘自碟形世界维基百科）

那东西飘近了些。

“地精可以走老鼠洞，而我布置了捕鼠夹。”道尼继续说，“吓人怪可以穿墙，不过很不愿意现形。说真的，我猜不出来了。嗯？”

他抬起头。

一件灰袍子飘在空中。袍子呈现出人形，可见是有人穿着，但是穿袍子的那个人是隐形的。

道尼顿时觉得一阵急躁，那东西居然是隐形的，物理意义上根本不存在。

“晚上好。”他说。

袍子也说：晚上好，道尼爵爷。

这些词直接出现在他的脑海中，他的耳朵其实是没有听见的。

但是大惊小怪可当不上刺客行会的会长。再说了，这东西一点都不可怕。它只是无聊至极而已，道尼心想。如果单调乏味能够实体化的话，多半就是这么个形状了。

“你看起来像是个精灵鬼怪。”他说。

此时不必讨论我们的本质，这声音进入了道尼的脑海，我们要交给你一个任务。

“你们想殁了某人？”道尼问。

终止某人。

道尼想了想，这倒是一点都不出乎意料，而且也有先例。任何人都可以来找行会办事。以前有几个僵尸光顾，希望行会能摆平当初杀死他们的人。事实上道尼爵爷认为行会最大限度地实践了平等原则。要找行会办事，你无需智力超群、权势显赫，也不需要美貌过人或魅力无边，你只要给钱就行了。钱和别的东西不同，任何人都可以用钱。当然，穷人除外，毕竟有些人是真心没救。

“终止……”这个说法挺奇怪的。

我们可以——它开始谈价。

价格会反映出任务的难度。

“我们的费用是——”

报酬是三百万元。

道尼一惊，这个价格可比行会有史以来的最高报酬还要高四倍。那次最高收费是家庭套餐价，还包括几个过夜的客人。

“我估计你们的要求是不准多问？”道尼想要拖延一点时间。

我们不会回答。

“这个报酬是否说明任务很困难？客户有重兵把守？”

没有任何守卫。但一切常规武器都无法将其删除。

道尼点头。这倒不是大问题，他暗想。多年来，行会收集了很多非常规武器。删除？又是一个很奇怪的说法……

“我们想知道雇主是何人。”他说。

你们确实会有这样的想法。

“我是说，我们需要知道你的名字，或者你们的名字。当然，我们会严守客户保密准则。但是有些内容必须记录在案。”

你就把我们当作……审计员吧。

“是吗？你们审计什么？”

一切。

“我们还需要进一步了解你们。”

我们是有三百万元的人。

道尼不喜欢这个说法，但是他明白了，三百万元可以买很多个闭嘴。

于是他说：“是吗？但考虑到，你们是新客户，我们希望提前付款。”

没问题。金子已经在你们的金库里了。

“你是说，金子将很快存入我们的金库吧。”道尼说。

不。金子一直就在你们的金库里。我们知道，因为那金子是我们放进去的。

道尼盯着那个空空的袍子，过了片刻，他拿起通话筒，与此同时眼睛依然盯着那袍子。

他吹了声口哨说："胜维欧先生吗？很好。告诉我，我们此时金库里存了多少钱？说个大概就行，精确到百万就行。"他拿着通话筒贴在耳旁等了一会儿，然后又说："配合一下，去点个数，好吗？"

他挂断了通话筒，手平放在桌上。

"还要等一会儿，我可以为你们倒杯饮料吗？"他说。

是的，我们认为可以。

道尼松了口气，起身走到他的大饮料柜旁。昂贵的酒架上摆着行会的好酒，上面还有几个贴着标签的醒酒器，分别是姆朗、子松杜、特尔波、忌士威[1]。他抬着手想了一会儿。

"你们想喝什么？"他很好奇审计员的嘴在哪里。他手在醒酒器上徘徊了一会儿，最终停留在标着"药毒"、字样最小的那个瓶子上。

我们不喝。

"但是你们刚才说，认为可以……"

没错，我们认为你能够完成倒饮料的动作。

"啊……"道尼的手在威士忌瓶子上停留了片刻，接着想到了更好的点子。这时候通话筒里忽然传出口哨声。

"喂，胜维欧先生？是吗？真的？我经常在沙发垫子底下找到零钱，真奇怪它居然……不，不，我不是……对，我是有充分理由……不，不是要责怪你任何……不，我看不出有任何……对，去休息吧，

1 出身高贵的人觉得酒倒进醒酒器，然后把酒的名字倒过来写在标签上，仆人就认不出来了。这个想法可悲又可叹。事实上，纵观历史，政治嗅觉敏锐的管家都知道，威士忌里加尿雇主都发现不了。

说得好。谢谢。”

他再次挂断通话筒。那袍子没动。

“我们需要知道时间、地点，当然还有人物。”他说完后等了片刻。

袍子点点头：地点不在任何地图上。我们需要一周之内完成此次任务，这点极其重要。至于人物……

一幅画飘到道尼的桌子上，他脑海中出现这样的句子：我们就把他称为胖子吧。

“你在开玩笑吧？”道尼说。

我们不开玩笑。

对，不开玩笑，是吧。道尼一边想着一边用手指头敲着桌子。

“很多人都说此人……不存在。”他说。

他肯定存在。不然你怎么认得出他的画像？很多事情都和他息息相关。

“嗯，对，某种意义上确实存在……”

某种意义上来说万事万物都存在。终止存在才让我们置身于此。

“要找到他可能有点困难。”

街上随便哪个人类都能告诉你他的住址。

“对，是啊。”道尼说。为什么要叫“人类”呢？这说法好奇怪。“但是，如你所说，这个地址不在地图上。而且，他……胖子怎么可能被殁了呢？难道请他喝杯下了毒的雪利酒？”

袍子没脸，所以没能笑出来。

你误会了雇佣关系的本质。它在道尼的脑海中说。

道尼对此很是不屑，刺客不是被雇用的，他们会被卷入、被拘禁、被委托，但绝不会被雇用。仆人才是被雇用的。

“具体来说，我误会了什么？”他问道。

我们付钱。你们干活。

那件斗篷逐渐消失了。

“我怎么联系你们？”道尼问。

我们会联系你。我们知道你。我们知道每一个人的位置。

那身影消失了。与此同时，门突然开了，行会财务胜维欧先生心烦意乱地冲进来。

“请原谅，大人，不过我必须上来一趟！”他往桌上丢了些东西，“看这个！”

道尼小心地捡起一个圆形金币，它看起来就像个小硬币，但是——

“没有面额！”胜维欧说，“没有头像，没有背面图案，没有轧边！就是个圆片！就只是圆片！”

道尼说：“没有价值？”此时他意识到自己内心希望这些圆片不值钱。如果对方，不管对方是谁，他们用不值钱的金属付费，那么合约也就无效了。但是他觉得事实很可能并非如此。刺客首先要学会认钱。

“纯金的，空白圆片。”他说。

胜维欧默默点头。

“真的很不错。”道尼说。

“一定是魔法的！”胜维欧说，“我们从来没有接受过魔法钱币。”

道尼把硬币往桌上扔了几次。硬币发出动人的叮当声。那不是魔法钱币。魔法钱币看起来像真的，因为它唯一的目的就是骗人。但是这些钱不是那种以次充好的假货币。这些是金子，金子在他指尖窃窃私语：收不收下就看你了。

道尼坐在那里默默思考，胜维欧焦虑地站在一旁。

“收着吧。”他说。

“但是——”

“谢谢你，胜维欧先生。我决定了。”道尼看着半空中，过了一会儿他忽然笑着说：“茗时先生还在吗？”

胜维欧后退几步僵硬地说：“我还以为委员会已经决定将他除名了，上次的委托之后——”

“茗时先生对待世界的方式太与众不同。”道尼拿起书桌上那幅画认真看着。

“确实，据我所知他就是这样的。”

“请叫他上来。”

刺客行会吸引了各种各样的人，道尼心想。他不禁开始思考胜维欧当初是为什么来的。很难想象胜维欧去捅人家心窝子，哪怕是因为捅别的地方会让钱包沾上血，他也绝不会去捅人。但是茗时先生呢……

这个问题在于，行会一般会接收小男孩，在给予他们良好教育的同时，顺便教他们杀人——要干净利落，不带个人感情，要为了钱，或者为了社会利益，至少也是为了社会上部分有钱人的利益，再说了，社会上有别的部分吗？

但是有时候你会遇到茗时先生这样的人，对他来说钱只是身外之物。茗时先生非常聪慧，但那种聪慧有如破裂的镜子，充满切面和彩虹，但终究是破的。

茗时先生喜欢独自行动，也喜欢和别人一起玩。

道尼爵爷暗地里决定应尽快找个时间让茗时先生遭遇事故。然而就像很多毫无道德的人一样，道尼爵爷有他自己的规则，而且茗时打败了他。刺客这一行是谨慎的游戏，通常是懂规则的人一起玩，至少是和那些请得起内行的人一起玩，干净利落地杀人会带来巨大的满足感。手法拖泥带水是不可容忍的，那样会有人说闲话。

另一方面，茗时的思想相当扭曲，特别适合做这种工作。如果他没有……嗯，那件事也不是道尼的错，对吧？

他继续做了一会儿文件工作。工作实在多得令人惊讶，但是终究得做。虽然文件不是刺客，但是……

有人敲门。道尼把文件放到一旁，自己坐好。

“进来吧，茗时先生。”他说。让别人对你怀有少许敬畏之情总没错。

开门的是行会的一个仆人，小心地端着茶盘。

“啊，卡特，”道尼爵爷一本正经地说，“放在那边就好。”

“好的，先生。”卡特说完转身点头，“抱歉，先生，我这就去再拿一个杯子，先生。”

“什么？”

“你有个客人，先生。”

“客人？哦，茗时先生——”

他忽然闭嘴，转过身。

壁炉前面的地毯上有个年轻人正在逗狗玩。

“茗时先生！”

“是‘米——英——斯——希’，先生。”茗时有些不高兴，“所有人都乱读。”

“你怎么进来的？”

“就那么进来的，先生。只是最后一段路稍微有一点点烧伤。”

地毯上有一些炭灰。道尼想起自己确实听到炭灰落下来，不过炭灰掉落不算反常。没有人可以从烟囱下来，烟道顶部安装了很坚固沉重的栅栏。

“但是旧图书馆后面有个嵌入式壁炉，”茗时仿佛看穿了他的想法，“和烟道连通，就在酒吧下面。很容易走过来，先生。”

“很容易……”

“是啊，先生。”

道尼点头。旧房子到处都是封闭的烟道，比蜂巢还复杂，这一点你必须从小记住，但是后来就忘了，道尼对自己说。另外，让人敬畏自己是要付出代价的。这一条他也忘了。

“狗很喜欢你。”他说。

“我一向跟动物合得来，先生。”

茗时看起来很年轻，神情开朗友好。至少是整天都笑着，只是效果有些偏差。因为他只有一只眼睛。另一只眼睛在一场实情不明的事故中瞎掉了，它的位置由玻璃球取代。结果整个看起来很错乱。更让道尼爵爷心烦的是另外那只眼睛，那只眼睛勉强可称为正常，但他从未见过这么小这么锐利的瞳孔。茗时仿佛是通过一个针孔看世界。

他发现自己又绕回到书桌背后。茗时就是这样，如果有个东西能把他隔开你会安心不少。

“你喜欢动物，是吗？”他说，“我听说你把乔治爵士的狗钉在天花板上了。”

“我工作的时候不能让它乱叫，先生。”

“一般人会给它下药。”

“哦，”茗时似乎是想了一下，然后他仿佛豁然开朗，“不过我还是完成委托了，先生。这点是不容置疑的，先生。我严守教程，用一面镜子检查了乔治爵士的呼吸。都写在报告里了。”

“对，没错。”很显然茗时的脑子和身体间隔了好几尺远，而麻烦之处在于这人自己还浑然不觉。

“嗯……那些仆人……？”道尼说。

“不能让他们捣乱，先生。”

道尼点头，他似乎是被那只玻璃眼睛和针孔眼睛催眠了。对啊，你不能让他们来捣乱。刺客可能会遇到十分专业的对手，有时候对方甚至是自己的同窗。但是不小心在那个时候进入房间的老人和女仆……

道尼必须承认，没有这方面的明文规定，但是长久以来行会自有一套原则，每个成员都必须干净利落地完成工作，走之前要打扫干净，而且要关好门。伤及无辜严重违背了公序良俗，彻底违反了礼仪。实际影响更是严重百倍。这是坏品位，然而并没有明文规定……

“没问题吧，先生？”茗时似乎有些焦急。

“这个……不怎么高雅。”道尼说。

“啊。谢谢，先生。只要做对了我就高兴。我时刻谨记规则。”

道尼深吸一口气。

“我有一件事想跟你谈谈。”他拿起桌上那幅画。那个东西把他叫作什么来着？……胖子？

“如果你感兴趣的话，能否殁了这个……这位绅士？”

他知道，除了茗时，任何人都会爆笑。那些人会说“先生，你开玩笑吧”，而茗时只是低下头好奇地看了一会儿。

“很难，先生。”

“是啊。”道尼表示同意。

“我需要一些时间做准备，先生。”茗时又说。

“当然，还有——”

忽然有人敲门，接着卡特拿着另一只杯子和碟子进来。他朝着道尼爵爷点头致敬，然后又轻手轻脚地出去了。

“好的，先生。”茗时说。

“什么？”道尼一时有些分神。

“我想到计划了，先生。”茗时耐心地说。

“想到了？”

“是的，先生。”

“这么快？”

“是的，先生。”

“我的神哪。”

“先生，你也知道，行会鼓励我们思考各种假设问题。”

“是啊。那是宝贵的经验——”道尼不说了，他十分惊讶。

“你是说，你真的花时间认真思考过怎么殁了圣猪老爹？”他轻声说，“你真的认认真真想过怎么殁了他？你业余时间真的在思考这个问题？”

“是的，先生。还有灵魂蛋糕鸭[1]、睡魔、死神。”

道尼眨眨眼睛：“你真的花时间思考——”

“是的，先生。我整理了一些非常有趣的文件。当然，都是业余时间做的。”

“我必须仔细确认，茗时先生。你……专心研究了……如何杀死死神？”

“只是一点小爱好，先生。”

“对，爱好，对。我是说，我以前也收集蝴蝶标本，”道尼想起自己当年刚开始疯狂喜欢上毒药和针的时候，“但是——”

“先生，事实上，基本操作方法和对待人类并无不同。机会、地势、技术……你首先搞清楚自己掌握了对方的哪些情况。当然，这一位我们都很了解。”

“总之你都想好了，对吧？”道尼很是热情。

“很早就想过了，先生。”

“我问一句，什么时候？”

“应该是某个圣猪节，我躺在床上的时候想到的，先生。”

我的天啊，道尼心想，我当时可能才刚刚习惯了等待雪橇铃声。

1　灵魂蛋糕鸭是灵魂蛋糕周二的代表性动物，其重要性相当于复活节的兔子。灵魂蛋糕周二是鸭子狩猎季节的开始，在灵魂蛋糕周二被猎到的第一只鸭子被视为无比幸运的东西。当然，这份幸运不是针对鸭子自身而言的。——译者注（摘自碟形世界维基百科）

“哎呀。”道尼说。

“我需要检查一些细节，先生。如果能进入黑暗图书馆查些资料就再好不过了。不过大体上我已经有计划了。”

“不过这个人……有些人认为，严格来说，他是长生不老的。”

“每个人都有弱点，先生。”

“包括死神？”

“呃，是啊。肯定的。每个人都是。”

“真的？”

道尼在桌子上敲着手指。这小子不可能真的制定好了计划，他暗想。当然，茗时思想扭曲——何止扭曲，简直就是个麻花——然而胖子又不是某个住在高楼大厦里的目标。一定要说的话，是有人要陷害道尼倒更合理。

道尼忽然有点开心。茗时会失败，如果计划太烂，他大概会失败而死。行会可能会损失一些金子，但也可能毫无损失。

“非常好，”他说，“我就不问你计划的具体内容了。”

“那就好，先生。”

“什么意思？”

“因为我不打算告诉你，先生。因为你肯定不会同意。”

“茗时，你这么有信心，我真的很惊讶。”

“我只是逻辑周密地思考问题，先生。”这小子居然还有些责怪的语气。

“逻辑周密？”道尼说。

“我想我只是看问题的方式与众不同。”茗时说。

对苏珊来说，这一天很平静，只不过在去往公园的路上，高文踩到了人行道上的一个裂缝。是故意踩的。

前任家庭教师以轻松愉快的方式给孩子们讲过不少恐怖的事情，其中一件是这样的：如果你踩到裂缝，藏在街上的熊就会跳出来把你吃掉。

苏珊在那件一本正经的外套下面藏了根拨火棍，只需用力一挥熊就会被吓退。它们都很奇怪居然有人能看见自己。

“高文？”苏珊看到了一只紧张兮兮的熊，那熊也看到了苏珊，正想若无其事地退回去。

“怎么了？”

“你故意踩在那个裂缝上，这样我就不得不去痛殴那个可怜的怪物，但其实它根本没犯什么大错，只不过是想把你的胳膊和腿一条一条扯下来而已。”

“我就跳了一下——”

“够了。乖小孩不会那样跳来跳去，除非是吃错了药。”

高文朝她笑了笑。

“再让我发现你捣乱，我就把你的胳膊扭到脑袋后面去。”苏珊冷淡地说。

高文点点头，去帮泰拉推秋千了。

苏珊松了口气。根据她个人经验，这种滑稽的恐吓不会让孩子们害怕，但是能让他们听话。对那些想象力出奇的孩子尤其奏效。

前任家庭教师很会利用怪兽和吓人怪管教孩子。世界上充满了怪物，每次哪个小男孩小女孩故意结巴或者非要用左手写字的时候，就会被它们吃掉。哪个小女孩吃手，剪刀怪就会来剪掉她的指头。吓人怪则一直住在地窖里。总之童年的天真烂漫就是由这些元素构成的。

尽管苏珊再三教导他们不要相信这些东西，结果却总是适得其反。

泰拉开始尿床。可能这也算是一种简单的防御措施吧，因为她坚信自己床底下住着一只有利爪的怪物。

第一天晚上，苏珊发现了那怪物。当时泰拉哭着醒来，说柜子里有吓人怪。

她只好叹着气去看个究竟。那晚她真的火冒三丈，直接把那个怪物拖出来，用儿童室的拨火棍狠狠抽它的脑袋，打得它肩膀脱臼以示警告，最后从后门一脚踢出去。

孩子们都不信有怪物，因为说实话，他们心里都清楚怪物真实存在。不过苏珊发现，孩子们十分信赖拨火棍。

眼下她正坐在公园长凳上看书。她主张每天都把孩子带出去，到某个能找到同龄小孩的地方去。苏珊认为，如果小孩在运动场上充分消耗了精力，成年人的生活也就没那么艰难了。再说，小孩子玩闹的声音也是很动听的，只要你距离够远别听清楚他们到底在说什么就行。

稍后有课要上。现在孩子们学得好多了，她已经不必再念“弹跳球和小狗斑斑”那本书了。她还把高文送去了塔克提库斯将军的军事训练营，那个训练营残忍程度适中，但对于儿童来说难度太大，这点很重要。其结果就是高文的词汇量每周倍增，他甚至学会了在日常对话中使用“取出内脏”这种词。总而言之一句话，教小孩当小孩有什么意义？小孩天生就会当小孩啊。

苏珊虽然有点吓人，但是和孩子们相处得很好。她怀疑自己吓人这部分特征是家族遗传的。同时也在想自己是否注定要一生从事家庭教师职业，毕竟她的头发自己就会乖乖地挽成小圆髻。

这都要怪她父母。他们倒也不是故意的。至少，苏珊满怀善意地认为他们不是故意的。

他们想要保护她，想让她远离另外一边的世界，远离世人所谓的神秘世界……呃，简单来说就是远离她外祖父。苏珊觉得，这么做的结果就是让她的生活变得有些纠结。

当然，父母的工作就是让子女纠结。这世界本就充满了急转弯，要是他们不让你纠结一下，你就适应不了世界。再说苏珊的父母其实谨慎又善良，给了她一个良好的家庭，还让她受教育。

苏珊受的教育很好。不过后来苏珊才意识到，那个其实是教育中的……呃，教育中的教育。也就是说，如果有人需要计算圆锥体的体积，就该去联系苏珊·斯托-赫里特。有人忘了塔克提库斯将军训练营的教诲，或忘了27.4的平方根，苏珊也绝不会忘。如果你需要一个能用五种语言罗列家居物品和日用商品的人，苏珊比任何人都厉害。教育是挺简单的。

学习才困难。

教育有点像可传染的性病。它会害得你不能胜任很多工作，你真的很想摆脱它。

于是苏珊成了家庭教师。这是知书达理的女性能够胜任的少数工作之一。她干得很好。不过她发誓，要是自己在房顶上跟扫烟囱的人跳舞，她一定要用自己的雨伞把自己打死。[1]

喝完茶之后，她会给孩子们读一个故事，他们喜欢故事。书里的那个故事很吓人，苏珊讲出来的版本却很受欢迎。她边读边改编。

“……然后杰克砍倒了豆茎。这样一来，除了此前提到的盗窃、教唆、非法入侵等罪名外，他还犯下了谋杀罪，而且还破坏了生态，但是杰克逃脱了惩罚，快乐地生活了下去，对于自己的所作所为没有丝毫悔恨。这说明，只要你是英雄，做什么都是对的，因为没有人会问麻烦的问题。好了，”她啪的一声合上书，“该睡觉了。”

前任家庭教师曾教孩子们睡前祈祷。祈祷词中包括万一他们在睡梦中死去的话希望某位神带走他们的灵魂，如果苏珊理解得没错的话，

1 此处是指迪士尼1964年出品的著名电影《欢乐满人间》。主角玛丽·波平斯和苏珊一样是一位家庭教师，她拿着一把雨伞，会四处飞行。电影改编自澳大利亚小说家P. L. Travers的儿童小说《随风而来的玛丽·波平斯阿姨》。——译者注

他们似乎觉得这是件好事。

苏珊下定决心，总有一天要收拾那个女人。

泰拉盖着毯子说："苏珊。"

"什么？"

"你还记得上周我们给圣猪老爹写信的事吗？"

"怎么了？"

"就是……在公园的时候，瑞秋说圣猪老爹不存在，是爸爸装的。而且所有人都说她是对的。"

另一张床上传来窸窸窣窣的声音，泰拉的弟弟翻个身偷偷听着。

唉，天啊，苏珊心想，她真希望能避过这个话题。这事又跟灵糕节鸭子那次一样了。

"只要得到礼物，是谁都没差别吧？"她挺贪心地说。

"是哦。"

唉，天啊，天啊。苏珊在床边坐下，真不知道自己怎么才能说完这个话题。她拍了拍泰拉露在外面的那只手。

"这么说吧，"她精神意义上地深吸一口气，"总而言之，人都是愚钝荒诞的……就算放宽标准，人的注意力也极其有限，和飓风里的小鸡仔相当，而调查能力则和一条腿的蟑螂差不多……总而言之，人都愚蠢而且轻信他人，非常可悲地依赖着确定性的庇护。总的来说，人和真实物理宇宙之间的距离有如牡蛎与登山运动……是的，泰拉，圣猪老爹是存在的。"

毯子下面一阵安静，但苏珊感觉到自己这番话的语气起到了作用。词语本身没有意义，诚如她外祖父所言，起作用的全然是人性。

"安。"

"晚安。"苏珊说。

那地方根本不算个酒吧，只是个房间而已。有些人在里头边喝酒边等生意伙伴。生意的内容通常包括：物品所有权易主。不过哪门生意没有这个内容呢？

五个生意人坐在桌边，桌上摆了个碟子，里头点着根蜡烛，还有一个打开了的瓶子放在五个人之间。他们很小心地让瓶子远离烛火。

“六点过了。”一个大块头说道。此人满头脏辫，山羊都能住在他的胡子里了。“钟都敲过老半天了。他不会来了。我们走。”

“坐下，好吗？刺客总是迟到。这是风格，好吗？”

“那人是个疯子。”

“他天赋异禀。”

“有什么区别。”

“一大口袋钱的区别。”

这三个人都没说话，只是互相看着。

“什么？你从没说过他是个刺客。”铁丝网说，“他一直都没说那人是个刺客，对吧，班卓？”

一阵遥远雷鸣般的声音滚过，那是班卓·莉莉白在清嗓子。

“志哈，”声音仿佛是从山头上传来的，“你志没说。”

另外几个人等着轰轰的尾音散去。班卓这人连声音都是如此庞大。

“他是——”第一个说话的人意义不明地挥挥手，他想表达这么个意思：有一种人，就好比食物篮，加折叠椅子，加桌布，加整套炊具，加一大群蚂蚁，但就是没有野餐——“是疯子。而且眼睛很古怪。”

“就是玻璃而已吧？”叫猫眼的那个人一边说，一边叫服务员再上四杯啤酒和一杯牛奶，“他给我们每人拿了一万元，我才不管他长了个什么眼睛呢。”

“我听说他的眼睛是特殊材料做的，就是用来做算命水晶球的那种。可不是随便什么玻璃。他是透过水晶球看你的。”最先说话的那人说道。他的名字叫桃子，但谁也不知道他为什么叫这个名儿[1]。

猫眼叹了口气。这位茗时先生显然有点古怪，绝对古怪。但是所有的刺客都挺奇怪的。挣钱多的人都奇怪。很多刺客有自己的线人和锁匠，严格来说这种做法违反了规定，但是如今各处标准都在下滑，你说是吧？通常来说刺客们都是事后给钱，而且给得很吝啬，这还是他们心情好的时候。而茗时却挺大方。诚然，你跟他说上几分钟话之后，眼睛就开始流泪，而且忍不住想把皮肤内侧都清洗一遍，但是人无完人嘛。

桃子俯身向前说道：“话说，我怀疑他其实已经在这里了。乔装改扮了一番，正在嘲笑我们。哼，如果他真的敢嘲笑我们——”他说着把手指关节掰得咔咔响。

五人中的最后一个，中戴夫·莉莉白看了看周围。在这间低矮昏暗的屋子里确实还有其他几个人，大部分都穿着袍子戴着大兜帽。他们都分散地坐在角落里，兜帽遮住了脸。所有人看起来都不怎么友善。

“别瞎想了，桃子。”猫眼低声说。

“他们不就特别擅长这个吗，”桃子还坚持自己的意见，“他们都是伪装大师。”

“那只眼睛也能伪装？”

“坐在那边火炉旁的人戴了个眼罩。”戴夫[2]说。他话很少，但是观察得仔细。

另外几个人都转头去看。

“他会等到我们都放松警惕了，然后哈哈大笑。”桃子说。

“笑一下也不会死人，又不是为了谋财害命。”猫眼说。但是他

1 通常来说你不会问桃子任何问题。问的话，一般是这种：如、如、如果我把身上所有的钱都给你，你能别打断我的另一条腿吗？求你了。

2 “戴夫”是“中戴夫”的昵称。——编者注

的声音里也有些许的怀疑。他们都看着那个戴兜帽的人。那人也盯着他们。

如果要说这五个人是干什么营生的，他们大概会回答“干点这个干点那个”或者“尽我所能吧”，班卓多半会说：“啥？”以一个冷漠社会的标准来说，这群人都是罪犯，不过他们自己不这么认为，当然他们也不懂“穷凶极恶”之类的词。他们的工作就是把各种东西搬来搬去。有时候东西和铁门的相对位置不太对，或者东西放在错误的房子里。有时候所谓的东西其实是人，就是说某人实在太无足轻重不值得叨扰刺客行会，可是此人所在的位置又很不理想，所以最好还是挪个窝，比如挪到海床上的某个地方[1]。这五个人不属于任何正式行会，他们的客户大都不愿麻烦各家行会，个中原因有时候不便言说，有时候是因为客户本来就是行会成员。他们工作繁忙，总有东西需要从甲地搬运到乙地，有时候还需要搬运到丙地的深处。

服务员把啤酒端上来，桃子说：“随时警惕啊。”

班卓清了清嗓子。这说明他的某个想法忽然驾到。

“我有点不懂哈，”他说，“就是说……”

“咋的？”他兄弟问[2]。

“我有点不懂啊，这地儿啥时候有服务员了？”

“晚上好。”茗时说着放下托盘。

大家沉默地看着他。

1 “铁丝网”这个名字来源于他对“混凝土裹脚式弃置废物”这门科学技术的独到贡献。以前，类似的弃置过程有个很大的缺陷——客户的某些零件很容易不小心脱落，然后漂到水面上，在普通大众中造成轰动。铁丝网指出，只要大量使用铁丝网就能解决这一难题，而且使用铁丝网也不会影响螃蟹和鱼类进行重要的循环清理工作。

2 安卡-摩波的黑社会规模极大，与之相比白道社会就像一个很小的母鸡想要照看一大群鸵鸟。在安卡-摩波的黑道中，有大戴夫、胖戴夫、疯戴夫、小小戴维、瘦子戴。大家各有各的生意。

他露出友善的微笑。

桃子的大手往桌上狠狠一拍。

“你偷偷监视我们，你个——”他发火了。

干他们这行的人都很有先见之明。分别坐在桃子两边的中戴夫和猫眼平静地躲开了。

“嗨。”茗时说。接着一个阴影闪过，一把刀颤巍巍地插在桃子拇指和食指之间的桌面上。

他惊恐地看着。

“我叫茗时，”茗时说，“你是哪位？”

“我是……桃子。”桃子还在看那把微微发颤的刀。

“这个名字真有趣，”茗时说，“桃子，你为什么叫桃子呢？”

中戴夫咳嗽了一声。

桃子抬头看着茗时的脸。那只玻璃眼睛只是一个淡灰色的珠子，另一只眼睛则是惨白色海洋中的一个小黑点。桃子这人为数不多的理念是随时揍人、随时打劫，但是此时，自保的本能突如其来地把他牢牢粘在椅子上。

“因为我不刮胡子。”他说。

“桃子不喜欢刀具，先生。”猫眼说。

“你有很多朋友吗，桃子？”茗时问。

“有一些。”

茗时突然一转身，速度之快让人吓一大跳。他拎起一把椅子扔到桌上，自己坐上去。周围有三个人都已经握住剑柄了。

“我朋友很少，”他十分遗憾地说，“总是掌握不了交朋友的方法。再说……我好像也没有任何敌人。一个都没有。挺不错的吧？”

茗时陷入沉思，他脑子里一片噼啪作响的烟火表演。他思考的内容和永垂不朽有关。

他可能非常非常疯，但是绝对不傻。在刺客行会，有好些著名行会成员的肖像和半身像，那些人曾经都……不，不是成员，不是的。是一些著名客户的肖像和半身像，旁边有用螺丝钉固定上去的黄铜铭牌，上面刻着一些低调的文字，比如“在尊贵的K. W. 多布森（毒蛇学院）的帮助下，于歪水蛭年冈月三日告别这泪水山谷”。很多优秀古老的教育机构都有光荣纪念堂，里面罗列着为国家或君主捐躯的校友。行会也有类似的地方，只不过捐躯的主体有所不同。

每个行会成员都想被记在铭牌上，因为被记上了就等于永垂不朽了。你的客户越大，那块黄铜小牌子上的措辞就越小心谨慎，这样一来别人啥都看不明白，就只记得你的名字了。

事实上，如果你非常非常有名，他们根本不需要把你的名字写出来……

桌边的人都看着他。一般没人知道班卓在想什么，甚至不知道他到底有没有在想事情，但是另外四个人的想法基本一致：天下刺客一般黑，个个都是牛皮烘烘的娘娘腔，自以为无所不知。我一只手就能弄死他。但是……你也听过那些事情吧。那双眼睛真吓人……

“工作内容是什么？”铁丝网问。

“我们不工作，”茗时说，“我们提供服务。这项服务可以让你们每人挣一万元。”

“比盗贼行会价钱高多了。”中戴夫说。

茗时头也不回地说：“我一直都不喜欢盗贼行会。”

“为什么？”

“他们东问西问。”

“我们什么都不问。”铁丝网赶紧说。

“那我们一定能合作愉快。”茗时说，“我们还要等一个人，再喝点酒吧，别客气。”

铁丝网看到中戴夫张嘴想说“谁——”，他料想此时绝不能发问，于是在桌子底下踢了中戴夫一脚。

门稍微打开了一点点，一个身影溜进来。他挤进门缝，沿墙边无声地行进，决不肯引起丝毫注意，一看就是精心编排过。但是，这种精心编排却是不擅长此道的人编排出来的。

人影透过竖起来的领子看着他们。

“那是个巫师。”桃子说。

那人赶紧走过来拖了把椅子坐下。

“不，我不是！”那人压着嗓子说，“我是无名氏！”

“好吧，无先生。”中戴夫说，“你只是个戴尖帽的人。这位是我兄弟班卓，这位是桃子，这是铁丝——”

巫师绝望地看着茗时。

“我不想来！”

“西德尼先生确实是个巫师，”茗时说，“不过还是学生。他眼下运势低落，所以自愿加入我们的行动。”

“他的运势具体低到什么位置？”中戴夫问。

巫师尽量不和任何人发生眼神交流。

“我打赌的时候判断失误。”他说。

“赌输了啊？”铁丝网说。

“我已经按时还清赌债了。”西德尼说。

“话虽如此，不过那个叫绿玉髓的巨怪，他的钱有点神奇，过一天就会变成铅。”茗时愉快地说，“所以我们的朋友必须趁他手脚俱全的时候尽快搞到现金。”

“没有人说过这事会涉及魔法。”桃子说。

“我们目的地……和巫师塔非常类似，各位，你们可以想象一下。”茗时说。

“但不是真正的巫师塔吧？”中戴夫说，“巫师的陷阱有种特别诡异的幽默感。”

“不是真的巫师塔。”

“有卫兵吗？”

“根据传说，应该是有的。不过不多。”

中戴夫眯起眼睛：“这个……塔，里面有值钱的东西吗？”

“有。”

“那为什么卫兵不多？”

“那座不动产的……主人没意识到塔里的东西有多值钱。”

“有锁吗？”中戴夫问。

“我们去的路上要带上一个锁匠。”

“谁？”

“布朗先生。”

众人点头。每个人——至少是每一个“做这门生意的人”——都认识布朗先生，每一个“做这门生意”且知道“这门生意”是什么的人都认识他。如果你不知道“这门生意”是什么生意，那你肯定不是“做这门生意的人”。布朗先生在这份工作中方方面面的表现为他赢得了尊敬。他是个爱干净的老人，工作时大皮包里的工具基本上都是他自己发明的。如果你想进入某个地方，不管你此前想了多么狡猾机智的办法，不管你是不是打败了一支小分队，不管你有没有找到秘密的藏宝室，最终你肯定会去找布朗先生。他会带着他的大皮包、小弹簧工具、小化学试剂瓶，穿着干干净净的小靴子出现。首先他什么都不做，就把那锁头看上十分钟左右，接着他从几百个长得都差不多的工具里挑出一片弯来拐去的金属，然后再过一小时左右，他就带着你战利品的十分之一走了。当然你不一定非要去找布朗先生，你也可以选择下半辈子一直盯着某扇上了锁的门。

“好吧。那目的地具体是哪里？”桃子说。

茗时转头朝他笑了一下：“我给你付钱，为什么不让我来提问？”

桃子根本不敢多看那只玻璃眼睛一眼。

“我就是想做好准备而已。”他小声说。

“充分侦查是行动成功的基础。”茗时说。他转而看着大块头的班卓问道：“这个是什么？”

中戴夫一边给自己卷烟卷一边回答：“这是班卓。”

“这玩意儿会变戏法吗？”

周围一阵寂静。另外几个人都看着中戴夫。他在安卡-摩波的专业底层社会人员中算是有文化的，大家觉得他善于思考而且有耐心，因为他的文身里头好些字都写对了。危急时刻中戴夫很可靠，而且他诚实，好罪犯都必须诚实。不过他有一个缺点，对于任何说他兄弟坏话的人，他都要狠狠地、毫不留情地教训对方一顿。

当然他也有优点，他会选择时机。中戴夫用手指把烟草塞进纸卷里，然后叼在嘴上。

“不会。”他说。

铁丝网赶紧打圆场：“他不是你们说的那种聪明人，但是他很厉害。他可以单手拎起两个人，提着脖子就拎起来了。”

“嘿。”班卓说。

“他看起来像个火山。”茗时说。

“是吗？”中戴夫·莉莉白回答。铁丝网赶紧抓住他把他摁回座位上。

茗时转身朝他笑了笑。

“我真的希望能和你做朋友，中戴夫先生，”他说，“一想到我周围没朋友我就难过。”然后他又很灿烂地笑了笑，接着就转头跟桌边其他人说话了。

“各位，你们都决定了吧？”

大家点头。他们是有点犹豫的，因为大家一致认为茗时该被关在墙上装软垫的房间里。可是一万元就是一万元，没准儿还更多呢。

“很好，”茗时上下打量了班卓一番，“那我们就开始吧。”

他说着，狠狠地打了班卓的嘴。

不一定每个生命终结时死神都会亲自出现。没必要。政府负责施政，但首相和总统不会跑到别人家里去教人家如何过日子，因为这样会有生命危险。所以由法律来代行此事。

不过死神会不定时地检查一下各项工作是否在顺利进行，更准确地说，应该是：死神会不定时地检查一下在他管辖权范围内非重点区域的各项工作是否顺利地停止运行了。

现在他穿过黑暗的海。

他从海沟底部走过，脚边腾起一阵阵灰尘。他的袍子在身旁飞舞。

周围一片寂静，此外还有无穷无尽彻头彻尾的黑暗。但在这深黑的波涛之下也有生命。那里有巨乌贼，有眼皮上长牙齿的龙虾。还有蜘蛛形状的生物，胃都长在脚上，也有自己会发光的鱼。这是一个安静、黑暗、满是梦魇的世界，但生命会在一切可以活下去的地方繁衍。那些不宜生存的地方花点时间也能繁衍。

死神的目的地是海沟底部一块稍微凸起的地方。他周围的水渐渐变暖，生物也多了起来，这些生物好像是用各种乱七八糟的边角料拼凑起来的。

虽然看不见，但可以感觉到裂隙中涌出一股滚烫的水流。地面之下就是被碟形世界的魔法场加热到接近沸腾的岩石。

这处热泉口周围有柱状的矿石。在这片小小的绿洲里，生长着一种生命。它不需要空气和光，所吃的食物也和绝大部分其他生物截然不同。

它只生长在热泉边缘，看起来像是蠕虫和花朵的混合物。它太小了，所以死神跪下来仔细观察。不知为何，在这个没有眼睛也没有光线的世界里，它居然呈鲜亮的红色。生物的铺张浪费毫无底线，死神一直觉得很惊讶。

他从自己的袍子里掏出一卷黑色的东西，看起来有点像珠宝匠的工具包。他非常小心地从这个工具包里拿出一个约一寸长的小镰刀，满怀期待地用拇指和食指拿住。

上方一块碎石被海流推动，翻滚下来，一路上接连掀起一团团灰尘。

石头落在这种花状生物旁边，接着滚了一下，把它从岩石上砸了下去。花落下去的瞬间，死神挥舞了他的小镰刀……

人们常说超自然的存在无所不知无所不见。据说他们能看到每一只麻雀掉落。

这话有可能是真的。但是当麻雀落地时，往往只有一个神在场。

管虫的灵魂很小很简单，完全不存在罪过。它从不觊觎邻人之水螅体，从不赌博酗酒。从来不用“我为何在此？”之类的问题来为难自己，因为它根本不懂“此”的概念，甚至也不懂什么是“我”。

总而言之吧，某种东西被镰刀精准地割下，消失在滚烫的水中。

死神小心翼翼地把工具收好站起身。一切正常，各项事务都进展顺利——

——但并非如此。

非常出色的工程师可以听出轴承损坏发出的细微声响，这种损坏往往是仪器检查不出来的。死神也是这样，他能在世界的和弦中听出细微的杂音，这是亿万个杂音之一，但是特别引人注意，就像一双很大的鞋子里有颗小石子一样。

死神在水中一挥手指，一个蓝色的门形的线框忽然出现，他从中穿过，就此消失。

管虫没发现他走了。

管虫也没发现他来了。它们从来都不去注意任何事情。

一辆马车缓缓穿过雾蒙蒙的寒冷街道，车夫蜷在座位上。他看起来整个就是一大坨棕色的大外套。

一个人旋风般地冲出来，突然就跑到车上跟他坐在一起。

“嗨，”那人说，“我叫茗时，你叫什么？”

“喂，你下去，我不能把——”

车夫不说话了。茗时技艺惊人，他能把刀刺穿四层厚厚的衣服，刀尖恰好停在皮肤表层。

“你说什么？”茗时愉快地微笑。

“呃——没什么，真的，没什么，就是几袋——”

“哎呀，”茗时突然认真起来，“我们得看一下，对吧……先生，你叫什么名字？”

“厄尼。呃……厄尼，”厄尼说，“就是厄尼。呃……”

茗时转过头。

“上来吧，先生们。这位是我的朋友厄尼，他今晚帮我们驾车。”

厄尼看到五六个人从雾气中跑出来爬上车。他没有回头去看那些人。从后腰上的刺痛感可知，此时回头不利于职业发展。不过那些人中有一个特别高大的家伙，那人似乎扛了一捆长条形的东西。那捆长条形还在动，还在闷声呜呜叫。

车子沿着石子路开走了，茗时说：“别发抖了，厄尼。我们就是搭个车。”

“去哪里啊，先生？”

“随便。不过首先去一趟萨托广场吧，在二号喷泉旁边。”

刀已经收回去了。厄尼也就不再尝试用耳朵喘气了。

“呃……”

“怎么了？你好像很紧张啊，厄尼。我觉得按摩脖子可以缓解紧张。”

“我没有载人的许可啊，查理肯定会骂我……”

“别担心查理啦，”茗时拍拍他后背，“我们都是朋友。”

“我们带这个女孩干什么？”他们身后传来一个声音。

“打女孩不对，”又一个低沉的声音说，“我妈说不能打女孩。只有坏孩子才打女孩，我们妈说了！”

“安静点，班卓！”

“我们妈说——”

“嘘！厄尼不想听你们吵架。”茗时说话的同时眼睛依然盯着车夫。

“我？我啥都没听见，我，”厄尼磕磕巴巴地说，他迅速掌握了关键，“而且啥都看不清，要说的话，我连他们的脸都没看见。我健忘啊。驾！说起健忘。嚯，有时候我和车上的人聊天，哈，聊完天之后就全忘了。完全不知道有多少人，也不知道他们带了什么东西，也不知道任何关于他们的事情，有时候他们也会主动说点话，但你以为我会记得什么女孩什么乱七八糟的事情吗？”这时候他几乎已经是在尖叫了，“哈哈！我连我自己的名字都记不住！”

“你叫厄尼呀，没错吧？”茗时愉快地微笑着对他说，“好了，我们到了。哎呀，这里好像发生什么事情了。”

前头好像有人在打架，几个戴面具的巨怪跑过，接着三个夜巡队员追过去。谁都没去管马车。

“我听说肢解帮的人今晚要去闯一闯帕克利的保险库。”厄尼身后的某个人说。

“看样子布朗先生不能来了。”另一个人说。还有人偷偷笑。

“我看不一定啊，莉莉白先生，真的不一定啊。”第三个人的声音从喷泉的方向传来，“帮我提一下包，顺便拉我上车好吗？小心，包很重。”

那说话声干净整洁。声音的主人肯定总把钱装在小钱包里，零钱数得清清楚楚。厄尼思考了一下当前状况，随即决定竭力忘记一切。

“继续走吧，厄尼。”茗时说，“去大学后面。”

马车继续走，那个干净整洁的声音说：“把钱收好，就能麻利地出门了。我说得对吗？”

众人纷纷赞同。

“我还在老妈怀里的时候就知道了。”

“在妈妈怀里的时候能学会不少东西，莉莉白先生。”

“你不准这样说我们妈！”一个地震般的声音说道。

“这位是布朗先生，班卓。你规矩点。”

“他不准说我们妈坏话！”

“好了！好了！你好，班卓……我记得我带了糖……找到了，拿着。你说得对，你们妈什么都知道。你只要安静一点，耐心一点，就能拿到想要的东西，还能相安无事地离开。你不会在现场逗留，也绝不会跟别人炫耀你很勇敢，我说得对吗？”

“你可真厉害啊，布朗先生。”马车轱辘轱辘地跑向广场另一边。

“略有经验而已，猫眼先生。算是圣猪节得到的小礼物吧。不要贪多乱跑。拿一点慢慢走。我的座右铭是：务求整洁。穿戴体面，慢慢走。永远不跑。绝对不跑。看守们只追跑的人。他们像小猎犬一样喜欢追东西。你一定要慢慢走，走到拐弯处，等着后面一堆吵吵闹闹的声音从旁边过去，然后你再转身往回走。他们料不到你还有这一手，明白了吧。他们肯定会站在一旁让你走过去。你就说：‘晚上好，长官们。’接着就可以回家喝茶了。”

“哇！看来真的很省事啊。不过必须很胆大才行。”

“不是啊，桃子先生。不是省事，是让你完全置身事外。”

厄尼心想，这是在上课呢，街道健身馆里突然来了个职业冠军。（然后他就努力忘记。）

“你的嘴怎么了，班卓？”

“他掉了颗牙，布朗先生。”另一个人偷笑着说。

“掉了颗牙，布朗先生。”班卓那雷鸣般的声音说。

“眼睛看路，厄尼。”茗时对厄尼说，“谁都不想遇到交通事故，对吧……”

其实路上空无一人，城市的喧嚣已经被他们抛在身后，他们旁边是幽冥大学。周围有几条街道，但是街上的建筑都无人居住。此时声音听起来也很不对劲。安卡-摩波的其他地区仿佛相隔遥远，声音像是透过厚厚的墙传过来的。他们现在来到了安卡-摩波城内一个备受嫌弃的小角落，这里一度是大学的垃圾场，现在被称为虚幻区。

厄尼忍不住小声说：“该死的混账巫师。”

“你说什么呀？”茗时说。

“我曾祖父说，我们当年在这片地区有块房产。低等级魔法，我呸！巫师倒是不怕，他们有各种各样的咒语保护自己。这一点魔法，那一点魔法……魔法最终肯定会泄漏到某个地方，对吧？”

“这里曾经有警示牌。”后面一个干净整洁的声音说。

“哼，对啊，在安卡-摩波竖警示牌等于告诉别人‘此地无银’。”某人说。

厄尼说：“总之，他们就是乱用古老咒语，一会儿扔个魔法制造爆炸，一会儿又用魔法转来转去，一会儿又用魔法种胡萝卜，各种魔法互相影响，天知道最后会变成什么样。”然后他又闷闷不乐地补充道，“我曾祖父说，有时候他们早上醒来，发现家里的天花板比阁楼还高。这还不是最倒霉的。”

“我也听说过，最严重的时候，你在街上走着居然能遇见你自己从对面走过来。”另一个人表示赞同，“听说有时候你都不知道自己是在沿街乞讨还是在吃早饭。”

“狗叼回家的东西简直无奇不有。”厄尼继续说，“我曾祖父说，每次狗叼回来什么东西，他们就得赶紧躲到沙发背后去。有时候坏了的火焰咒语在家嗞嗞作响，有时候破烂魔杖里冒出绿乎乎的烟，我也不知道还有啥……反正，要是猫在玩什么东西，你可千万别去细看，真的。”

他抖抖缰绳，对陈年旧事的积怨一时间冲淡了眼下的窘境。

“他们现在虽然说所有的古老咒语书和各种东西都已经深埋起来了，如今的咒语都是循环使用的，但是这话可信吗？我家土豆又长腿乱跑了啊。”他继续抱怨，“我曾祖父为这事儿去找了巫师的老大，那人说，”——厄尼装出很纠结的鼻音，在他看来受过教育的人就是这样说话的——“‘啊，那只是暂时的不便，这位先生，要是过五万年还没有好转你再来。’这些该死的混账巫师。”

马车转了个弯。

这是条死路。房子都歪歪倒倒地挤在一起，窗户被砸坏了，门被偷走了。

“听说他们是打算清理这块地方啊。”有人说。

“哼，是啊。”厄尼吐了口口水。口水刚一落地就跑了。“你知道吗？这年头到处都是疯子，到处指指点点，东拉西扯——”

茗时很随意地说：“在前面那堵墙的位置，我觉得说不定可以从一棵死了的树旁边的碎石堆上走过去。也许从远处不容易看见，必须走近。不过我也不知道你平时是怎么走……”

“呃，我不能带你们过去。”厄尼说，“把你们送到这里可以，但是不能带你们去——”

茗时叹了口气：“可是我们相处得这么愉快呢。听我说，厄尼，厄尼尼……你要么带我们过去，不然的话，我就只能杀了你，我也非常不愿意说这句话。你看起来真的是个好人，工作认真，穿着一本正经的外套和结实耐用的靴子。”

“但是如果我带你们过去了——”

“过去了还能发生什么坏事吗？”茗时说，“你会丢了工作。可是如果你不过去，你就会死。所以你仔细想想，我们其实是在帮你的忙。拜托，一定要答应我。”

“呃……”厄尼脑子里一片混乱。这小子感觉很有钱，又很友好，但是整个人就是很不对劲，说话的语气和内容完全错位。

“再说了，”茗时又说，“如果你是被胁迫的，那就不是你的错了，对吧？没有人会怪你。你被人拿刀挟持了，谁也不会怪你。”

“嗯，对，也许是吧，如果是拿刀挟持的话……”厄尼小声说着。看来最好还是顺其自然吧。

马站在原地等着，那副耐心的样子俨然说明动物比车夫更熟悉路。

厄尼从外套口袋里掏出一个鼻烟壶一样的小锡瓶。打开之后，里面装的是闪光的粉末。

茗时很感兴趣地问：“这是干什么？”

“你拿一小撮这种粉末扔到空中，等它发出叮的一声，就可以形成一块软的地方。”厄尼回答。

“那……需不需要什么专业技能呢？”

“嗯……就朝墙上扔过去，等它叮地响一声就好了。”厄尼说。

“真的吗？让我试试好吗？”

茗时从厄尼那犹豫不决的手里拿过小瓶子，将一小撮粉末撒向马匹前面的空气中。粉末飘荡了一会儿，在空中形成一条细长闪光的弧线。它闪了几下，然后……

叮。

“哇，”他们身后有人说，“真不错啊，是吧，亲爱的戴维？”

“对啊。”

“那闪光真好看……”

“然后就这样往前走？”茗时问。

“对，”厄尼说，“要快。只能维持一小会儿。”

茗时把小锡瓶装进自己口袋里。“谢谢你，厄尼。真的非常感谢。”

他伸手一晃，金属的光亮一闪。车夫眨眨眼睛从座位上摔了下去。后面一阵寂静，大约是恐惧，同时还混合着一点敬畏。

“他挺笨的吧？”茗时说着拿起缰绳。

雪飘下来，落在横躺着的厄尼身上，也落在半空中几个穿灰色斗篷戴兜帽的身影上。

兜帽里似乎空无一物，你会以为它们只是飘在半空中而已。

嗯，其中一个说，我们表示佩服。

是啊，另一个说，我们没想到还能这么做。

他果真实力超群，第三个说。

第一个又说，最棒的是，我们能控制其他很多东西。但也可能是第二个说的，因为这几个袍子之间完全没有差别。

没错，另一个说，他们的想法令人惊讶。是一种……非逻辑的逻辑。

孩子们，又一个说，谁能想得到呢？今天是孩子，明天就是全世界。

给我一个孩子，他长到七岁就完全是我的了。另一个说。

突然一阵恐怖的宁静。

这群自称审计员的存在不相信任何东西，它们唯一追求的是不死。它们知道，为了不死，就必须避免活着。它们绝大部分都不认同性格。有了性格就会成为一个要活着要死亡的生物。它们认为在一个无限的宇宙中，任何生命都短得不可思议，几乎是转瞬即死。它们的逻辑中当然有缺陷，但是当它们发现其中缺陷时一切都来不及了。与此同时，它们小心翼翼地避开一切批评，也避免一切把它们分开的行动和体验……

其中一个说，你们说了“我”。

嗯，对。但是你们看啊，我们是在引用。另一个急忙解释道。是某个宗教人士说过的话[1]，关于教育儿童的。所以说“我”也是符合逻辑的，但我个人不会用这个词——呸呸呸！

那个袍子在一阵烟雾中消失了。

我们吸取教训吧，剩下的袍子之一说道。接着另一个袍子凭空出现，跟先前被踢出去的那位一模一样。

是的，新来的那个说，确实是个……

话没说完，雪中出现了一个黑色的身影。

是他，新来的袍子说。

所有袍子都迅速消失了——不是简简单单地消失，而是不断淡去，最终只剩下背景。

那个黑色的身影站在死去的车夫身旁，弯下腰。

1　其实是亚里士多德说过的话。“Give me a child until he is seven and I will show you the man.”意即：“我将一个孩子培养到七岁，他就能成长为男人。”——译者注

需要我帮忙吗？

厄尼感激地抬起头。

“嗯，需要啊。”他说着爬起来，还有点站不太稳，“好了，你手好冷啊，先生！”

抱歉。

“他为什么要干那种事啊？我都按他说的做了，他还是杀了我。”

厄尼在外套里摸了一阵，掏出一个小扁瓶子，此时那瓶子奇怪地呈现出透明的银色。

“冬天的晚上我总要带点小酒，”他说，“能让我开心点。”

是啊，没错。死神瞄了一下四周，又闻了闻空气中的气味。

厄尼喘了口气说：“我该怎么解释这一切啊？”

抱歉，我真是没礼貌，竟然没注意听你说话。

“我是说，我该怎么跟人解释今晚的事情啊？一伙人就这样轻轻松松地把我的车抢走了……这是抢劫啊，我有大麻烦了……”

这件事啊。好吧，说实话，我有一个好消息要告诉你。不过也有一个坏消息。

厄尼听着。他看了看脚下的尸体。从外面看起来他体型似乎比平时小。厄尼挺明白的，他没纠结这件事。当一个两米多高的骷髅扛着镰刀出现在你面前时，有些事情也就不言自明了。

“我死了，对吧？”他直接说了。

正确。

“呃……僧人说……就是那个啥，你死了之后……会穿过一扇门，另一边有……他说……嗯，有个可怕的地方……？”

死神看着他那张渐渐消失的脸上焦急的神情。

穿过一扇门……

“他是这么说的……”

可能要看你是从门的哪一边走过去的。

街道又一次变得空荡荡的，只剩下厄尼刚刚死去的身躯，那些灰色的袍子再次出现。

说实话，他状态越来越差了。其中一个说。

他在找我们，另一个说，你们注意到了吗？他起疑心了。他很……关心某些事情。

是啊……但这计划的美好之处就在于他管不了。第三个袍子说。

他可以去任何地方。袍子之一说。

不，另一个说，并非任何地方都能去。

接着，袍子们以一种难以形容的古怪姿态融入这片区域的前景之中。

雪下得更大了。

现在是圣猪节前夜。整座房子里……

……有一个生物蠢蠢欲动，那是只老鼠。

有个终日一本正经的人布置了一个陷阱。眼下正值节日，陷阱里放了一块猪油渣。油渣的香味逗得老鼠心痒难耐，现在周围一个人都没有，老鼠决定碰碰运气。

老鼠不知道那是陷阱。老鼠们不擅长传递信息。大老鼠不会把小老鼠带到著名的陷阱旁，教导它说："你亚瑟叔叔就是这样死的。"老鼠只知道：管他呢，木板上面有吃的。周围有几根铁丝。

它一个冲刺蹿上去咬住了猪油渣。

准确来说其实是穿过了油渣。

老鼠看着四周，它现在在一个大弹簧的底下，它心想："糟了……"

它继续往上看，看到一个穿黑袍的身影从护壁板处渐渐出现。

"吱吱？"它问道。

吱吱。鼠之死神回答。

大体上这样就完了。

鼠之死神饶有趣味地看着四周。由于事物本性难移，因此他这份重要工作经常要去砖厂、黑漆漆的地下室、猫肚子里以及各种阴暗潮湿的地洞里，老鼠们一般都会在这些地方认识到世上没有免费的奶酪。但这个地方不太一样。

首先，这里装饰得很漂亮。书架上挂着常青藤和槲寄生[1]。墙上装饰着色彩鲜亮的彩带，地洞里很难见到这样的装饰，就算是特别文明的猫也不会弄这些。

鼠之死神跳上椅子，再从椅子跳上桌子，他不偏不倚地跳进一杯琥珀色的液体中，结果杯子打翻了。一摊液体绕着四个圆萝卜流淌开来，打湿了桌上一张粉色的纸条，纸条上磕磕巴巴地写了些字：

青爱的圣猪老爹：

圣猪节礼物我想要一个娃娃，一个泰迪熊，一个奥姆恐怖宗教审讯室[2]，有发条式审讯台，还有可以反复使用的方真血，审讯室在小短街玩具店卖价五块九九。我一直表现很好，还给你准备了一杯雪利酒和一块猪肉派，那几个萝卜是给挖挖、拱拱、鼻涕虫和鼾鼾吃的。我西望烟囱够大，但是我的朋友威连说，你其实是爸爸装的。[3]

爱你，维吉妮娅·普鲁德

1 此习俗源于圣诞节，在圣诞节人们会用常青藤、槲寄生和冬青装饰房屋。人们相信在槲寄生下接吻的情侣会获得幸福。——编者注

2 奥姆是碟形世界上一个神权政体的小国家，他们信奉一位仅在奥姆教堂范围内全知全能的神——大奥姆。——译者注（摘自碟形世界维基百科）

3 小孩子写的信，其中有很多错别字和读不通的地方，并非印刷错误。——编者注

鼠之死神嗅了嗅那块猪肉派，由于他是啮齿类动物的死神的人格化，因此他的行为必须遵循特定模式。基于同样的理由，他往一个萝卜上撒了点尿——这是个比喻意义上的说法，因为当你是个穿黑袍的小骷髅架子时，有些行为严格来说是无法实现的。

然后他从桌上跳下来，身后留下一串雪利酒味的小脚印，他一路爬到墙角处花盆里的树上。其实那只是一条橡树枝子，但是树枝上面挂了很多闪亮的冬青和槲寄生，周围的烛光把它照得熠熠生辉。树枝上还挂着金箔和很多闪亮的小装饰，还有小袋的金币巧克力。

鼠之死神看着自己映在玻璃球里扭曲的倒影，然后又抬头看了看壁炉架，他一跃而上，小心地穿过壁炉上摆的各种卡片。他灰色的胡子从卡片的文字上扫过——“愿你圣猪节快乐，新年快乐。”一些卡片上印着一个喜气洋洋的胖子，肩上扛了个口袋。还有一张卡片上印着这个胖子坐在由四头大猪拉着的雪橇上。

鼠之死神又嗅了嗅壁炉架上挂的长袜，炉子里的火已经熄灭了，只剩一些灰烬。

他察觉出空气中有一丝紧张气氛，这片布景其实是个舞台，是个预备好的圆洞，就等木栓钉下来——

一阵刮擦的声音传来。一些炉灰掉进壁炉的灰烬中。

死神灰冷·吱吱儿暗自点头。

刮擦的声音越来越大，接着一阵安静，随后咣当一声，仿佛什么东西摔进壁炉的灰烬里，还撞翻了一整套漂漂亮亮的火炉用具。

老鼠小心翼翼地看着一个穿红袍的人站起来，蹒跚地走过火炉前的地毯，手捂着小腿上被火炉叉子撞到的地方。

那人走到桌边看了看桌上的纸条。鼠之死神觉得自己听到一声抱怨的叹息。

圆萝卜被装进口袋里，猪肉派也被收起来了，鼠之死神觉得很不愉快。他原以为猪肉派是要马上吃掉的，不会被拿走呢。

那人又看了看湿乎乎的纸条，然后转身来到壁炉架旁。鼠之死神躲到“诚挚问候！”的卡片后面。

戴红手套的手取下一只长袜。一阵“嘎吱嘎吱，稀里哗啦”的声响之后，袜子被装得鼓鼓的，又挂了回去——一个大盒子从袜子口露出一角，上面有几个字“不含死者，3—10岁适用”。

鼠之死神看不到这位慷慨赠送礼物的人。大大的红色兜帽遮住了那人的脸，只有一把长长的白胡子露在外面。

做完了事情之后，那人又从口袋里掏出一份清单，凑近兜帽仔仔细细地看。他另一只手朝着壁炉、煤灰脚印、雪利酒杯子和袜子的方向轻轻点了几下。然后他弯下腰，似乎在研究某些细微的痕迹。

啊，对了，那人说，**呃嗯……嚯。嚯。嚯。**[1]

他说完就蹲下来钻进烟囱。又是一阵窸窸窣窣的声音，靴子晃了几下，那人整个消失了。

鼠之死神震惊之余不禁咬着自己那把小镰刀的刀柄。

吱吱？

他跳进壁炉灰烬里，穿过满是煤灰的烟囱往上爬。他跑得飞快，四爪扑腾着冲上积雪的屋顶。

屋顶排水沟边的半空中停着一驾雪橇。

戴红色兜帽的人爬上雪橇，仿佛在和麻袋后面某个隐形的东西说话。

又是一块猪肉派。

“加了芥末没？”麻袋问，“加芥末好吃。”

好像没加。

“嗯，算了。还是给我吧。”

---

1 影射圣诞老人，他每次出现时都会“嚯嚯嚯”地笑。——编者注

真的很糟糕。

“没事，就是被什么东西咬了一小口而已——”

我是说刚才的情况。一般的信……他们其实都不信，只是假装自己相信而已。万一呢，对吧[1]**。我担心来不及了。扩散太快了，而且影响到了过去。**

“永不提死，主人。这是我们的座右铭，对吧？”麻袋显然嘴里塞满了东西。

可能不算是我的座右铭。

“主人啊，我的意思是，或许有可能彻底失败，但我们不能因此就变得畏首畏尾。”

是吗？哦，好吧。好。我们还是赶紧上路吧。那人拿起缰绳，**驾！走了，挖挖！拱拱！鼻涕虫！鼾鼾！驾！驾驾！**

雪橇上四只大猪没动。

怎么都不动了？那人疑惑又激动地说。

“我也不知道，主人。”麻袋说。

这样赶马是没问题的啊。

“你要不试试说‘小猪——走’。”

小猪——走。猪还是没动，**不行……没用。**

一阵窃窃私语传来。

什么？你以为那样会有用？

“如果我是猪的话，觉得会有用，主人。”

1　这种情况和奎尔姆哲学家文榧的理论很类似，文榧曾说：“神有可能存在，也有可能不存在。既然如此何乐而不信呢？这样一来，若神存在，你死后必定待遇不错，若神不存在，你也没有丝毫损失，难道不是吗？”他死了之后，醒来发现自己周围围着一圈神灵，众神们个个拿着奇怪的棍子，其中一个说：“我们现在要让你看看要小聪明是个什么下场……”

好吧。

那人拿起缰绳。

苹果！酱！

猪撒腿就跑。他们周围一片银光，然后飞速前进。很快就变成天边一个小点，然后消失了。

吱吱？

鼠之死神穿过雪地，沿着排水管滑下去，来到屋顶下方。

一只渡鸦停在那里，他忧愁地盯着某个东西。

吱吱！

“你来看看吧。”那只渡鸦十分讲究地说。他朝下头花园里的鸟食架挥了挥爪子，“绳子上挂了半块破椰子，一块培根肉皮，一把花生，他们真当自己是万物灵长了啊。有眼球吗？有内脏吗？都没有。我可是温带地区最聪明的鸟类，就因为我不会倒挂着说笑话就要受这种冷遇。看看那些知更鸟。那些不要脸的小浑蛋，打起架来不要命，它们只知道噗噗噗地叫几声，面包渣就送到它们眼前了。而我，我会吟诵诗歌，会讲很多幽默段子——”

吱吱！

“嗯？怎么了？”

鼠之死神指指房顶，又指指天空，然后激动地上蹿下跳。渡鸦一只眼睛往上一瞧。

“嗯，对，是他。”他说，“每年这时候都会来。知更鸟会远程协助他——”

吱吱！吱吱叽叽，叽叽吱！鼠之死神比画着从烟囱里钻出来，在房间里走动的样子，**吱吱叽叽叽，吱吱“窸窸窸窸”叽叽吱吱！**

“你这是圣猪节开心过头了吧？身上糊了不少白兰地黄油吧？”

吱吱？

渡鸦翻了个白眼。

“好了，死神归死神，死神是一份全职工作对吧？不是那种擦完窗户就能走的工作，也不是剪完草坪就能去喝小酒的工作。”

吱吱！

“哼，随你的便。”

渡鸦蹲下一点让那小老鼠跳到他背上，然后飞入空中。

“话说你们这些超自然的东西，要发疯当然也可以啦，”渡鸦说着在月光笼罩的花园里盘旋了一圈，“比如说麻烦老头吧……”

吱吱。

“我不是说……”

苏珊不喜欢棺材板酒吧，但是有时候当普通人的压力太大了，她还是会去。虽然棺材板里的空气不好，酒水不好，周围的人也不好，但是至少那里有一个很大的优点。棺材板的主顾从来不去关注别人，半点都不关心。传统意义上来说，圣猪节应该和家人在一起，但是在棺材板喝酒的客人多半都没有家。有些人看起来可能有幼崽，或者有手下。有些人看起来像是把亲戚们都吃了——指不定是谁家的亲戚。

棺材板是不死者喝酒的地方。有人让酒保伊戈调一杯血腥玛丽的话，那酒绝不是比喻意义上的血腥玛丽。

酒馆的常客都不问问题，因为他们发现除了号叫以外别的音调都很难发出来，但这只是原因之一。反正谁也不会回答别人的问题。来棺材板的顾客都独自喝酒，哪怕是一群或者一捆一起进门，大家也单独喝酒。

酒保伊戈尽最大努力挂上了节日装饰庆祝圣猪节，可惜很不专业[1]。

1　伊戈真的尽力了。但是装饰纸带显然不该是黑色、紫色和呕吐物一般的黄色，而且圣猪节精灵娃娃就算要挂起来也不能被钉穿脑袋。

棺材板真的不适合家庭聚会。

而家庭正是苏珊想要避免的。

此时她要了一杯金酒和一杯奎宁水。在棺材板，如果你不是特别挑剔的话，请务必点透明的酒水，因为伊戈对于鸡尾酒小棍上该插什么东西见解十分独到。如果你看到某个绿色的球形，请一定期待它是橄榄。

苏珊感觉到耳边有热乎乎的呼吸。一个吓人怪坐到了她旁边。

“普通人到这种地方来干什么？”它嘟哝着，臭烘烘的酒精气扑向苏珊，“哈，你觉着到这儿来很酷是吧，穿黑衣服跟这些坏家伙混在一起，沾点时髦的黑暗气质哈？”

苏珊朝长凳另一头挪了挪。吓人怪咧嘴笑。

“想要吓人怪藏在你床底下不？”

“别说了，希里曼泽尔。”伊戈一边埋头擦酒杯一边说。

“她来这儿干啥呢？”吓人怪说。它伸出毛乎乎的大手抓住苏珊的胳膊，“说不定她是想——”

“我让你别说了，希里曼泽尔。”伊戈说。

苏珊转身正视希里曼泽尔。

从伊戈的角度看不到她的脸，但吓人怪能看见。它被狠狠往后一推从凳子上摔了下去。

那姑娘说话的时候，她说的话既是词语同时也是郑重声明，是写在石头上，陈述未来事实的声明。

“走开，别来烦我。”

她转身朝伊戈礼貌地笑了一下表示歉意。吓人怪跌跌撞撞地从凳子的残骸中爬起来，朝大门跑去。

苏珊感觉到酒馆所有客人都转过身各忙各的。在棺材板里能一举摆脱麻烦真的很厉害。

伊戈放下杯子看着窗户。作为以黑暗为卖点的小酒馆，棺材板的窗户未免太大了点，但是没办法，有些客人是从半空中来的。

现在有什么东西在敲窗户。

伊戈探身去开窗。

苏珊抬起头。

“啊，不……”

鼠之死神跳到柜台上，渡鸦跟在他身后。

吱吱，吱吱叽！叽叽！吱吱叽叽，“嘻嘻嘻嘻”吱咕——

“走开，”苏珊冷淡地说，“我没兴趣。你只是我想象出来的东西。”

渡鸦停在吧台后面说：“啊，这下好了。”

吱吱！

“这些是什么？”渡鸦嘴上叼了个东西，“洋葱？呸！”

“走开，你们两个。”苏珊说。

“老鼠说，你外公疯了，”渡鸦解释道，“他假装自己是圣猪老爹。”

“听着，我不管——等等，你说什么？”

“红斗篷，长胡子——”

嘻！嘻！嘻！

“——还说着‘嚯嚯嚯’什么的，驾驶一架四头猪拉着的雪橇，整个都……”

“四头猪？冰冰去哪儿了？”

“我也不知道。什么事情都可能发生，老鼠刚刚告诉我——”

苏珊双手捂住耳朵，此举主要是出于绝望，而不是为了消音。

“我不想知道！我没有外公！”

她必须坚持这一点。

鼠之死神长长地吱了一声。

“老鼠说，你必须记住，他很高，没有所谓的血肉之躯，还扛着一把镰刀——”

“走开！把那个……那个老鼠也带走！”

她又惊恐又羞愧地挥手，结果把那个戴兜帽的小骷髅甩到烟灰缸里去了。

叽叽？

渡鸦叼起老鼠的斗篷把他拖出来，那个小骷髅攥着自己的小镰刀。

叽叽！叽！叽叽吱吱！

“他说，惹老鼠生气，你会后悔的。”渡鸦解释道。

然后他一拍翅膀就走了。

伊戈关上窗户，什么都没说。

苏珊赶紧解释：“他们不是真的。呃，那个……渡鸦多半是真的，但是他跟那个老鼠——”

“老鼠不是真的。”伊戈说。

“对！”苏珊简直万分感激，“你其实什么都没看见。”

“没错，”伊戈说，“什么都没看见。”

“那个……多少钱？”苏珊问。

伊戈扳着指头数了数。

“酒水一元，”他说，“另外五便士是因为那只没有来过的渡鸦弄脏了泡菜。”

眼下是圣猪前夜。

莫多站在校长的新浴室里，他用一块抹布擦擦手，骄傲地看着自己的成果。周围的陶瓷一片闪亮。黄铜在灯光下金光灿灿。

唯一一点担心是他还没来得及一一测试，但瑞克雷先生说：“我用的时候自己测试就好。”莫多从不和先生们争论，他知道那些人都懂得比自己多，能认识到这一点也挺令人高兴了。他从不去扰乱时空的因果线，因果线也远离他的温室。这种关系就是他所谓的搭档了。

他非常小心地擦拭了地板。瑞克雷先生对地板要求很高。

“疣子怪，”莫多自言自语地拍拍光亮的地面，“这些知识分子还真会编。”

在任何人都听不见的极其遥远处传来一阵细微的声音，仿佛是小小的银铃在丁零零零响……

有人重重地落在雪中，同时说了声：“浑蛋！”甫一出现就说这话，可不得了。

空中有个新来的什么东西生气地使劲拍自己身上的灰。雪橇继续在时空之中呼啸而过。

我觉得这胡子很烦人。死神说。

“你为什么要戴胡子呢？”麻袋里有个声音说，“你不是说过吗，人都只看见自己想看的东西。”

小孩不一样。小孩能看到东西原本的样子。

“哦，那至少能让你保持正常的状态，主人。保持角色设定。”

但是还要爬下烟囱啊！这算正常吗？我明明可以穿墙。

“穿墙也不对啊。”麻袋里的声音说。

我看穿墙就是对的。

“必须是走烟囱。也必须戴胡子，真的。”

一个脑袋从麻袋里钻出来，看上去仿佛是宇宙中最老最烦人的仙子。那个脑袋上顶着一坨喜气洋洋的绿色帽子，帽子上挂了个不顶用的铃铛。

他手里握着厚厚的一沓信件，其中很多都是用蜡笔在颜色柔和的信纸上写的，内容多数是泰迪熊之类。

“你以为这群小浑蛋会给穿墙而过的人写信吗？”那脑袋说。“还有，不介意的话，在工作时请多说‘嚯，嚯，嚯’。”

嚯。嚯。嚯。

“不对，不对，不对，”阿尔伯特说，“恕我直言，先生，你要说得更有生命力一点。这个‘嚯嚯嚯’是胖子的笑声。你要显得……显得自己撒尿都能尿出白兰地，拉屎都能拉出李子布丁一样，先生，请原谅我说粗话了。”

真的？你是怎么知道的？

“我也年轻过，先生。每年都当好孩子，把袜子挂起来，希望里面装满玩具。就是你现在这样。顺便说一句，我小时候只能收到香肠和血肠，还得是很幸运的时候才有，袜子趾头里还能找到一个粉色的小糖猪。必须像猪一样吃到撑才算是过好了圣猪节，主人。”

死神看了看那些麻袋。

虽然有些奇怪，但麻袋里无疑是圣猪老爹带的玩具，不管麻袋里真的装了些什么，最顶上的永远是泰迪熊、身穿彩色制服的玩具兵（在变装舞厅里也绝对醒目）、一面鼓以及红白拐杖糖。而麻袋里真正的玩具则是一些特别花哨，售价5.99元的东西。

死神仔细看了一下。其中有真阿加丁帝国忍者，配有恐怖必杀技，还有孤胆夜巡队员卡萝卜队长，配有一柜子的玩具武器，每个武器都跟小人本身一样贵。

补充一句，女孩的玩具也同样令人绝望。基本上全是小马。基本上所有的小马都在笑。马啊，死神心想，马就不该笑——马在笑就说明有阴谋。

他再次叹气。

他的另一项工作是决定谁乖谁不乖。此前死神从未想过这种事情。乖不乖，本质上都是一样的。

然而还是必须由他决定。否则就派不了礼物。

猪拉着雪橇停在另一个烟囱旁。

“到了，到了。”阿尔伯特说，“詹姆斯·里德尔，八岁。”

哈，对。他在信里是这么说的，“我认为你不存在，因为所有人都知道圣猪老爹是爸妈装的。”嗯，对呀。死神说得颇有些讽刺语气，**他爸妈肯定没耐心去爬十二尺高的烟囱，肯定没有。这烟囱真窄，还没扫过。我要在他的地毯上多踩几个脚印。**

“好的，先生。就是这样。既然如此——你该下去了，先生。”

不如这样吧，他不相信圣猪老爹，我不给他礼物作为惩罚。

“可以。但这样做就证明了什么呢？”

死神叹了口气：**你说得对。**

“你核对过清单了吗？”

核对了，两次。你确定这样就够了？

“肯定够了。”

说真的吧，我真是从头到尾都搞不清楚。你说我到底要怎么判断他们乖不乖？

“呃，这个……我也不知道……就看他有没有好好整理衣服之类的吧。”

如果他表现好，我就送给他这个克拉奇的两轮战车，配真正的旋转刀刃？

“没错。”

如果他表现不好呢？

阿尔伯特挠挠头：“我小时候，不乖的小孩只能拿到一袋骨头。到了年末所有小孩都乖得不得了。”

唉，真是的。那现在呢？

阿尔伯特拿起一个包裹凑在耳边晃了晃，“听起来像是袜子。”

袜子。

“也可能是羊毛背心。”

活该。要让我说的话……

阿尔伯特看着积雪的屋顶叹了口气。眼下情况反常。他之所以来帮忙，是因为死神是他的主人，仅此而已。如果死神也有心肠的话，可以说他真的心肠不坏。但是……

“你真的要这么做吗，主人？”

死神停下脚步，半个身子卡在烟囱里。

你还有更好的办法吗，阿尔伯特？

这就是问题所在。阿尔伯特没有办法。

必须有人来派送礼物。

熊又跑到街上来了。

苏珊没管它们，甚至没说不准踩裂缝的事情。

熊就这样站着，看起来很疑惑，它有点透明，只有苏珊和孩子们能看见。和苏珊有关的消息在怪物中传得飞快。熊都听说过拨火棍的事情。它们的表情仿佛在说：有坚果和浆果吗？我们只想要点坚果和浆果。尖利的大獠牙？什么尖利的大獠——哦，这些牙齿啊？这些牙齿只是为了，呃，为了咬开坚果。另外有些浆果也很危险。

苏珊回家的时候，城里的钟刚敲了六点。苏珊有盖特家的钥匙。毕竟她不是仆人。

你不能既是女公爵又是仆人，但是当家庭教师则刚刚好。旁人就会这样理解：家庭教师不是你真正的身份，你只是在过上每个女孩（每个小妞）该过的生活（结婚生子）之前出来打发打发时间。你是来玩的，这就很容易理解了。

盖特夫妇有些怕她。她是公爵的女儿，而盖特先生则是个鞋业批发商。盖特夫人千方百计地想挤进上流社会，最近她正在苦读礼仪方面的书籍。她对待苏珊的态度恭敬又紧张，她认为其中的原因在于：对方乃是打小就知道餐巾和擦嘴布区别的那种人。

苏珊自己从不觉得学会几个单词就能跻身上流社会，她在老爸家里见过的那些贵族既不用餐巾也不用擦嘴布，他们全靠态度表明身份——“扔地上就行了，狗会来吃。”

盖特夫人曾紧张兮兮地问，皇后的第二个表亲该如何称呼，苏珊想也不想就回答：“我们一般就叫他贾米。”结果盖特夫人回到自己房间疑惑了好久。

盖特先生每次在走廊上碰到苏珊的时候就点点头，从不多说什么。他确信自己了解鞋类生意，这就足够了。至于高文和泰拉，起名字的人肯定很喜欢这两个孩子，苏珊回家的时候他们已经主动睡了。某个年龄段的小孩似乎坚信早点睡觉就能早点天亮。

她收拾干净学习室，准备好明早要用的东西，然后把孩子们丢在地上的东西一一捡起来。这时候忽然有个东西敲窗框。

苏珊看了看黑漆漆的窗外，然后打开窗户。一阵雪花飘进来。

夏天的时候，窗外就是樱桃树枝。到了冬天就只剩下灰色的枯枝，上面覆盖着白雪。

“是谁？”苏珊问。

有个东西从冰冻的树枝上跳进来。

“啾，啾，啾，你信吗？”渡鸦说。

“又是你？”

“你希望是可爱的小知更鸟吗？听我说，你外公——”

“走开！”

苏珊砰的一声关上窗户拉好窗帘，背对窗口，努力集中精神想着屋里的事情。多看看……普通事物对她有好处。

屋里有个圣猪树，和大厅里那个圣猪树相比，这一个很小。她帮孩子们做了不少装饰纸花。对，想想这些东西。

还有彩带。屋里还有冬青枝子，因为上面浆果太少，所以没有装饰在主屋里。这些冬青纸条上粘着一些黏土做的假果子，随意插在架子上、画片后面。

学习室的壁炉架子上挂着两只袜子。上面还摆着泰拉画的画，画上都是斑点状的蓝天，绿得很粗暴的草地，以及有四方形窗户的红房子。都是……

普通的东西……

她站直身体看着那些东西，指甲敲着木头文具盒上那个颇有深意的图案。

门开了。泰拉穿着乱糟糟的衣服出现在门口，手扶着门把手。“苏珊，我床底下又有个怪物……”

苏珊不敲文具盒了。

“……我听见它在动……”

苏珊叹了口气和那孩子一起出去。

“好了，泰拉。我马上就去。”

女孩点点头回到自己的房间，直接用力跳回床上免得被爪子抓住。黄铜架子上插着钳子和煤灰铲子，苏珊把拨火棍从架子上抽出来的时候，金属发出“铮”的一声。

她叹了口气。日常都是你自己造出来的。

她去了儿童卧室，俯身仿佛要帮泰拉掖好被子一样。然后她趴下，钻进床底下，抓住一把毛发，狠狠一拉。

吓人怪像个塞子一样被扯了出来，它还没来得及站稳，就发现自己一条胳膊被扭到了背后，整个趴在墙上。它想转头，结果看见苏珊的脸就在旁边紧盯着它。

高文爬起来跳下床。

“用那个声音说话！用那个声音说话！”他叫着。

“别用那个声音，别用那个声音！”吓人怪赶紧求饶。

“用拨火棍打它的头！”

“别用拨火棍！别用拨火棍！”

“是你，对不对！”苏珊说，“今天下午……”

“你不用棍子揍它吗？”高文说。

“别用棍子！”吓人怪哀嚎。

“你刚来镇上？”苏珊低声说。

“对啊！”吓人怪疑惑地皱起眉头，“你为什么能看见我？”

“那么看在圣猪节的分儿上，我友好地警告你一次。”

吓人怪想动：“你把这样叫作友好？”

“嗯？你想要试试不友好？”苏珊抓着吓人怪的胳膊一扭。

“不，不，不，还是友好一点吧！”

“严禁进入这座房子，懂吗？”

“你是个女巫之类的吗？”吓人怪哀嚎着说。

“我就是……有点不一样。好了……你不会再来了，对吧？不然下次我就要用上毯子了。”

“不来了！”

“我说真的。再来我们就把你的头放在毯子下面。”

“不！”

“有毛茸茸的小兔子在上头跳。”

“不！”

“你走吧。”

吓人怪连滚带爬地扑向大门。

“不对啊。”它低声说，“你看不见我们才对，你不是死人也不懂魔法。不该是这样……”

“试试19号那家，”苏珊心情好多了，“那家的家庭教师不信有吓人怪。”

“真的？”怪物满怀希望地问。

“但她坚信代数学。”

“嗯，很好。”吓人怪咧嘴笑起来。去那种人家搞恶作剧最棒了，家里管事的人都觉得它不存在。

“那我就走了。”它说，“呃，圣猪节快乐。”

“好吧。”苏珊看着它溜出去。

“不如上个月的有趣。”高文又躺下了，“你踢了它裤子那——”

“你们两个都去睡吧。”苏珊说。

“维里蒂说我们早点睡觉，圣猪老爹就会早点来。”泰拉随意地说。

“是啊。”苏珊回答，“很不幸，就是如此。”

这句话从他们脑海中飘过。苏珊也不知道自己为什么会这么说，但是她知道要信任自己的直觉。

她讨厌这种直觉。直觉毁了她的生活。她天生就有这种直觉。

孩子们盖好了被子，她轻轻关上门回到学习室。

有些东西发生了变化。

她看着袜子，袜子里还是空的。彩带沙沙作响。

她看着圣猪树。锡箔纸在树上闪耀，胡乱粘起来的装饰品挂在树上。

树枝顶上是圣猪节精灵……

她抱起胳膊看着天花板，夸张地叹了口气。

“是你，对不对？”她说。

吱吱？

“没错，就是。你伸直胳膊好像稻草人一样，你在自己的镰刀上粘了一颗星星，你有没有……”

鼠之死神愧疚地低下头。

吱吱。

“你骗不了任何人。”

吱吱。

“赶紧下来！”

吱吱。

“你把圣猪精灵拿到哪儿去了？”

“塞到椅子靠垫底下去了。”房间另一边的书架上传来一个声音。什么东西敲了几下，渡鸦的声音接着说：“这些眼球简直太硬了，对吧？”

苏珊跑到房间那边一把抓住那个碗，她速度太快了，结果渡鸦被掀翻摔个两脚朝天。

“这些是榛子！”她喊道。那两个家伙在她旁边乱蹦。“不是眼球！这是学习室！学习室和、和、和渡鸦熟食店的区别就是，学习室的碗里没有眼球，也不准渡鸦进来吃东西！懂了吗？没有眼球！世界上到处都有小圆球，但不是眼球！明白吗？”

渡鸦翻了个白眼。

“那么估计也没有热乎乎的肝脏——”

“闭嘴！你们两个马上给我出去！我不知道你们是怎么进来的——”

“有立法禁止圣猪节爬烟囱吗？”

“——总之不准再在我眼前出现了，懂吗？”

“老鼠说，就算你疯了，也必须给你提个醒。”渡鸦很不开心，“我不想来，有一头蠢驴死在城门口了，我要是有蹄子就好了——”

“提醒什么？”苏珊问。

那种感觉又来了。脑内风云剧变，时间仿佛可以触摸……

鼠之死神点点头。

头顶较远处传来胡乱扒拉的声音。一些煤灰从烟囱里掉下来。

吱吱。老鼠很小声地说。

就像是鱼预感到新海潮涌起，淡水冲进了大海一样，苏珊注意到了那种新感觉。时间流进了这个世界。

她看着钟。此时刚好六点半。

渡鸦咂巴着自己的喙。

“老鼠说……老鼠说：你一定要小心……”

在这个闪闪亮亮的圣猪前夜，还有不少人在工作。睡魔在四处奔波，背着自己的口袋从一张床跑到另一张床。冰霜杰克在各家各户的窗户上画各种霜花。

一个弓腰驼背的影子在排水沟里跌跌撞撞地走着，那身影的双脚在淤泥中踩得吱嘎响，同时还不停地小声骂人。

那人穿着脏兮兮的黑色西装，头上戴了顶帽子，那帽子在多元宇宙中有些地方叫“高顶礼帽”，有些地方叫“德比帽”，有些地方叫“看起来特别臭屁的帽子”。那顶帽子拉得很低，由于这个人长了对尖尖的耳朵，耳朵从帽子底下冒出来，整个人看起来像个恶狠狠的翼形螺帽。

那人影其实是个地精，不过他此时干着精灵的工作。精灵并不一定是闪亮亮的小生物。闪亮的外表只是工作需要，其实绝大部分的精灵是隐形的[1]。任何依照超自然法律被短期雇用来搬运东西的生物都可以当

1 比如“电钻卡壳精灵”。

精灵，一般是小型生物，他们的主要工作是爬排水管、骂人、搬东西。

对，没错，他就是在干这个。总要有人来干活才行，而他看起来正是适合这份工作的地精。

对，没错。

西德尼忧心忡忡。他不喜欢暴力，可惜最近几天总是充满暴力，但这地方似乎并没有时日变化。而那些人……唉，他们大概觉得拿尖的东西捅人很有趣，还好他们根本不理西德尼，正如狮子不理蚂蚁。不过他们确实很担心他。

但他们最担心的人还是茗时。就连那个叫铁丝网的暴徒对待茗时也很小心，甚至可以说是恭敬。而那个名叫班卓的大怪物简直像个小狗一样跟着茗时转。

眼下这个大块头正看着西德尼。

西德尼不禁想起了罗尼·詹克斯。罗尼·詹克斯是个校园恶霸，他害得西德尼在锥石太太那所破学校里过得十分悲惨。罗尼不是学生，他是锥石老太的孙子或者侄子之类，所以能在学校里到处乱逛，欺负那些比他弱、比他小、比他聪明的孩子。总的来说全校的小孩基本上都比他弱、比他小、比他聪明，因此这样看来，他选中西德尼就显得格外不公平。

西德尼不恨罗尼。他怕得不得了。他想要和罗尼做朋友。真的，特别想。因为，万一他们真的成了朋友，就不会有人踩他的头了，他就能好好吃午餐了，午餐就不会被扔进厕所里了。事实却是只有午餐被扔进厕所的话，那一天还算过得好。

尽管罗尼死命欺负西德尼，西德尼终究还是长大了，考上大学了。偶尔他妈妈会跟他讲罗尼的近况（从妈妈的角度来看，她总觉得两个小男孩在同一所学校就是朋友）。现在罗尼似乎开了个水果店，还和一个名叫安吉的女孩结婚了[1]。西德尼心想，这点惩罚可不够。班卓连喘气都像罗尼，呼吸对他们来说是一项需要高度专注的智力活动，而且他们都有一个鼻孔不通气。班卓的嘴总是张着，仿佛无时无刻不在吞吃肉眼看不见的浮游生物。

西德尼专心做自己的事情，努力无视身后喘粗气的声音。后面的声调忽然发生了变化，西德尼抬起头。

“太了不起了，”茗时说，“你一动手就显得特别简单。”

西德尼紧张地往后缩了缩。

“呃……应该已经好了，先生。”他说，“就是有点磨损，因为我们堆积了……”

他很难把这句话说完，他努力不让自己去看那堆东西，那堆东西发出了某种声音。“堆积了……很多东西。”他勉强结束。

“我们还要重复念那个咒语吗？”茗时问。

“不用了，会一直有效，”西德尼说，“简单的那些会一直有效。不过状态发生变化，由……由……那个提供动力，可以一直使用……”

他吞了吞口水。

“所以，”西德尼继续说，“我在想……先生，其实你们并不需要我，也许……”

“布朗先生觉得顶层的锁比较麻烦，”茗时说，“就是我们打不开的那扇门，记得吧？你肯定能帮上忙。”

西德尼脸色一沉。

---

1 根据西德尼妈妈的描述，是罗尼高攀了安吉，因为闪烁街的某鳗鱼馅饼店有安吉爸爸一半的股份。妈妈还说，一定要让西德尼认识一下安吉，她牙齿健全，一条腿是木头的，但很难看得出来。安吉还有个妹妹叫康蒂洁织，那孩子很可爱，下次西德尼回家的时候让安吉请康蒂洁织一起来喝茶，这段时间她都没见到自己的伟大巫师儿子，算了，谁知道呢，不过要是魔法事业不成功，鳗鱼馅饼店的四分之一股份也不可小看啊……

“我不是锁匠。”

“那锁是魔法的。”

西德尼张张嘴，说道：“我不懂魔法的锁头。”但他说完就后悔了。他明白，如果茗时让你做某件事，而你不擅长，那么最好的办法——唯一的办法——就是赶紧学会。西德尼不笨，他知道其他人对待茗时是什么态度，那些人是他做梦都向往的[1]。

这时候中戴夫突然从楼上下来，西德尼松了口气。人人都知道茗时的眼神有多厉害，有个中戴夫这样的人突然打断真的特别庆幸。

“我们发现了另一个卫兵，先生，在六楼。他此前一直藏着。”

茗时站起身：“哦，这样啊。他不想当英雄是吧？”

“他只是害怕。我们要放了他吗？”

“放了他？”茗时说，“后患无穷啊。我这就上去。跟我一起，巫师先生。”

西德尼很不情愿地跟他去了。

他原以为自己在幽冥大学见过很多奇形怪状的建筑了，但是这座塔——如果它是个塔的话——把大学里那些建筑衬托得像几根普通管子。这座塔内部至少有四座螺旋形的楼梯，楼梯平台互相交错，有时候全然不顾公认的物理法则，就那样互相穿过去。其实这对于幽冥大学毕业生来说也没什么大不了——虽然严格来说西德尼还没毕业。真正让人惊讶的是这里没有影子。影子能勾勒出物品，描绘出世界的轮廓，一般你都不会注意到影子的存在，但它们消失了你会立刻发觉。这塔里全是白色大理石，看起来仿佛从内到外地发着光。就算是无比灿烂的阳光从窗户照进来，地上也绝不会有一丝丝阴影。这座塔似乎在躲避着黑暗。

1　不是说他想做那些事情，也不是说他想被这样那样，只是在被生活的黑夜夹在腋下时，会有这样的梦想。

更吓人的是，在七拐八拐地走了一大圈之后，你会发现自己虽然在顺着楼梯往下走，其实却是在往上，而远处的地板则高挂在你头顶。西德尼注意到，所有人遇到这种事的时候都紧闭着眼睛，而茗时则是一步跨三级台阶，开心得像个发现新玩具的小孩。

他们来到上面一层的楼梯间，这里紧连着一条走廊。其他人都在一扇紧闭的门外。

“他把自己反锁在里头了。”铁丝网说。

茗时敲敲门：“你在里头，还是出来吧。我保证不伤害你。”

“不！”

茗时后退几步说：“班卓，把门砸了。”

班卓冲向前，狠狠地踢了几下，门就开了。

那个卫兵躲在翻倒的柜子后面。茗时从柜子上走过来的时候，他赶紧往后躲。“你到这里来干什么？”他喊道，“你是谁？”

“啊，就等你问呢，我是你最恐怖的噩梦哦！”茗时超级开心地说。

那人一抖。

“你是说……有巨形卷心菜和嗖嗖嗖的飞刀那种？”

“你说什么？”茗时一时有些困惑。

“那你是不是从高处坠落的时候，看不到地面，只有——”

“不，其实我是——”

卫兵往下一趴，“哇……千万不能是那种啊，就是那种，全是泥巴，所有的东西都变成蓝色——”

“不，我是——”

“啊，天啊，那你肯定是。这边虽然有门，但是门开了之后外头没有地面，接着就冒出来很多爪子——”

“不，”茗时说，“不是那种。”他从袖子里抽出匕首，“我是凭空冒出来然后杀死你的人。”

卫兵松了口气笑起来："哦，那种啊，那种不吓……"

茗时陡然一挥手，对方便渐渐皱起来。接着就像其他被杀掉的卫兵一样，他消失了。

他消失的同时，茗时说："我感觉这次充满善意呢，毕竟快到圣猪节了嘛。"

死神站在儿童室的地毯正中间，袍子里垫的抱枕有点往下滑……

地毯很旧了。所有的东西在各个房间里都被用过了之后就会来到儿童室。这张地毯是很久以前某人以麻布作为底面，上层用颜色明快的长布条认认真真编起来的，结果这地毯看起来好像漏气了的拉斯特法里派[1]刺猬。布条中藏着很多小东西，有陈年面包屑，玩具零件，大量的灰尘。它见识过生命，甚至还自己进化出了好些生命。

雪落在地毯的脏东西上融化了。

苏珊气得满脸通红。

"我说，这是为什么？"她绕着地毯上那个人走来走去，"这是圣猪节！应该开心，有槲寄生和冬青，还有……还有其他各种各样让人高兴的东西！今晚大家希望轻松愉快，吃东西吃到撑！今晚大家只想见到众位亲戚——"

她突然不说话了。

"我是说，今晚是活人的节日，"她说，"他们不想……大过节的看到一个骷髅！尤其是你，我不得不多说一句，戴假胡子，袍子里垫抱枕也没用！说真的，为什么啊？"

死神很紧张。

1　拉斯特法里派是西印度群岛上一些狂热崇拜前埃塞俄比亚皇帝海尔塞拉西的人。他们留很长很夸张的雷鬼发型。——译者注

阿尔伯特说这样可以帮助我理解事物的精神。呃，很高兴再见到你。

屋里发出咕吱一声。

苏珊转过身，她很庆幸此时能有点别的东西出现。

“别以为我听不见！那些是葡萄，懂吗？除了葡萄就是小蜜橘！从水果碗里滚出去！”

“鸟儿想尝尝又怎么了。”渡鸦在桌上郁郁不乐地说。

“你，放下坚果！那些是明天吃的！”

唧唧！鼠之死神赶紧吞下嘴里的东西。

苏珊转身看着死神。假胡子现在已经到小腹的位置了。

“这房子很漂亮，”苏珊说，“这份工作也特别好。而且是真实的工作，和普通的人在一起。我一直想过真实的生活，遇到各种真实的事情！结果突然一个破马戏团冲过来。你看看你们几个，三个小丑齐上阵？我不知道这是怎么回事，反正你们是要走了对吧？这是我的生活，跟你们完全无关，不能……”

忽然有人低声抱怨，然后一些煤灰掉下来，一个瘦骨伶仃的老头落在壁炉里。

“呸呸！”他说。

“我的老天！”苏珊更加生气了，“这不是精灵阿尔伯特吗！好好好！请进吧，请！圣猪老爹再不来，圣猪节就没他的份儿了是吧！”

他不会来了。死神说。那个抱枕掉在地毯上。

“为什么不来了呢？两个孩子都写信给他了呢。”苏珊说，“你也知道规矩的吧。”

没错。是有规矩。规矩都列在纸上。我仔细看了。

阿尔伯特把尖尖帽子摘掉，吐出几口煤灰。

“真的。他仔细看了。看了两次。”他说，“有什么可以喝的吗？”

“那你们来干什么？”苏珊问，“如果你们是为了工作而来的话，我必须说这身衣服真是特别丑——”

圣猪老爹……现在没空。

“没空？在圣猪节没空？”

对。

“为什么？”

他……我看看……没有适当的人类词语可以描述，所以……我们就当他……死了。对，他死了。

苏珊从来不曾在圣猪节挂起袜子，也从来没去找过灵糕节鸭子的蛋。她没有把牙齿放在枕头底下，然后一本正经地等着喜爱牙齿的精灵出现。

倒不是因为她父母不信这些。他们不需要信，他们知道那些东西存在，只是由衷希望它们不存在罢了。

当然了，在节日期间还是有礼物的，礼物都附上了标签详细说明来历。比如在灵糕节清晨会有漂亮的蛋，里面装满糖果。每颗乳牙都至少能换来一元钱，钱都是爸爸给的，毫无疑问[1]。每件礼物的来源都非常明确直接。

现在她知道父母是想保护她。她小时候不知道父亲曾当过死神的学徒，而妈妈则是死神的养女。她隐隐约约记得曾有几次见过一个欢快然而瘦得离奇的人。后来那人就再也不来了。后来她见到了他本人，是的，他也有很讨人喜欢的一面，当时她还奇怪自己的父母为什么如此不近人情，当然现在她懂了。基因远不止两个小螺旋。苏珊在有必要的时

1　事实上，苏珊八岁的时候在一个阁楼里发现了很多动物骷髅，都是某位爱刨根问底的前任公爵留下的东西。她父亲一直忙于国事，所以苏珊骗了足足27元才被发现。事后想想，用河马的臼齿实在太假了。但是就算是八岁，苏珊也不怕任何骷髅。

候可以穿墙而过。她可以发出那种胜似事实的声音，那声音可以深入人心，让他们老实听话。还有她的头发……

头发是最近才出现问题的。之前她的头发都不受控制，大概到了十七岁的时候，她发现头发其实能自己管好自己。

这件事吓跑了好几个年轻男士。一个人的发型可以自动变化，头发能像一窝小猫一样自己爬来爬去，绝对不利于发展任何人际关系。

不过现在已经好多了。她可以一连好几天不出现任何异常，只当一个完完全全的人类。

但总会出现那种情况——你去闯荡世界，自立自强获得成功，结果以前那些令人尴尬的亲戚们突然就冒出来了。

地精骂骂咧咧地从另外一条排水管里爬出来，把帽子按在头上戴好，然后把麻袋扔到雪堆上，自己也跟着跳了上去。

“那个好。”他说，“他折腾了好几周才弄掉那个。”

他从兜里掏出一张皱巴巴的纸凑近了仔细看。然后他看到房子旁边有个老头在默默干活。

他站在窗边，正认认真真地看着窗户玻璃。

地精很感兴趣，于是走上前仔细看。

看了一会儿，他说：“只有蕨类图案吗？挺好看，但是光画蕨类图案我可不会给你的帽子里扔硬币。”

那人拿着笔转过身。

“我只是喜欢蕨类图案而已。”冰霜杰克冷冷地说。

“可是人们喜欢的都是大眼睛小孩，从靴子里探出头的小猫咪、小狗狗之类的图画，你知道吧。”

“我就喜欢蕨类。”

“大朵的太阳花也行，或者快乐的海滨……”

“以及蕨类。”

“话说，要是那些个大块头的修道士让你在神庙天花板上画上帝、天使之类的东西，你要怎么画？”

“那就画些上帝、天使好了，只不过……”

“——长得像蕨类植物？”

“我讨厌别人说我一心只喜欢蕨类。”冰霜杰克说，“我也会画很漂亮的漩涡花纹。”

“你的漩涡花纹长什么样？”

“呃……必须承认，如果缺乏鉴赏力的话，看起来像是蕨类。”冰霜杰克俯下身，“你是谁啊？”

地精后退了几步。

“你不是牙仙，对吧？我见过不少牙仙，都是可爱的女孩子。”

“不不不，不是牙仙。”地精抓紧了自己的大口袋。

“口袋里是什么？”

地精跟他说了。

“真的？”冰霜杰克说，“我还以为它们是凭空出现的呢。”

“哼，要这么说的话，我还以为窗户上的霜也是凭空出现的呢。”地精回答，“话说，你看起来也没那么扎人。不过你肯定能穿透很多层被子。”

“我不盖被子。”冰霜杰克冷淡地说着转过身，“好了，请原谅，我还有很多窗户要画。蕨类图案也很复杂，手必须稳才行。”

“你说死了是什么意思？”苏珊问。

“圣猪老爹怎么会死？他……他不是你这样的吗？神格——”

神格拟人化。没错，他就是这样的存在。他是圣猪节的精神。

“那为什么，为什么有人能杀死圣猪老爹？请他喝下毒的雪利酒吗？在烟囱里安上尖刺吗？”

还有更加……精准的办法。

“咳咳咳，我的天，这些煤灰啊，”阿尔伯特大声说，“呛死我了。”

苏珊没理他，自己继续说：“所以你就顶替他了？真恶心！”

死神似乎很伤心。

“我去别处看看。”阿尔伯特说着想从苏珊身边溜走，冲向开着的大门。

苏珊一把关上门。

“你在这里干什么，阿尔伯特？”苏珊揪住他，“我以为你只要返回这个世界就会死呢！”

啊，但我们并不是在这个世界里。死神说，**我们其实是在圣猪老爹的协调性现实中。普通法则在此都不适用。不然怎么可能一夜之间环游整个世界？**

“对，”阿尔伯特狠狠瞟了她一眼，“我是圣猪老爹的小助手，官方助手。我有绿色尖帽和其他所有装备。”他忽然看见了孩子们留在桌上的雪利酒和萝卜，于是就跑了过去。

苏珊非常惊讶。前几天她曾带孩子们去了大棒街一家大商店的“圣猪老爹山洞”。当然那不是真的山洞，不过店里请了个不错的演员，穿着红外套，还有人打扮成精灵的样子。商店外面聚集了一群人，那些是等高运动支持者[1]在表示抗议。

1 等高运动支持者是为不同身高的人争取平等权利的活动。绝大部分精灵和地精根本不喜欢戴有铃铛的尖帽，因为很多事情都比铃铛和尖帽有趣，但是等高运动却绝不能取消。那些叮叮当当的小东西只适合住在树林里的老年人——比如小矮人冲进安卡-摩波，喝个大醉，一本正经踢人脚脖子，然后去找女矮人之类的。其实如今等高运动要花很多时间去跟别人解释：他们根本没有时间去争取自己的平等权利。

那些精灵跟阿尔伯特完全不同。要是那些精灵长得跟他一样，人们就该拿着武器冲进山洞了。

“你今年乖不乖啊？”阿尔伯特往壁炉里吐了口口水。

苏珊瞪着他。

死神弯下腰。她盯着他眼窝里那双蓝色的光点。

你过得好吗？他问。

“挺好。”

自立了吗？在这个世界里靠自己的力量好好生活了吗？

“是的！”

好。好了，过来，阿尔伯特。我们得给袜子里装上礼物，然后继续干活。

死神掏出几张信纸。

有人给孩子起名叫泰拉？

“是啊，为什么——”

另一个叫高文？

“对。你看，怎么能——”

为什么叫高文？

“我猜想……可能是这个名字代表着坚强的战士……”

我相信这愿望肯定自然而然就能实现。那个女孩，她用绿色的蜡笔在粉色的纸上写信，信纸角上画了个穿裙子的老鼠。

“她之所以用这样的纸和笔，包括她写的错别字，都是为了让圣猪老爹知道她是个小可爱。”苏珊解释道，“但是我说，为什么你——”

她说她五岁了。

“对，这两年她一直五岁。要论顶嘴气人的话，她至少有三十五吧。为什么是你来——”

但她还相信圣猪老爹？

“对，只要面前有个娃娃，她什么都信。你先别走，先告诉我为什么——”

死神把袜子挂回壁炉架上。

我们必须走了。圣猪节快乐。呃……对了，还有这个：嚯。嚯。嚯。

“雪利酒好喝。”阿尔伯特擦擦嘴。

愤怒取代了苏珊的好奇心，并且迅速传递开来。

“你居然当真把小孩子留给真正的圣猪老爹的酒喝了？”她说。

“对啊，为什么不喝呢？他又喝不了了，他都不在了。”

“我问一句，你喝了多少？”

“不知道，没数。”阿尔伯特开心地回答。

一百八十万零七百零六杯，死神说，**外加六十八万三百一十九块猪肉派。还吃了一个萝卜。**

“那个萝卜看起来和派长得一样。”阿尔伯特说，“其实什么都长得一样了。”

“你怎么还不原地爆炸？”

“不知道。大概是我消化好。”

对圣猪老爹来说，所有的猪肉派只是一块猪肉派，萝卜的那一个除外。走了，阿尔伯特。我们耽误了苏珊不少时间了。

“你为什么要干这种事？”苏珊大喊。

抱歉，不能告诉你。忘了你见过我吧。这件事与你无关。

“和我无关？怎么会——”

好了……我们必须走了……

“晚安。”阿尔伯特说。

钟敲了两下表示半点。现在依然是六点半。

他们走了。

雪橇划过天空。

“她会查清楚前因后果，你也知道吧。”阿尔伯特说。

唉，天啊。

“尤其是你还跟她说不要多问。”

你真的这么认为？

“是啊。”阿尔伯特说。

我的天啊，我还得好好学习关于人类的事情啊。

“呃……也不好说……”阿尔伯特回答。

将人类卷入此次事件肯定不对。所以我才明确要求她不要多管闲事，你也看见了吧。

“对啊……看见了……”

再说了，这样也不合规定。

“你说过，那些灰不溜秋的坏蛋已经破坏规则了。”

是的，但是我不可能一挥魔杖让事情变好。肯定需要一个流程。死神看着前方，过了一会儿耸耸肩，**我们还有很多事情要做。我们要恪守诺言。**

“对，夜晚还年轻着呢。”阿尔伯特坐回麻袋里。

夜晚很老了。夜晚一直都很老。

猪继续跑着。过了一会儿，阿尔伯特说：“不，不老。”

你说什么？

“夜晚不如白天老，主人，这是肯定的。必须得先有一个白天，然后人们才知道还有夜晚。”

对，不过我那么说更有戏剧效果。

“哦，也对哦。”

苏珊站在壁炉边。

她不是不喜欢死神。如果把死神看作一个人而非他人生命的终结的话，她其实真的很喜欢死神，某种挺奇怪的喜欢。

即使如此……

一想到是死神大人给圣猪节的袜子里装上礼物，她还是无法接受，不管怎么想都接受不了。这感觉就好比硬要把麻烦老头想象成牙仙。啊，对，麻烦老头……现在自己就够麻烦的……

说实话，晚上鬼鬼祟祟地跑进小孩子的卧室，简直是变态啊……

当然，圣猪老爹嘛，但是……

圣猪树下传来轻微的叮当声。

渡鸦放开了树上一个亮片。

“抱歉，”他小声说，“种族习性。你知道的……圆的，闪亮的，有时候就是忍不住想啄——”

“金币巧克力是孩子们吃的！”

吱吱？鼠之死神从闪亮的金币旁爬开。

“他为什么当圣猪老爹？”

吱吱。

“你也不知道？”

吱吱。

“是发生了什么不好的事情？他把真正的圣猪老爹怎么样了？”

吱吱。

“他为什么不告诉我？”

吱吱。

“谢谢，你帮大忙了。”

她身后有什么东西给撕裂了。苏珊一转身，发现渡鸦正小心地撕开包装用的红纸。

“立刻住手！”

渡鸦很惭愧。

“只撕了一点点，”他说，“不会被发现的。”

“你想要这个干什么？”

“我们就是喜欢鲜亮的颜色而已，下意识的。”

“那是八哥！”

“啊，是吗？”

鼠之死神点点头，**吱吱。**

“嗯，你突然就成鸟类专家了哈？”渡鸦愤愤地对他说。

苏珊坐下来伸出手。

鼠之死神跳到她手上，他的爪子像小针一样扎着她。

这场景看起来应该是美丽可爱的女主角和青鸟一起唱一首二重唱。

真的挺像。

至少轮廓像。只不过这个场景是儿童限制级的。

“他发疯了吗？”

吱吱。老鼠耸耸肩。

“有这种可能性，对吧？他很老了，我想他肯定见过很多恐怖的事情。”

吱吱。

“世上的一切麻烦事情他都见过。”渡鸦翻译道。

“我能听懂。”苏珊说。这也算是天赋之一。她不知道老鼠具体说了什么，但是明白其中的意思。

“他出事了，但是不肯告诉我。”苏珊说。

这下她更生气了。

“但是阿尔伯特跟他在一起。”她又说。

苏珊心想：几百几千万年都做同样的工作，而且是很可怕的工作。并不是每个老人都能长命百岁安乐离世，做那种工作早晚会出事。

必须做点什么。早先泰拉的奶奶就曾经到处跟人说自己是克鲁尔的皇后，而且还不穿衣服。

苏珊很聪明，知道光说一句“必须做点什么”其实一点用也没有，说这句话的人从来不会说“我这就去做”。但是必须有人把这句话付诸行动，眼下看来，唯一的人选就是苏珊自己了，没有别人。

泰拉的奶奶后来一直住在一个可以看到大海的护理之家，从那里可以望见奎尔姆。但死神去不了护理之家。再说了，同住的人多半也不会喜欢死神。

苏珊集中精神，这是她的各种天赋中最简单的一项。她很奇怪为什么其他人都不能集中精神。她闭上眼睛，手放在及肩的高度，掌心向下，伸展手指放下手掌。

手下降到一半时，她听见钟不再走动了。最后一下嘀哒声拖得很长，仿佛在垂死挣扎。

时间停止了。

但她的行动还在继续。

她小的时候常常奇怪，为什么去外公家住了好几天，回来的时候日程依然还在走的那天，他们仿佛根本没离开过一样。

现在她知道原因了，不过可能人类其实根本不能真正理解其中的原理。有些时间，有些地方，有些状况，是时钟上的数字无法计量的。

在每两个理性的瞬间之间，间隔着数十亿个不理性的瞬间。在分、秒、小时的背后，有个地方可供圣猪老爹驾车奔走，可供牙仙爬小梯子，可供冰霜杰克画画，可供灵糕节鸭子下巧克力蛋。在笨重的一秒又一秒之间，有着无尽的空间，死神可以像跳舞的女巫穿过雨滴一样行动，绝不会沾上一点时间。

人类可以活在——不，人类不能活在这个空间里，因为就算你可以用一澡盆的水稀释一杯酒，这样液体的总量虽然很多，但酒的量依然只有一杯。橡皮筋拉得再长也还是那根橡皮筋。不过人类可以存在于这个空间里。

这个空间不冷，只是空气好像晴朗的冬季早晨一样刺人。苏珊还是习惯性地把斗篷裹紧。

吱吱。

“你不需要去见见你的家鼠、田鼠朋友吗？”

“不用，圣猪节前夕很平静的。”渡鸦努力用爪子折一片红纸，“接下来不出几天你就能收到一大堆沙鼠、仓鼠之类的。多半是孩子们忘了喂食，或者是想研究一下老鼠为什么会跑。”

当然，苏珊这时候丢下了孩子。不过他们不会有事的。因为根本没有时间可以让事情发生。

她下楼从前门出去。

雪悬浮在半空中。这可不是什么诗意的描述，它们就是像星星一样飘在空中。当雪花碰到苏珊的时候，它们就会随着一个小小的闪电融化掉。

路上有很多车，不过都随着时间的停止而冻结了。她小心地从车子之间穿过，最终来到公园入口。

巫师和夜巡队没能干成的事情雪却干成了，那就是——清扫安卡-摩波。目前这座城还没时间变脏。到了早晨，它就会变成咖啡拌奶油的样子，但是现在雪堆积在树上、灌木丛上，一切都洁白无瑕。

周围一片寂静。雪幕挡住了城市的灯光。前面几码远的公园里感觉和乡下差不多。

苏珊把手指放在嘴里吹了个口哨。

“你可以做得更有仪式感一点。”渡鸦停在积雪的树枝上。

“闭嘴。”

“这样也行吧，比其他女人吹得像样。”

“闭嘴。”

他们等了一会儿。

“你为什么从小女孩的礼物包装上偷一片红纸？”苏珊问。

“我自有计划。”渡鸦阴沉地说。

他们继续等着。

苏珊在想，要是这样不管用的话又该怎么办。她不知道老鼠会不会笑她。那个老鼠偷偷笑的声音比什么都烦人。

一阵马蹄的声响传来，静止在半空中的雪花分开，一匹马出现了。冰冰小跑着绕了个圈，站在他们面前喷了口气。

它没戴鞍子。不过死神的马绝不会让你掉下去。

要是我骑上去，就会再次变成那样，苏珊心想，我会离开这边的光亮进入另一个世界，我会偏离正轨。

不过她内心有个声音说：但是你想去……对吧？

十秒钟后，周围只剩下了雪花。

渡鸦对鼠之死神说：“哪儿能找到小绳子？”

吱吱。

有人在看着苏珊。

一个说：她是谁？

一个说：我们记不记得死神收养了一个女儿？这个姑娘就是她的女儿。

一个说：她是人类？

一个说：基本上是的。

一个说：她能被杀死吗？

一个说：当然能啊。

一个说：那就挺好。

一个说：呃……我们不该去插手这边的麻烦吧？这些事情都……没有授权，我们不想引起怀疑。

一个说：我们有义务将草率的思想从宇宙中清除出去。

一个说：大家明白之后都会感激我们。

冰冰轻轻落在死神的草地上。

苏珊没有走前门，她直接去了后门，后门从来都不上锁。

这里有些变化。至少有一个大变化。

门上有个猫洞。

她盯着这个猫洞。

片刻后，一只橘猫从洞里钻出来，用“我不饿，而你不喜欢猫”的眼神瞄了她一眼，接着就跑进花园里去了。

苏珊推开门进入厨房。

屋里到处都是猫，有大有小，花色各异，几百只眼睛一起看着她。

真像是加玛奇夫人搬来住了，她心想。那个老太太是棺材板酒吧的常客，有点疯疯癫癫，老年疯癫最明显的一点症状就是突然变成慢性猫奴。通常来说，一只真真正正的猫其实只存在于脏兮兮的纸箱附近。

有些猫会把鼻子伸进奶油里。

苏珊一直不懂猫有什么好处。喜欢猫的人大都喜欢布丁。世界上真的有人认为天堂就是一只巧克力猫。

“走开，都走开。”她说，“我都不知道他居然养了宠物。”

猫咪们用那种“我们本来就会走”的眼神看着她，舔舔爪子，挪了个窝。

碗里的东西又重新满起来。

这些显然都是真正的猫。只有活的东西才能在这里显出颜色。其他一切都是死神自己造出来的。色彩、音乐还有管道系统这几门技艺，死神还未能掌握。

她丢下厨房里的猫，去了书房。

书房里也有变化。看样子死神又开始学拉小提琴了。他一直不明白自己为什么演奏不了音乐。

桌上乱七八糟，摊开的书堆在一起。有些书苏珊根本不会念。有些书的文字漂浮在页面上，还有些文字会排成复杂的图案，你读书的时候书也会读你。

书上胡乱放着好些复杂的仪器。看起来似乎有点像航海用的，但是究竟是在什么海上对应哪种星星呢？

另外还有几张羊皮纸，纸上是死神亲手写的东西。死神的笔迹很好认。因为除了他，苏珊从没见过写字还带装饰线条的人。

看样子死神似乎是想理清思路。

不说克拉奇方言。不说霍沃翁兰方言。不说帝国语。

假设有两千万个小孩，每个小孩的玩具重两磅。

总重量为一万七千八百五十七吨，每小时约一千七百八十五吨。

附：一定要清理煤灰脚印。练习嚯嚯嚯。

抱枕。

苏珊小心翼翼地把那张纸放回去。

她就知道早晚会变成这样。死神对人类很是着迷，而研究总是双向的。一个人可以终其一生偷窥基本粒子的私生活，最终发现，他不知道自己是谁，不知道自己在哪里，虽然不是都不知道，但就是不能同时知道。所以死神得到了……人性。虽然不是真正的人性，但是你不仔细看也看不出区别。

这座房子模仿了人类居所。死神给自己布置了一间卧室，但其实他从来不睡觉。如果他真的从人类身上学到了各种东西，他是不是也学到了疯癫呢？毕竟疯癫也是很流行的。

说不定过了这么些个千禧年，他也想变得随和点。

随后苏珊去了沙漏屋。她小时很喜欢这屋里的声音。几百万个沙漏里发出沙沙的声响，漏完了的沙漏砰的一声消失，新的沙漏噗地一下出现，但现在这些声响听起来可不怎么悦耳。现在苏珊明白了沙漏是什么意思。每个人迟早都会死，这是当然的。然而听到别人死去的声音依然不愉快。

她正要离开的时候，忽然发现此前根本没有门的地方出现了一扇门。

那是一扇伪装的门。原本是一座摆满了沙漏的架子，现在那个架子打开了。苏珊只用一根手指就能把它推开关上。当门关起来的时候，看上去严丝合缝。打开之后对面有个比较小的房间。怎么说呢，就只有一个教堂那么大。借着大房间的光线，苏珊看见这个小房间里从地面到天花板也摆满了沙漏。她走进小房间，打了个响指。

“光。”她说道。于是几只蜡烛自动亮起来。

那些沙漏都……很奇怪。

在大屋里的那些沙漏尽管都只是些象征意义上的东西，却一个个都具有实体，是用木头、黄铜、玻璃之类的材料做成的。但是这个屋子里的沙漏仿佛是由光影构成的，完全不是有形的材料。她看了看其中一个大的。

那个沙漏上的名字是：奥夫勒。

“难道是鳄鱼神？”她心想。

据苏珊所知，就算神也是有生命的，他们也不会真正死去。他们最终会变成风中的低语或者宗教书籍上的注脚。

屋子里还有其他神的沙漏。苏珊认出了其中一部分。

架子上还有一些比较小的沙漏。她看到那些沙漏的名字时，险些笑出来。

“牙仙？睡魔？大麦约翰[1]？灵糕节鸭子？那啥之神？”

她后退了几步，忽然发现脚边有个东西。

地上有些玻璃碎片。她蹲下来捡起一块大的，上面写着几个字。

圣猪……

“啊，糟了……是真的。外公啊，你是怎么回事啊？”

她离开的时候蜡烛也灭了。屋里再次陷入黑暗。

黑暗中，散落在地上的沙子散发着微弱的光……

马斯特朗·瑞克雷把腰上的毛巾围好。

“怎么样了，莫多先生？”

大学园丁朝他行了个礼。

“浴缸都灌满水了，校长先生阁下！”莫多愉快地说，“我一整天都在烧锅炉！”

别的高级巫师都挤在门口。

“马斯特朗，说真的，我觉得这样很不明智。”近代如尼文讲师说，“这房间被封起来肯定是有原因的。”

“别忘了门上写的字。”院长说。

“写那些字只是为了不让人进来。”瑞克雷说着拆开一块新的香皂。

“嗯，是啊。”不确定性研究会主席说，“没错。人就是这样。”

“这是个浴室，”瑞克雷说，“你们别把它说成拷问室一样。”

“这浴室是蠢蛋约翰逊设计的。”院长说，“维若蜡校长只用了

1 威士忌、白兰地之类的烈性蒸馏酒之神。——译者注

一次就把它封起来了！马斯特朗，你一定要三思啊！这可是蠢蛋约翰逊的大作啊！”

一时间气氛有所停顿，因为瑞克雷确实需要再想想。

已故的（只嫌他故得太晚）伯格霍尔特·斯图特莱·约翰逊被认为是世界上最差劲的发明家，但是他那种差劲也是相当离奇的。水平差的发明家发明出来的东西顶多也就是用不了，而约翰逊可不是这种菜鸟。按了按钮没反应的机器任何傻子都能造出来，约翰逊很瞧不起那种笨手笨脚的门外汉。他发明的每一件东西都能工作，只不过都不按说明书工作。如果你想要一个小型地对空导弹，那么请务必要求约翰逊设计一个观赏用的喷泉。最终效果包你满意。约翰逊从不气馁，他那群好奇到病态的客户也无所畏惧。音乐、园林景观、建筑——总之他的才能没有下限。

话说回来，发现蠢蛋居然还设计了浴室也是挺让人惊讶的。不过瑞克雷说的也对，他曾经还设计建造过几座大型音乐机械，结果去看了之后发现只是一堆管子。

其他一些在大学资历比校长长的巫师认为，蠢蛋约翰逊大概是想造一个和沐浴完全无关的东西，结果不慎造出了一个功能完善的浴室。

最终，瑞克雷说：“你们都知道，我一直认为约翰逊先生是被人污蔑了。”

“嗯，对啊，确实。”近代如尼文讲师显然是生气了，“果酱招苍蝇也是被污蔑的呢。”

“他还是制造了一点不错的东西，”瑞克雷一边坚决地说着，一边给搓澡刷上抹泡沫，“比如说他们之前在楼下厨房里用来削土豆皮的东西就不错。”

“校长大人，你是说那个东西吗？上面附了个黄铜牌子写着‘改进型指甲剪’那个？”

"听着，不过是接一盆子水而已，"瑞克雷不耐烦了，"就算是蠢蛋约翰逊也不可能用水怎么样。莫多，打开水闸！"

园丁拧开几个华丽的黄铜转轮，别的巫师赶紧后退。

"我受够了跟你们这些人一样两眼一抹黑地到处找香皂！"校长大声说。水流顺着隐蔽的管道涌出来。"健康卫生，这就对了！"

"我们已经警告过你了。"院长说着关上了门。

"呃，先生，其实还有一些管子我不知道是通往哪里的。"莫多小心地说。

"你不用怕，我们会搞清楚的。"瑞克雷开心地说。他摘下帽子，戴上自己设计的浴帽。为凸显职业身份，这顶浴帽也是尖尖的。他拿起一个黄色橡皮鸭。

"启动人力水泵，莫多先生。哦，既然是你，就该叫矮人力水泵。"

"好嘞，校长。"

莫多拉下一个挡杆，管子发出乒乒乓乓的声音，一些连接处喷出蒸汽。

瑞克雷最后一次环顾浴室。

这是块隐匿的宝地，绝对是的。不管别人怎么说，约翰逊老先生有时候还是不会出错的，哪怕只是瞎猫碰到死耗子。这个房间的地板和天花板，都贴着白色、蓝色、绿色的瓷砖。

在屋子中间，管道组成的王冠下方就是约翰逊的专利"台风式"超级室内沐浴神器，外带自动香皂盒，这真是一首由红木、紫檀和黄铜组成的清洁之诗。

他让莫多把每一根管道、每一个黄铜水龙头都擦得锃光瓦亮。莫多擦了好久呢。

瑞克雷关上身后那扇结了霜的门。

那位发明洗澡神器的人决意将洗澡这件小事变成一场可精确管控的体验。这间小屋一侧有一块很大的面板，上面安装了各种水龙头，有美人鱼形状的、贝壳形状的，不知为何还有石榴形状的。它们分别可喷出咸水、硬水、软水，另外还有很大的转盘来精确控制水温。瑞克雷仔细看着这些东西。

然后他后退几步，看着周围的瓷砖唱道："咪，咪，咪！"

声音反射回来。

"回音完美！"瑞克雷说，他本人天生就是一位浴室男中音歌唱家。

他拿起浴室里的话筒，这个话筒的作用是让洗澡的人可以和工程师沟通。"莫多先生，所有水箱一起放水。"

"好嘞，先生！"

瑞克雷打开标有"喷雾"的水龙头，自己闪到一旁，他内心深处很清楚，约翰逊的发明不是"站在盒子外面思考"那种水准，他的水准是冲破整个房间，把墙炸个稀烂的程度。

热水温和地落下，仿佛雨雾的爱抚一般落在他身上。

"我的天！"他说着又打开另一个水龙头。

"淋浴"的水流更大了。"急流"的水量更大，冲得他直喘气。"洪水"一打开他就赶紧去摸索水龙头面板，因为头上那种感觉仿佛水龙头都被冲掉了。"波浪"则是一阵温暖的咸水从房间一侧冲到另一侧，然后流入地板中间的下水口。

"你还好吗，先生？"莫多喊道。

"特别好！还有十几个开关我没试过呢！"

莫多点头，打开了一个阀门。瑞克雷疑似唱歌的声音穿过厚厚的蒸汽传出来。

"哦，我哦哦哦哦认识一个——呃……农业工作者之类的，多半是个盖屋匠，我认识他挺久，他——他是个农夫，现在想想，他还有个女儿，名字我一时忘了，好像是帕什么阿。副歌：什么什么，蔬菜形状真滑稽，大概是萝卜，什么什么和甜美的夜哎哎哎哎哎那个莺——啊哈，哦哦哦——”

歌声突然停下来。莫多听见一阵剧烈的冲水的声音。

“校长？”

片刻后，回答的声音从天花板处传来。听起来很高也很犹豫。

“呃……能不能麻烦你从外头把水关掉，亲爱的莫多？呃……希望你很慢很慢地关掉……”

莫多慢慢地转动一个转轮，那冲水的声音逐渐小下去。

“干得好，”这次校长的声音是从靠近地面的位置传来的，“真是特别好。我认为此次试用肯定是成功的。是的，很成功。呃，但是你能不能来帮我走几步，我觉得自己的脚有点站不稳……”

莫多打开门，扶着瑞克雷出来坐在长凳上。他脸色苍白。

“对，很成功，”校长的眼神有点飘忽，“极其成功。呃，只有一个小问题，莫多——”

“什么，先生？”

“有一个水龙头，暂时可以不用。”瑞克雷说，“如果你能挂个牌子在那个水龙头上，我真的无比感激。”

“写什么呢，先生？”

“写‘绝对不要碰’之类的。”

“好的，先生。”

“挂在‘老准时’那个水龙头上。”

“好的，先生。”

“不用告诉其他人。”

“好的，先生。”

"哈，老天啊，我觉得自己从没如此干净过。"

在临近天花板那些装饰精美瓷砖上面的某个有利位置，一个戴圆顶礼帽的地精正认认真真地看着瑞克雷。

莫多走了，校长用一块蓬松的大毛巾慢慢擦干身体。他总算平静下来了，却又忍不住唱起歌来。

"圣猪节第二天我……寻回真爱，用一封唧唧歪歪信，哈哈，对啊，还有一只梨树下的松鸡……"[1]

地精滑到地上，悄悄溜到那抖个不停的人影背后。瑞克雷试过几回之后，开始唱一首讲每个行星上都有冬天的歌。这首歌改过几句歌词后经常被用在某些地方宗教里，但是实际上这首歌里唱的东西就算跟神仙有关，也是树根和树叶那样的关系。

"——太阳升起，鹿群奔跑——"

瑞克雷一转身，湿毛巾的一角钩住了地精的耳朵，把它挂得摔了一跤。

"我看见你偷偷跑过去！"校长喊道，"这是干什么呢？你是时间小窃贼吗？"

地精在满是肥皂泡的地面上向后滑去。

"倒是你在干什么呢，先生？你看不见我才对！"

"我是个巫师！我可以看到在我面前的任何东西。"瑞克雷说，"如果是庶务长的话，还能看到不在眼前的东西。你口袋里是什么？"

"你还是不打开的好，先生！真的还是不打开看的好！"

"为什么？里面是什么？"

地精很沮丧："不是里面装了什么，先生，重点是打开之后会出来

---

1 这首歌戏仿了《圣诞节的十二天》，是一首圣诞颂歌，讲述了长达十二天的圣诞节假期所得到的圣诞礼物。——编者注

些什么。我一次只能让它们出来一个，要是让它们一起跑出来的话，天知道会发生什么！”

瑞克雷越发好奇，他解开了绳子。

“你真的会后悔的，先生！”地精警告他。

“是吗？话说你在这里干什么？”

地精最终放弃了。

“呃……你知道牙仙吧？”

“当然知道。”瑞克雷说。

“嗯……我不是牙仙。不过……我是干类似的工作……”

“什么？你拿人家的东西吗？”

“呃，不是那种拿走。其实是……拿来……”

“啊……新牙？”

“呃……新疣子之类的。”地精说。

死神把口袋扔到雪橇后面，然后自己爬上去。

“你干得很好，主人。”阿尔伯特说。

抱枕还是很不舒服，死神捂着自己的肚子，**我也不习惯这大胡子。**

“肚子我已经尽力了，主人。你要习惯有点障碍。”

阿尔伯特打开一瓶冷茶。喝了那么多雪利酒，他觉得口渴。

“干得好啊，主人。”他喝了口茶又说，“壁炉里的灰、脚印、那么多雪利酒、屋顶上的雪橇印……肯定有用。”

你觉得真的能行吗？

“肯定行。”

我确定有些小孩看见我了。我知道他们在偷看。死神骄傲地说。

“干得好，先生。”

是的。

“不过有一点。只说‘嚯嚯嚯’就好了，别说‘你们这些短命的凡人’，除非你想让他们长大都变成放债的。”

嚯。嚯。嚯。

“对，你越来越熟练了。”阿尔伯特赶紧低头看笔记本，这样死神就看不到他的脸了，“主人，我现在得告诉你，在公众面前亮相非常重要。真的。”

啊。我一般不这样做。

“圣猪老爹是个公众人物，主人，在公众面前亮相比让孩子偶尔看到你要有用得多。对增强信仰非常有用。”

真的？嚯。嚯。嚯。

“没错，真的，主人，真的没错。我说到哪儿了……哦，商店还开着，很多小孩去商店里看圣猪老爹。当然，不是真的圣猪老爹。都是些肚子上垫了个枕头的怪老头，你这身打扮刚刚好，主人。”

不是真的圣猪老爹？嚯。嚯。嚯。

“呃，你不用……”

孩子们都知道？嚯。嚯。嚯。

阿尔伯特挠挠鼻子：“应该都知道，主人。”

事情不该如此。难怪有……这很难。信仰就是让步？嚯。嚯。嚯。

“也许吧，主人。呃‘嚯嚯嚯’……”

那群冒牌货在哪儿呢？嚯。嚯。嚯。

阿尔伯特只好随他去了。“大棒街的克拉姆利商店。这家店的圣猪老爹山洞很受欢迎。店里的圣猪老爹都很专业。”

我们去看看，把他们都撬下去吧。嚯。嚯。嚯。

“好的，主人。”

这是个双关语，或者说文字游戏，阿尔伯特。橇和撬，不知道你发现了没有。

“我真的快笑死了，先生。”

嚯。嚯。嚯。

校长咧嘴一笑。

他经常咧嘴一笑。他是那种就算生气也会咧嘴笑的人，但是现在他笑是因为他很自豪。虽然有些恼怒，但还是很自豪的。

“这浴室真的不错，对吧？”他说，“之前整个被封起来了，你知道吧。真是蠢死了。当然可能确实会损伤几颗牙齿，”他小心地站起来，“但也只是可能而已。这里头一切设施齐全，你看见了没？蛤壳式的洗脚盆，看。衣柜里装满浴袍。那个浴缸里有个很大的泡泡机，你让水冒泡都不需要吃淀粉质食物了。还有这个东西，这个美人鱼拿的罐子可以用来装脚指甲碎屑。这里头什么都有。”

“一个专门的罐子用来装脚指甲碎屑？”疣子怪说。

“服务周全总没错。”瑞克雷说着打开一个非常华丽的罐子，罐子上写着“浴盐”，他从那里头拿出一瓶酒，“连装指甲碎屑的东西都有，就说明一切都尽在掌控。这是个古老的魔法，时间之初的那种。”

他拿起瓶子对着光。

“现在应该已经冰好了。”他说着打开软木塞，“疣子怪，哈？”

“我真想知道是怎么回事。”地精说。

“你不知道？”

“不知道。有一天我醒来，突然发现自己成了疣子怪。”

“还真奇怪。”瑞克雷说，“我爸曾说，如果你光脚走路，疣子怪就会出现，但我不知道还真有疣子怪，我以为是他编的。牙仙当然是有的，那些小东西住在花里，我小时候喜欢捉牙仙，但我完全想不起来疣子怪的事。”他一边喝酒一边想，“其实我有个远房表亲叫尤子。说真的，这个名字读起来还不错。”

他从眼镜的上方看着地精。

如果不能在所处环境中察觉到细微的异常，你是当不上校长的。当然不全是如此。准确来说，是当不长久。

“很不错，对吧？”他有所疑虑。

“不如叫头皮屑算了。”地精说，“我等会儿要出去吸点新鲜空气。”

“我们还是先检查一下。”瑞克雷说，“当然，也可能一切正常。”

“多谢啊。”疣子怪郁郁不乐地说。

今年的圣猪老爹山洞非常豪华，弗农·克拉姆利对自己说。店员们工作很认真。圣猪老爹的那架雪橇堪称艺术品，那些猪也非常逼真，粉色的阴影非常漂亮。山洞几乎占据了商场一楼。有一个精灵在魔法叮当瀑布后面吸烟被抓住了，另外那个带发条的万国娃娃看起来有点蠢，动起来表演“我们都能友好相处”的时候也比较讨人厌，但是，弗农·克拉姆利对自己说，这里每一处都展示了愉快的童心。

孩子们跟家长一起排队，大家都严肃警觉地看着周围的装饰。

大家纷纷掏钱。嗯，收钱的方式很重要。

不能让店员们受到诱惑，克拉姆利先生在商店的天花板上安装了一套交错的线缆。每一层的正中间都有一个收银员坐在一个小笼子里。店员们从顾客手中掏钱，然后把钱放进一个发条小车子里，小车嗖嗖地从半空中跑向收银员，收银员找零之后再把小车推回去。这样就不会有人被引诱了，很多小车子来回飞跑就像烟火表演一样。

克拉姆利先生热爱圣猪节。毕竟，圣猪节是孩子们的节日。

他把手伸进马甲口袋里，脸上露出笑容。

“一切都还好吗？哈丁小姐？”

“很好，克拉姆利先生。”收银员温和地说。

“非常好。”他看着那堆硬币。

一小簇曲折的亮光从硬币堆上冒出来，然后落在收银处的金属框上。

克拉姆利先生眨眨眼睛。哈丁小姐的眼镜金属框上闪过几个火花。

山洞里的各种装饰忽然充满了电。在短短的一秒钟内，克拉姆利先生有种速度飞快的感觉，仿佛有什么东西发出吱嘎的尖叫声停了下来。真有点好笑。

纸糊的粉红猪爆炸了。纸做的鼻子从克拉姆利先生头上弹开。

几头冒着汗呼噜呼噜叫的猪出现了，嗯……他估计这些东西应该是猪，毕竟河马没有尖尖的耳朵，鼻子上也不会穿环。但那些动物太大了，是灰色的，长满刚毛，每一头猪周围都环绕着气味刺鼻的雾气。

那些猪当然不可爱，全身上下没有半点可爱之处。其中一头用红色的小眼睛看着他，那头猪没有“噗哼”地叫。从小生长在城市的克拉姆利先生一直以为猪是那样叫的。

其实那头猪叫了一声：“咕嗷——”

雪橇也变得截然不同了。他之前对雪橇特别满意，那上面配有精美的银质装饰。上头亮晶晶的星星是他亲自监督工人粘上去的。但现在这完美的作品变成了另一架雪橇周围的闪亮碎片，新的那架雪橇仿佛是用两个巨大的树干不加修饰做成的。看上去十分古老，那木头上还刻着人脸，而且脸都狰狞古怪，很不合时宜。

家长们大呼小叫地想把孩子们拉开，但是谁都没成功。孩子们像苍蝇扑果酱一样朝着那雪橇冲去。

克拉姆利先生也挥着手朝那个吓人的东西跑去。

“站住！站住！”他高声喊道，“你吓着孩子们了！”

然而他身后的小男孩却说：“它们有獠牙啊！超酷！”

男孩的姐姐说：“嘿，那头猪撒尿了！”果然一大团黄颜色的水汽冒起来。“看，流到楼梯那儿去了！不会游泳的人抓紧楼梯扶手！”

“要是你不乖的话它们就会吃了你，懂吗？”另外一个小女孩显然也很认同这些猪，“全吃了。骨头都不剩。咯吱咯吱就嚼烂了。”

另外一个年龄大点的孩子说：“别傻了，它们是假的，只是巫师搞出来的魔法。要不然就是发条的，大家都知道它们不是真的——”

一头猪转身看着他。男孩赶紧躲到妈妈身后去了。

克拉姆利先生气得都哭了，他推开拥挤的人群来到圣猪老爹山洞前。他抓住一个惊恐万状的仙子。

“肯定是等高运动搞的事，对不对！”他喊道，“他们想整垮我！想要伤害所有的孩子！看看这些可爱的娃娃！”

仙子说不出话来。孩子们不顾妈妈的反对都挤在猪的周围。有个小女孩还给一头猪喂了个橙子。

不过万国娃娃表演就有大麻烦了。底座上的音乐盒正在播放“大家都好该有多好”，可是上头的人偶都扭曲变形了，于是手握长矛的克拉奇男孩随着音乐节奏反复殴打奥姆女孩的头，穿着民族服饰的阿加丁帝国女孩则不停地踢打拉蒙多斯小德鲁伊的耳朵。围观的孩子们毫无偏见地拍手叫好。

“呃，克拉姆利先生，山洞里面麻烦更大。”仙子对他说。

一个红白两色的人影从那堆撞坏了的东西里出来，那人把一把假胡子塞进克拉姆利先生手中。“够了，”穿着圣猪老爹衣服的那人说，“我不讨厌橙子味和湿裤子，但是我受不了这个。”

他从队伍中穿过，克拉姆利先生听见他说：“他一点都没做对！”

克拉姆利先生继续往前挤。

有个人正坐在那把大椅子里。有个小孩坐在他膝盖上。那个人……很奇怪。

他当然穿着圣猪老爹的衣服，但是克拉姆利先生的眼神就是无法在他身上聚焦，每次他将要看清那人的时候，目光就会偏到一边去。感觉好像是在看自己的耳朵。“怎么了？到底怎么回事？”克拉姆利问。

一只手用力抓住他的肩膀，他回头一看，原来是山洞里的仙子。至少他穿着仙子的衣服，只不过穿得歪歪斜斜，好像赶时间似的。

“你是谁？”

仙子从嘴边拿下一截湿答答的烟屁股，瞟了他一眼说：“你可以叫我，重重叔叔。”

“你不是仙子！”

“我是仙子鞋匠，先生。”

克拉姆利身后一个声音说道：

你想要什么圣猪节礼物呢，小人类？

克拉姆利无比恐惧地转过身。

圣猪老爹面前，嗯，他觉得那是个夺权篡位的圣猪老爹，他面前有个小孩，绒球羊毛帽太大了，看不出那孩子是男是女。

克拉姆利先生知道这事是个什么流程。大体就是：孩子通常不说话，陪同前来的妈妈会弯下腰看着圣猪老爹的眼睛，很有针对性地用那种成年人密谋忽悠小孩的语气说：“你想要那个丁零娃娃，对不对呀，朵丽？就像你放在窗台上的那个大厨妈妈套装的一样。还想要《厨房花样书》对不对？还想要什么？”

孩子就会小声说：“谢谢，我还想要一个气球或者橙子。”

但是这一次却不是这样的。

孩子的妈妈只说了“你想要……”几个字。

孩子，为什么你手上有根线？

孩子低头看到自己袖子上拉出来一根线，就赶紧拿起来看了看。

“棍子。”那孩子说。

我知道了。真是很特别。

“你会拿棍子打人吗？”戴毛绒球帽子的小孩问。

你说呢？

这个小毛绒球偷偷笑了笑。“我看到你的猪撒尿了。”孩子说。那语气仿佛是在暗示此事将是小朋友迄今为止见过的最激动人心的事情。

哦。呃……好吧。

“它尿了超大——”

圣猪节你想要什么礼物？圣猪老爹再次问。

这次妈妈抓准了时机飞快地说：“她想要——”

圣猪老爹很不耐烦地打了个响指，那位妈妈的嘴立刻闭紧了。

孩子察觉到这是个千载难逢的好机会，于是飞快地说着：

“我想要一支军队。一个大大的城堡带尖顶的，”小孩说道，“还有剑。”

你说什么？圣猪老爹问。

“一把大剑？”孩子深思之后回答。

好的。

重重叔叔拿胳膊肘推了推圣猪老爹。

“他们得谢谢你才行。”他说。

真的？一般他们都不谢我。

“我是说他们得谢谢圣猪老爹，”阿尔伯特悄声说，“也就是你，对吧？”

对，当然。嗯哼，你得说谢谢。

“谢谢。”

当个乖孩子。这也是协议的一部分。

“好的。”

合约成立。圣猪老爹从口袋里拿出来——

一个很大的城堡模型，显然是和孩子想的一模一样，有着蓝色尖顶炮塔，很适合把公主关进去。

还有一大盒子骑士和武士，足有好几百个。

还有一把四尺长的剑，剑刃闪闪发亮。

妈妈不禁倒抽一口气。

“你不能给她这个！”她惊呼道，“这不安全！”

这是一把剑，圣猪老爹说，**剑本来就不安全。**

“她还是个孩子！”克拉姆利喊道。

这是教育。

“她伤到自己怎么办？”

那就吸取教训吧。

重重叔叔急忙小声说了点什么。

真的？哦，好吧。看来我不该说什么。

于是剑变成了木头的。

“她不想要这些东西！”朵丽的妈妈极其严肃地说，“她是个女孩！再说我也买不起这么大的高级玩具。”

我认为这是免费赠送的。圣猪老爹的声音有些疑惑。

“什么？”妈妈说。

克拉姆利也说：“什么？”他一直满心惊恐地听着刚才的对话。“不能免费赠送！那是我们店里的货！不能免费赠送！圣猪节也不能送东西！我是说……当然，当然是要送一些东西。”他意识到周围有人，于是赶紧改口，“但是首先得购买，你知道吗？我是说……哈哈哈。”他紧张地笑了一下，越发觉得周围气氛奇怪，而且那位重重叔叔还气愤地盯着他，“玩具又不是小精灵在小屋子里随便造出来的。哈哈哈哈……”

“扯淡！”重重叔叔挺睿智地说，“你给精灵付钱就是发疯，你是想让它们把名字刻在你脑门儿上吧。”

朵丽的妈妈作为事件的中心，看过刚才的对话之后丝毫没有改变态度，她尖锐地问道：“你是说这些全部免费？”

克拉姆利先生无助地看着那些玩具，那些确实不像是他店里的库存。

然后他又努力去看那位新来的圣猪老爹，他的每一颗脑细胞都在拼命告诉他，那位就是穿着红白套装的快乐大胖子。

嗯……几乎每一颗脑细胞都在这样说。只有极少数更睿智的细胞在说，眼睛看见了别的东西，但脑细胞不认同。还有一部分细胞索性彻底切断了联系。

几个词从他牙缝里蹦出来。

“似乎……是的。”他说。

虽然是圣猪节，但幽冥大学里一片忙碌。巫师任何时候都不会早睡[1]，更何况今天午夜过了还有圣猪节宴会。

圣猪节宴会的规模基本上就是在大学内部吃些小菜，大概要上三四轮菜，奶酪和坚果无限供应。

有些巫师会事先准备几个星期。院长可以用一根叉子叉起一只火

---

1 巫师们总是按照适合自己的时间生活。很多高级巫师都活在过去，另有几个人为学教授发明了一套完整的瞬时时间系统，因为他们坚信其他所有人都是幻象。

很多人都知道强弱人为学原则。弱的一方常常说，宇宙被塑造成这个样子真是太好了，人类可以在这个宇宙中某地（比如大学）安身立命；而强的一方则说，宇宙的重点在于，人类不光要在大学里工作，还要在标题为“宇宙”“混沌”的大书中写下文字。（而幽冥大学的人为学教授则提出了特殊和不可避免原则，也就是说，宇宙存在的唯一目的就是为了进化出幽冥大学人为学教授。这个原则每个人暗地里都是相信的，毕竟大家都有一些“那个啥”的本性。）

总之强弱原则说得没错。大学很重视人类福祉，这点从太阳每天早晨便利地升起，方便人们开始新一天就能看出来。

鸡。等到午夜酝酿恰到好处的食欲这种事情也已经很熟练了。

空气中弥漫着一股喜悦和期待的气氛，弥漫着唾液腺奋力工作的声响，还有掐着时间小心准备药片药粉的氛围。未来的很多个小时，十八道菜会聚集在肋骨之下的某处随时准备反攻。

瑞克雷走进雪地里，他竖起领子。高级能量魔法大楼上的灯都还亮着。

“我不知道，我不知道。”他低声说，“圣猪节他们还在工作，太不正常了。我还是学生的话，现在至少已经吐了两次了——”

庞德·斯蒂彭斯和他研究团队里的学生也向圣猪节让步。他们在小六[1]上头挂了冬青，还在装蚁丘的玻璃罐上盖了一顶很大的纸帽子。

每次瑞克雷到这里就会发现那个引擎有所改变……那个东西似乎是叫思考机还是别的什么。有时候那些东西一整夜都开着。有时候斯蒂彭斯觉得，小六他——它会根据自己的额外需要制定计划。这一切都让瑞克雷觉得烦躁不安，尤其是看到庶务长[2]坐在那机器面前就更烦了。他一时间忘了那个疣子怪。

“老哥，你在干什么呢？”他说，“你该进去才对，今晚就该上蹿下跳，随时给大家让路。”

“为粉色、灰色、绿色欢呼。”庶务长说。

“呃……我们觉得小六可能……那个啥……需要帮助，先生。”庞德·斯蒂彭斯说，他一向认为自己是大学里最理性的人，“庶务长提了一个问题。我们觉得对他而言这是最好的圣猪节礼物。”

1　幽冥大学暨碟形世界的第一台计算机。——译者注

2　幽冥大学财务总管丁威迪先生原本希望能够平静度过任期，但是由于瑞克雷推波助澜，最终他理智耗尽，变得有些疯癫，不得不靠吃干青蛙丸才能维持正常生活、工作。干青蛙丸是一种致幻剂，能让人产生“我理智而正常”的幻觉。——译者注（摘自碟形世界维基百科）

“嗯，神嘛，庶务长没问题的。”庶务长还在傻笑，瑞克雷边说边拍拍他的头，嘴上做了一个“神经病”的口型，“就是有点走神而已。我说的是‘有点走神’吗？也是正常的，花了很多时间增加数据嘛。都没时间出去喘口气。我是说，你都没出去呼吸新鲜空气，老哥！”

“我们觉得，呃，有人说说话他会比较高兴。”庞德说。

“什么？什么？我一直在跟他说话！我一直在努力让他别太走神。”瑞克雷说，“重点是，不能让他这么一个人闷着。”

“呃……对……当然。”庞德很讨巧地说，他想起庶务长当年是个看到半生鸡蛋就很激动的人，“呃……所以，嗯，我们再试一次吧，好吗？你准备好了吗，丁威迪先生？”

“好的，谢谢。不介意的话，给我绿色加肉桂吧。”

“我不懂他是怎么跟机器说话的，”瑞克雷闷闷不乐地说，“这东西又没有耳朵。”

“啊，其实我们给它造了个耳朵，”庞德说，“呃……”

他指着一面连了很多管子的大鼓。

瑞克雷十分怀疑地说：“这是温德尔·胡桐老头子[1]的耳鼓支棱出来了吗？”

“是这样的，校长。”庞德清了清嗓子，“你看，声音以波的形式……”他忽然停下来，巫师的预感冒了出来。他知道瑞克雷会以为他在说波浪大海之类的。每一次他试图向校长解释某个原理时，总会出现巨大的误解。浪涌、冰激凌、沙子之类的词都……

最终庞德放弃了：“这些是由魔法完成的，校长。”

1　温德尔·胡桐是幽冥大学一位非常年老的巫师，他耳聋体弱，总是坐轮椅，和瑞克雷校长关系不错。温德尔·胡桐最终活了130岁。——译者注（摘自碟形世界维基百科）

"啊，好。"瑞克雷似乎有点失望，"不是弹簧、齿轮、管子之类组合起来的麻烦事。"

"不是的，先生，"庞德说，"只有充足而先进的魔法。"

"真好。它能干什么？"

"小六可以听见你说的话。"

"真有趣。它在卡片上打了那么多孔，还有你们整天都在敲键盘，那就——"

"看好了，先生。"庞德说，"好了，艾德里安，初始化GBL。"

"初始化GBL又是什么意思呢？"瑞克雷在他身后问。

"是……就是拉下最大那根杆的意思。"庞德犹豫地说。

"哦，说起来是挺简单的。"

庞德叹了口气："对呀，校长。"

他朝一个学生点点头，那学生便拉下一根标着"请勿拉下"的红色大杆子。

各种零件在小六内部转起来。蚂蚁农场的小活板门打开，几百万只蚂蚁沿着玻璃管道爬行。庞德敲了敲那个巨大的木质键盘。

"你们居然能记住这么多操作，我真的很惊讶。"瑞克雷看着庞德，庞德似乎觉得自己做的事情特别有趣。

"基本上都是凭直觉，校长。"庞德说，"当然，一开始要花很多时间去学。好了，庶务长，"他说，"说句话吧……"

"他说，庶务长，说句话！"瑞克雷帮他在庶务长耳边吼道。

"菊花？是好东西，我奶奶喜欢。"庶务长说。

于是小六内部的机械开始运转起来。在房间的后面，一架挂着羊头骷髅的改良水车笨重地转动起来。

系统中的一支由弹簧和导向臂牵引的羽毛笔开始写字：

+++你为什么认为自己是好东西？+++

庶务长犹豫了一下：“因为我有我自己的勺子。”

+++跟我说说你的勺子吧。+++

“呃……就是个小勺子……”

+++你对自己的勺子感到忧虑吗？+++

庶务长皱眉，他整理了一下思路。“哈，果冻先生来了。”他虽然这么说，但语气显得心不在焉。

+++你当果冻先生有多久了？+++

庶务长瞪大了眼睛说：“你是在耍我吗？”

“真厉害啊！”瑞克雷说，“他说不出话了！比干青蛙丸还有效！你是怎么做到的？”

“呃，”庞德回答，“自然而然就这样了。”

“真厉害。”瑞克雷说，他在小六那块贴着“内有蚁丘”的标签处敲了敲自己的烟斗，庞德不禁皱眉，“这算是某种大型人工大脑，对吧？”

“你可以这么认为。”庞德谨慎地回答，“但是小六不会思考。不是像我们这样思考，只是看起来像是思考。”

“哦，就和院长一样。”瑞克雷说，“你能不能想办法把一样的大脑安进院长脑袋里？”

“这东西有十吨重，校长。”

“哦，是吗？那得要一根很大的撬棍啊。”他停顿片刻，又摸摸自己的兜，“我想起来自己来这里要干什么了，我这儿有个疣子怪——”

“你好。”疣子怪还挺不好意思的。

瑞克雷接着说：“——他今晚突然就凭空冒出来了。你知道我是怎么想的吗？我心想：有点怪啊。当然了，圣猪节总会发生一些怪事。去年也有，更早以前也有。毕竟圣猪老爹到处飞嘛，黑夜最黑的时候等等。过去一年什么古怪神秘的垃圾都堆在一起了。什么事都可能发生。我就想，你们能不能帮忙看看这个疣子怪。说不定是我想多了。”

“一个疣子怪？”庞德说。

那地精赶紧抓紧了自己的小包袱。

“很多事情都能解释得通了，”瑞克雷说，“毕竟，世界上有牙仙，对吧？也许你还会好奇，既然我们有酒神，为什么没有宿醉之神——”

他不说话了。

“你们谁听见刚才那个声音了？”他说。

“什么声音，校长？”

“那种丁零丁零的声音？好像小铃铛的声响？”

“我什么都没听见，先生。”

“哦。”瑞克雷耸耸肩，“总之……我说什么来着……哦，迄今为止都没人听说过疣子怪这种东西。”

“对啊，”地精说，“就连我自己都没听说过呢，结果今晚我就成疣子怪了。”

“我们就来查一下吧，校长。”庞德答得很圆滑。

“好样的。”瑞克雷把地精放回自己兜里，然后看着小六。

“真厉害。”他又说，“它看起来好像真的在思考一样，对吧？”

“呃……对。”

“但其实根本没有在思考？”

“呃……对。”

“所以……它做出一副像是在思考的样子，其实都是装的？”

“呃……对。”

“那真是和人一模一样呢，真的。”瑞克雷说。

男孩仔细看了圣猪老爹一眼，然后坐在这位官方圣猪老爹的膝盖上。

“我们事先说清楚，我知道你是店里找人装的。”他说，“圣猪老爹从生物学和现实状况来说都是不可能存在的。我希望你能明白。”

啊。这么说我是不存在的？

“正确。这只是季节性装饰而已，我必须要说，这是暴力的商业行为。我妈妈已经给我买了礼物。当然是我指示她去购买了正确的礼物。她经常出错。”

圣猪老爹看了一眼附近那位焦急微笑但又无可奈何的妈妈。

孩子，你几岁了？

男孩翻了个白眼。“你不该问这个，”他说，“我之前来过，你知道吧。你该先问我的名字。”

阿伦·费吉特，绰号松树，住安卡-摩波城，边缘街。

“肯定是有人告诉你了，”阿伦说，“那些人多半穿成精灵的样子，跟妈妈们问清楚了。”

你现在八岁，大约能活到……嗯，四十五岁。圣猪老爹说。

“他们付钱的时候多半填了个表。”阿伦说。

你想要胡桃木制成的斯托平原无毒蛇，一个展示柜，一份收藏册，一个杀虫罐，还有一个蜥蜴拓章。蜥蜴拓章是什么？

“蜥蜴还是鼓着的时候你没法把它们粘起来，你不知道吗？我还以为我看铅笔那会儿妈妈已经告诉你了呢。好了，我们别兜圈子行吗？给我橘子，然后我就走了。”

我可以给你的东西远不止橘子。

“好好好，我知道了。这就是在引诱潜在消费者吧。天啊，你的胡子肯定也是假的。对了，老头，你知不知道，你的猪——”

是的。

“我认为都是镜子、绳子、管子组成的。在我看来它们都是人造的。”

圣猪老爹打了个响指。

“这是信号吧？”男孩跳到地上，“谢谢你。”

圣猪节快乐。男孩走开的时候圣猪老爹在他身后说。

重重叔叔拍拍他的肩膀。

“干得好，主人。”他说，“非常有耐心。是我的话就会狠狠给他一耳光。”

哦，他肯定能意识到自己的错误，红色兜帽转了一下，只有阿尔伯特能看到帽子里面，**只要他打开他妈妈拿的那几个盒子……**

嚯。嚯。嚯。

“别拴这么紧！别拴这么紧！”

吱吱。

苏珊正在死神大图书馆低洼处的书架上找东西，身后传来一阵争吵的声音，争吵非常激烈，如果可以的话应该会形成云团了。

“好了，好了，”一个苏珊努力想要无视的声音说，“就这样吧。我必须能够挥动我的翅膀，好吗？”

吱吱。

“啊，”苏珊小声说，“圣猪老爹……”

他占据了好几个书架，而且不止一本书。第一卷是写在兽皮上的。圣猪老爹真的很老。

“好了，好了。它看起来什么样？”

吱吱。

“小姐？”渡鸦似乎想问问别人的意见。

苏珊抬头看了一眼。渡鸦胸前挂着一片鲜红的纸从她眼前跳过。

“啾啾。”他叫道，“噗噗噗。跳呀跳呀跳……”

“你这是自欺欺人呢，”苏珊说，“我都能看见挂纸的绳子。”

她打开那个卷轴。

“也许我该坐在积雪的木头上，”渡鸦在她身后低声说，“说不定那才是关键，对哦。”

“我读不懂。”苏珊说，“字母太奇怪了……”

“那是缥缈如尼文。”渡鸦说，“毕竟，圣猪老爹不是人类。”

苏珊摸着那薄薄的皮子，那些符号从她指尖飘过。

她虽然读不懂，但是可以感觉很多东西。鲜明的雪花气味弥漫在空气中，闻起来十分新鲜。还有各种声音，蹄子奔跑的声音，冰冻的树枝折断的声音，耀眼闪光的球……

苏珊抖了一下把卷轴扔到一边清醒过来。她又打开另一个似乎是用树皮做成的卷轴。文字漂浮在纸面上。不管这是什么文字，它们肯定不是用眼睛来读的，它们好像是用意识来触摸的盲文。一些图像从她脑海中飘过——湿乎乎的毛皮、汗水、松树、煤灰、冰冷的空气、潮湿的灰烬、猪……大便，家庭教师的思路赶紧纠正错误。还有血……还有……豆子的味道？所有这些都是图像，没有文字。仿佛……动物的记忆。

“这些太奇怪了！大家都知道他是个给孩子们送礼物的开心胖老头。”苏珊大声说。

“现在是，过去可不是。你知道是怎么回事。”渡鸦说。

“我知道吗？”

“这就好像公司培训，”渡鸦说，“神也要与时俱进啊，我说得对吧？他现在和几千年前大不一样，这是肯定的。毕竟，几千年前也没人穿袜子啊。”他说着挠了挠自己的喙。

“就是这个意思。”他继续夸夸其谈，“他可能只是你们冬季的一个小神。就是……雪地里的血，太阳升起那种。一开始是祭祀的动物，对吧，捕猎一头巨大多毛的野兽之类的。你知道吗，锤顶山有些居民在圣猪节会杀一只山雀，然后围着自己的房子一边转圈一边唱关于山雀的歌。歌词就是whack-fol-oh-diddle-dildo[1]之类的。非常民谣，非常神秘吓人。”

“为什么是山雀？”

“我也不知道。可能是有人问：嘿，你们知不知道怎么猎杀一头大鹰啊？有大尖嘴巴、大尖爪子的那种？不然咱捉个豌豆大小的山雀算了？它们只会啾啾叫。嗯，好好想想吧。总之，后来这种事就淹没在宗教之中了，再后来他们发明出另一套，就是找个穷坏蛋，在他的衣服褶皱里放一粒特殊的豆子，然后大家就说：哥们儿，你是国王啦。然后他自己也觉得‘挺好的’，大家心知肚明这种开头很适合写个长长的故事。因为接下来，将有十多个人手持圣镰刀在雪地里追赶他，这样冰雪就会消融，土地就会恢复生机。非常的……那啥……少数民族风格。再再后来，就有些聪明人心想，好像不管怎样太阳都会升起来啊，那我们为什么要把食物免费送给德鲁伊呢？[2]接着，你知道吧，就出现了岗位空缺。神的事情就是这样，他们总有办法……怎么说呢……坚持下去。”

“太阳死活都会升起来，”苏珊说，“你怎么知道？”

“通过观察。每天早晨太阳都升起来，我看见了。”

“我是说神圣镰刀之类的事情。”

渡鸦露出得意的神情。

“你忠实的渡鸦是一只超自然的鸟儿，”他说，“雷神空眼爱奥曾利用这些神秘莫测的渡鸦飞遍世界各地为他收集情报。”

“曾经？”

1　此处致敬爱尔兰民谣歌手Liam Clancy的作品*Whack Fol the Diddle*。——译者注

2　古代凯尔特人的信仰，认为春分时期要由德鲁伊迎接太阳。——译者注

“嗯……其实他的眼睛只是不在脸上而已，其实是像四处飘浮的眼球这种……你知道吧，可以拉近镜头什么的……”渡鸦有些尴尬地咳嗽了一下，“总会发生事故的，真的。”

“你除了眼球能不能想点别的。”

“呃……内脏。”

吱吱。

“不过他说得对，”苏珊说，“神不会死。不会彻底死去……”

她心里说，总有些地方让神容身，比如石头里，歌谣里，动物的记忆里，甚至是在风声之中。他们不会彻底消失，他们会吊在世界的指甲尖儿上，随时准备跑回来。一朝为神，永世为神。死亡对他们来说不过是过个冬而已。

“很好。”她说，“我们看看他遇到了什么情况……”

她拿出最后一册记录，随手翻开……

一种感觉像鞭子一样从书里窜到她身上……

蹄子、恐惧、雪、冷、夜晚……

书掉到地上，自己合起来。

吱吱？

“我……我没事。”

她低头看看那本书，心里知道这是个友好的警告，就好比是一只宠物，虽然觉得很疼，但秉性温顺，不会撕咬饲主——但也只是这次不咬而已。不管圣猪老爹到底在哪里——在哪里半死不活——他都只想一个人待着……

苏珊看着鼠之死神。他的小眼眶里闪耀着蓝色的火焰，看起来眼熟得让人烦躁。

吱吱？叽？

“老鼠说，如果他想调查圣猪老爹，他就会去那座城堡……”

“那是哄小孩的故事啊。”苏珊说，“贴在烟囱上的信会被送去那个城堡，只是个传说而已。”

她转过身。老鼠和渡鸦都瞪着她。她发觉是自己的反应太像凡人了。

吱吱?

“老鼠说，‘只是’是啥意思？”渡鸦说。

铁丝网来到花园，悄悄走近中戴夫身边。大概可以算是花园吧，其实就是房子周围的……一块地。也许这里算是个房子吧。虽然没人说什么，但是大家都忍不住要出来。那里头，感觉不对。

他抖了一下。“那个人在哪里？”他问。

“在顶上，”中戴夫说，“还在想办法打开那个房间。”

“上了各种锁的那个？”

“对。”

中戴夫正在卷烟卷。在那个房子……那个塔……那个房子兼塔，随便叫什么吧……总之在里面不能抽烟。抽不了。抽的时候味道很差，感觉很恶心。

“为啥呢？我们已经把自己该做的事情做完了，对吧？现在就像群小孩一样看着那个巫师捣鼓魔法玩意儿，我唯一能做的事情就是假装严肃。他现在还想干什么？”

“他说如果锁上了就很想看看里面是什么。”

“我以为我们把自己的工作做完就可以走了。”

“啊？那你跟他说。要来一根吗？”

铁丝网接过那一袋烟丝，整个人放松了些。“我这辈子见过不少糟糕的地方，但这个地方真的不得了。”

“对。”

“这种可爱的感觉让人想死。除了苹果也该有别的东西可吃啊。”

“对。”

“还有这个要命的蓝天。这个要命的蓝天真的让我要疯。”

“对。”

他们努力不去看天。不知道为啥，这天仿佛是要砸到你身上似的。要是你不小心在不该有空白的地方看到空白的话就更糟了。那感觉就像眼睛里犯了牙疼。

稍远处班卓正在荡秋千。真奇怪啊，戴夫心想，班卓在这里倒是开心得很。“昨天他发现了一棵长棒棒糖的树，”他郁郁不乐地说，“虽然说是昨天，但是谁能说得准呢？他像狗狗一样黏着那个人。自从我们妈死后，从来没有人打过班卓啊。他就像个小男孩，你知道吧，每件事都听我的。以前都是我跟他说‘揍那个人’，他就动手。”

“他们就被揍。”

“是啊。现在他去哪儿都跟着那小子。我觉得恶心。”

“那你来这里干什么？”

“为了一万元啊。他说还有更多呢，比我们想象的还多。”

他就是指茗时。

“他可不光是为了钱。”

“对啊。我跑这一趟也不是为了统治世界，”中戴夫说，“那种事情太麻烦了。”

“我记得你妈妈说过那种事。”铁丝网说。中戴夫翻了个白眼。每个人都记得莉莉白大妈。“你妈妈是个很正直的人。严厉，但是公正。”

“对啊……严厉。”

“我还记得她用格罗西·罗恩自己的腿把他勒死了。”铁丝网继续说，“你妈妈右手不方便。”

“对啊，不方便。”

“她绝不会帮助茗时这种人。”

“对啊。”中戴夫说。

“你们兄弟俩给她安排的葬礼真体面。暗影区几乎所有人都来了。她真的很受尊敬。还有那些花，每个人都……”铁丝网想了一下，“……都很开心。当然，是难过的开心。”

“对啊。”

“你知不知道怎么回去？”

中戴夫摇头。

“我也不知道。可能要重新找到那个地方吧，”铁丝网哆嗦了一下，“我是说，他对待那个车夫……我是说，嗯，就算是对亲爹我也不至于那样——”

“对啊。”

“普通的疯子也还好啦，我能应付。但是他说起话来倒也挺正常的，但就是——”

“对啊。”

“也许我们两个可以一起偷偷接近他，然后……”

“哦，好，然后我们能活多久？眨眼就死了啊！”

“说不定我们运气好——”铁丝网说。

“什么？你也见过了。他不是那种跑来吓唬你的人。他是那种看见你之后直接杀死的人，而且还杀得很轻松。我们得坚持住，懂吗？你说那事简直等于是去摸老虎屁股。”

“怎么说到老虎屁股了？”铁丝网表示不解。

“唉……”中戴夫犹豫了一下，“你……唉，你脸上有跳蚤，虫子之类的，所以拿树枝抽脸你也要忍着。总之要坚持住。想想钱，一口袋一口袋的钱，你看见了的。”

“我一直在想那只玻璃眼睛正看着我。我总觉得那眼睛看穿了我的脑袋。”

“别担心，他没怀疑你。”

“你怎么知道？”

“因为你还活着啊。”

商店的圣猪老爹洞穴里来了一个圆眼睛的小孩。

圣猪节快乐。嚯。嚯。嚯。你的名字叫……小米·寇特，对吗？

“回答叔叔的话呀，乖孩子？”

“嗯。”

你六岁了。

“回答呀，宝宝。他们都是差不多的年龄，是吧……”

“嗯。”

你想要一匹小马——

“嗯。”一只小手把圣猪老爹的兜帽往下一拉遮住了嘴。重重叔叔阿尔伯特听见他气愤地低声说了句什么。然后圣猪老爹再次坐好。

是啊，我知道。它真是头顽皮的猪啊。

他的身影晃了一下，然后伸手去摸口袋。

这里有条缰绳和一个马鞍，是给你的马的，还有个很奇怪的硬邦邦的帽子，一条裤子，穿起来就像两边裤兜里各揣了一个大兔子。

“我们不能买小马呀，小米，我们住四楼……”

你们可以的，马就在厨房。

那位母亲严肃地说：“你一定是在开玩笑吧，圣猪老爹。”

嚯。嚯。是啊。我就是个开心的大胖子。在厨房？真好笑。娃娃和各种玩具将在今天晚些时候配送到家，跟你此前信中写的一样。

“小米，你该怎么说？”

“谢谢。”

“好了，你不会真的把一匹小马放在厨房里吧，对吧？”重重叔叔阿尔伯特问道。

别傻了，阿尔伯特，我只是开玩笑。

“哦，好的。哈，我担心——”

马在卧室里。

“啊……”

是为了保证卫生。

“有一件事要确定一下，”阿尔伯特说，“四楼？他们肯定会信的。”

是啊。你知道吗，我觉得我越来越得心应手了。嚯。嚯。嚯。

在碟形世界的中轴地，雪散发出蓝绿色的光芒。中轴幻光挂在天上，苍白的火光像幕布一样环绕着中心山脉，冰上映出奇特的光芒。

那光幕翻滚旋转着，随着一只衣袖破烂的手臂而去，手臂那方看起来只是个小点，如果在想象中把眼睛凑近些，就会发现那是冰冰。

它小跑几步停在半空中。苏珊往下看。

很快她就发现了自己要找的东西。在小巷尽头，积雪的树木之间，有个东西正发出明亮的光芒，光线照亮了天空。

骨头城堡。

苏珊六岁的时候，有一天，她父母让她坐下，向她说明圣猪老爹之类的东西其实不存在，不过有关圣猪老爹和各种精灵的故事都很有趣，只不过他们都不是真的。苏珊不得不相信。所有的精灵、吓人怪，所有故事的人血啊人骨头啊，都不是真正意义上的真的。

但是爸妈撒谎了。一个两米多高的骷髅是她的外公。当然不是有血有肉的外公，然而却是个可以聊天对话的外公，只不过是骷髅。

冰冰落地，在雪上跑了几步。

圣猪老爹是个神吗？为什么不是呢？苏珊心想。毕竟有祭品啊。有雪利酒，有猪肉派。他还发布了神谕，奖励善良的人，他知道你做了些什么。如果你相信他，就会遇到好事。有时候你可以在一个山洞里见到他，有时候你能在天上看到他……

骨头城堡在她面前缓缓出现。近距离观看，觉得城堡二字绝对应该加粗。

她曾在某本童书里看到过骨头城堡的图片。虽然名字惊悚，但城堡的雕刻家依然试图制造一些欢乐氛围。

但城堡本身并不欢乐。那些柱子有几百尺高。每一级台阶都比一个成年人还高。到处都是灰绿色的古旧冰块。

是冰，不是骨头。柱子上有一些眼熟的图案，仿佛是腿骨或者头骨，但也是冰做成的。

冰冰不怕这些高台阶。倒不是因为它会飞，只是因为它始终走在自己定义的水平面上。

雪堆积在这些冰上。苏珊仔细看着下方的积雪。死神不会留下脚印，不过雪地上有一串穿靴子的脚印。她敢说那些肯定是阿尔伯特的脚印。还有……啊，已经被雪掩盖了不少……看起来之前仿佛有雪橇停在此处。还有动物留下的凌乱脚印，但是被雪完全覆盖。

她下了马。这里就是他们说的那个地方，可是事情还是很不对劲。这里应该有明亮的火光嗞嗞作响才对，而现在此地仿佛是个巨大的陵墓。

柱子之外是一块巨大的冰，但是已经碎了。更远处的天花板上有个洞，透过这个洞可以看到星星。她在看着这一切的时候，还有几小块冰落在雪地上。渡鸦突然跳出来，无精打采地扑扑翅膀落在她身边的冰块上。

“这地方简直是个停尸房。”苏珊说。

“要是我今晚再飞的话，就该直接在这儿停尸了。”渡鸦喘个不停，鼠之死神从他背上爬下来，“我真的不适应短时间长距离飞行。我该回林子里去，认真装饰巢穴吸引雌性了。”

“那是园丁鸟，”苏珊说，“渡鸦不干那些事。”

“哈，这就是刻板印象了啊，”渡鸦说，“我少吃了一顿饭呢，你知道吗？”

他那颇有弹性似的眼睛各自翻了个白眼。

“怎么都不亮灯了呢？”他说，“声音也没了，那些红帽绿衣的小东西去哪儿了呢？它们平时都拿着锤子做木头玩具啊，虽然不像在干活，至少敲得很有节奏感呢。”

“这地方看起来像是某位老雷神的神殿。”苏珊说。

吱吱。

“我没看错地图。再说，阿尔伯特也来这里了。煤灰到处都是。”

老鼠上蹿下跳在这里转了一圈，只剩骨头的鼻尖凑着地面。他闻了一会儿，吱吱叫了一声，随后就匆匆跑向阴暗处。

苏珊跟着他。等她眼睛渐渐适应了昏暗的蓝绿色光芒之后，她就会发现地板上有什么东西正在升腾起来。那是一座阶梯状的金字塔，塔顶摆了一把巨大的椅子。

苏珊身后有一根柱子发出哼哼似的声音，随后轻轻扭曲起来。

吱吱。

“老鼠说，这地方让他想起某些旧矿井，”渡鸦说，“你知道，就是矿井荒废之后，无人打理顶棚支撑物之类的。我们见过很多。”

苏珊没理他，心里想着还好这边的台阶高度适合人类的步伐。雪从天花板上的另一个窟窿飘进来。这块地方有很多阿尔伯特的脚印。

“说不定圣猪老爹的雪橇被撞毁了。”渡鸦说。

吱吱？

“有可能啊。猪又不符合空气动力学原理啊，是吧？而且雪这么大，能见度很低，云也厚，发现前方有山的时候已经来不及躲避了，然后还有些穿藏红色长袍的混账东西在俯瞰你，于是这可怜的老坏蛋就想，到底该不该骑在某人头上。再然后，哗啦！万事皆休，运气好的登山运动员可以做很多香肠啦，还能找到飞行记录。”

吱吱！

“是啊，不过他是个老头了。年纪大了就不该上天乱飞。”

苏珊从雪里挖出一个被埋了一半的东西。

那是一根红白条纹的拐杖糖。

她把雪踢开，又找到一个木头玩具兵，玩具兵穿的制服花里胡哨，只适合在嗑药的变色龙俱乐部里穿。另外她还找到一把破损的小号。

黑暗中又传来哼哼的声音。

渡鸦清清嗓子。

“老鼠说这里像矿井，意思是废弃的矿井也会像这样发出吱吱嘎嘎的声音，明白没？”渡鸦说道，“因为没有人管理支撑矿坑的柱子。各种东西都会倒塌。很快你就会变成砂岩之下的肉饼。要我说，我们就不该在这种地方停留。”

苏珊又往前走了几步，她在认真思考。

一切都不对劲。这个地方看起来……似乎荒废了很多年，这怎么可能呢？

离她最近的柱子哼哼了一声，轻微扭曲起来，一阵细碎的冰晶从天花板上落下。

当然，这里并不是一个正常的地方。正常情况下不可能修这么大一个冰宫殿。这里和死神的居所比较类似。如果他长时间离开，此前被废止的东西（比如时间、物理之类）就会慢慢侵蚀一切，仿佛水库溃坝一样。

她转身准备离开，忽然又听见一声哼哼。那个声音很像冰块被重压发出的声音，只不过冰块不会在哼哼了之后说：“唉，我啊……”

雪堆里躺着一个人形。苏珊先前完全没看见他，因为他穿着一身白长袍。那个人形四仰八叉地躺着，仿佛是想在雪地里摆个大字，后来又放弃了似的。

他戴着一顶小王冠，像是用藤蔓叶子编出来的。

他还在哼哼。

苏珊往上看。这里的天花板上也有个洞。但是从那么高的地方掉下来肯定必死无疑。

至少，人类掉下来是必死无疑的。

那家伙看起来像是人类，理论上来说似乎非常年轻。但只是理论上来说，因为就算是借着雪反射出来的二手光线，他的脸看起来也是病怏怏的。

“你还好吗？”苏珊问。

躺在雪地里的那人睁开眼睛抬头看着她。

“我感觉生不如死……”他哼哼唧唧地说。宫殿深处，一块房子那么巨大的冰轰然落下，迸出一片细小尖锐的冰碴儿。

“你算是遇上好人了。”苏珊说着架起那个少年的胳膊把他从雪地里拉出来，“我们现在最好还是走吧，你说呢？这地方就要倒塌了。”

“唉，我啊……”

苏珊让他把胳膊架在自己脖子上。

“你能走吗？”

“唉，我啊……”

“你别说了，还是尽量走几步吧。”

“对不起，我感觉自己好像长了很多条腿。呕。”

苏珊努力把他扶稳，一路踉踉跄跄地往外走。

“我的头，”那个少年说，“我的头。我的头。我的头。好难受。我的头。好像被人打了。我的头。被锤子打了似的。”

的确有人在拿锤子打他的头。在他湿乎乎的卷发之间，坐着一个绿紫相间手拿大锤的小妖，它礼貌地朝苏珊点点头，然后又是一锤子。

“唉，我啊……”

“别打了！”苏珊说。

“别对我的工作指手画脚。”小妖说，“你能干这活吗？能吗？”

“我不打人！”

“哼，那总得有人做。”小妖说。

“那是他的，分内，工作。”少年说。

“看，懂了没？”小妖说，“你帮我拿一下锤子好吗？我得去给他的舌头上涂一层黄色黏液。”

“马上下来！”

苏珊想抓住那个小妖，但是它抓着锤子逃跑了，爬到了柱子上。

“我是计划的一部分，我真的是！”它喊道。

那年轻人抱住自己的头。

“我好难受啊，”他说，“你有冰吗？”就在此时整个宫殿倒塌了，因为习俗比物理重要。

骨头宫殿倒塌的过程非常庄严且气势磅礴，仿佛要花费很长时间似的。柱子倒下，大块的天花板滑落，冰层碎裂。废墟四周的空气充满了细微的冰雪结晶。

苏珊从树上看着这一切。那个少年靠在树干上，他睁开眼睛努力说了句：“真厉害。”

“哦？你是说树上都覆盖了一层雪吗？”

“我是说你把我拉起来逃跑。”

“哦，那个啊。”

冰块还在继续坍塌。柱子倒下后还在继续滚动，最终互相撕扯碾压变成碎片。

冰雾最终平静下来，地上只剩一片白雪。

“好像从没存在过一样。”苏珊大声说，然后她看着那个哼哼唧唧的人，“你在那里头干什么？”

“我也不知道。我一睁开。眼睛。就在那里了。”

“你是谁？”

“我……我觉得我的名字是比利尔斯。我……我是唉，宿醉之神。”

“还有宿醉之神啊？”

“是‘唉，神’，”他纠正道，“人们看见我的时候，就会扯着头发说：‘唉，神啊……’你们有几个人站在这儿？”

“什么？就我一个！”

“啊，好。好吧。”

“我从来没听说过宿醉之神。”

“你听说过酒神比布勒斯吗？”

“听说过。”

“一个大胖子，头戴葡萄藤叶子，总是被画成手拿酒杯的形象……呕。哼，你知道他和他那张大胖脸为什么那么开心吗？因为他知道自己第二天不会难受！因为是我——”

“——你负责宿醉？”苏珊说。

“我根本不喝酒！呕！可是每天早上头埋在厕所里的人是谁啊？呕哇！”他抱住头，“难道我就活该脑袋难受得像塞满了狗毛一样吗？”

“确实不该。”

“唉，”比利尔斯晃了一下，“你知道有人会说‘我昨晚灌了十五大杯啤酒，今早起来依然神清气爽’，有这种人吧？”

“有。”

“浑蛋！那是因为我是那个早晨抱着一堆冰袋醒来的人。我真希望有一次，就一次也好，早上醒来的时候脑袋周围什么都没有。”他停了一下，“树林里有长颈鹿吗？”

“这里？我觉得应该没有吧。”

他却紧张地看着苏珊脑袋后面某处。

“靛青色长条的那种，不停闪的，也没有？”

“应该没有啊。”

“那真是太好了。”他前后晃荡着，“对不起，我好像要把早饭吐出来了。”

“现在是深夜！”

“是吗？那……我可能要把午饭吐出来了。”

他说着倒在树后面的雪地里。

“他还真是没完没了啊，对吧？”树枝后面的渡鸦说话了，“他脖子里好像长了个膝盖似的。”

在一阵充满噪音的中场休息之后，唉神回来了。

“我知道必须吃点东西，”他念叨着，“可是我每次看到食物，它们都会往反方向跑……”

“你到底在那里头干什么？”苏珊问。

“哎哟喂！我不知道。”唉神说，“谢天谢地我没有……”他眨眨眼睛犹豫了一下，“……没有穿着女士内衣抱着交通信号灯。”他唉声叹气，“某个地方，有人正开心得不得了，我真希望是我啊。”他十分向往地说。

“我建议你真正喝一杯，”渡鸦说，“让别人脑子里塞满狗毛去。”

苏珊坚持刨根问底：“为什么在那里头？”

唉神没说话，他盯着那只渡鸦：“我不知道。那里究竟是什么地方？”

苏珊回头看了看城堡原先所在的位置，建筑已经彻底消失了。

“刚才那个地方有一座很重要的建筑物。”她说。

唉神很谨慎地点点头。

“我经常看到一些原本没有的东西，”他说，“然后转眼又消失了。其实这也算是好事。总之我不太注意周围。”

他又蜷起身跳到雪地上。

现在就只剩下雪，苏珊心想，只有雪和风，别的什么都没了。连废墟都没有。

一种确凿无疑的感觉涌上心头，圣猪老爹的城堡不只是消失了，而是根本就没有存在过。没有废墟，没有痕迹。

那个城堡原本就很奇怪。根据传说，那是圣猪老爹生活的地方。可是你仔细想想就会觉得奇怪，那里看起来不像是开心的老头居住生活、造玩具的地方。

风从他们身后的树枝之间吹过。枝条上的雪落下。黑暗深处传来一阵急促的马蹄声。

一个蜘蛛似的小东西跳到雪地里，来到唉神的头上，它圆滚滚的眼睛看着苏珊。

“你没意见，对吧？”小妖说着拿出大锤子，“就算我们只是比喻意义上……不对，民间传说中的东西，我也必须工作啊。”

“走开吧你。”

“你觉得我是坏蛋？那你该看看那些粉红象。”小妖说。

“我不相信。”

“粉红象会从他耳朵里冒出来，绕着他的脑袋一边飞一边叽叽喳喳叫。”

渡鸦十分睿智地说：“这种叫声更像是知更鸟，没有比它们更烦的了。”

唉神哼唧了一声。

苏珊觉得自己不能丢下他。他是个人，呃，是个人形。

嗯，至少他有两只胳膊两条腿。他会在这里冻死。当然了，神嘛，唉神嘛，多半是不会冻死的，但人类不这么想。你不可能随随便便丢下某人。苏珊对自己的这种人类想法颇感自豪。

再说了，只要让他彻底清醒仔细盘问，他说不定能给出一些答案。在冰冻森林的边缘……某些动物似乎在目送他们离开。

克拉姆利先生坐在湿乎乎的台阶上小声哭泣。他被隔绝在玩具销售区之外。每次他想过去，就会被某个坏蛋抬起来丢到人群之外。有人说：“晚上好，先生。”克拉姆利眼泪汪汪地抬起头，看到一个矮小又奇怪的身影正在跟他打招呼。

他思考了一下各种可能性，最终问：“你是圣猪节精灵吗？”

“不，先生，我不是精灵。我是卫队的诺伯斯下士。这位是夜巡队员，先生。”那人爪子上拿着一张纸，“你是克鲁米先生？”

“克拉姆利！”

“哦，好。你派人去哨所报案，于是我们尽快赶来了，先生。”诺伯斯下士说道，“由于今晚是圣猪节，会有很多奇怪的事情发生，更重要的是，这也是我们圣猪节狂欢的时候，先生。不过没关系，因为夜巡队员洗衣锅同志不喝酒，先生，因为喝酒有悖他的宗教信仰，而我是要喝酒的，先生，但我自愿来此，因为这是我的责任，先生。”诺比[1]行了个礼，至少他认为自己是行了个礼。之后他并没有补充说："跟你一样有钱的浑蛋想获得关注，应该按季给长官们送上一两瓶酒或者其他物质感谢。"但是他的整个姿态都在阐述这句话，甚至诺比的耳朵都在提醒对方。

不幸的是，克拉姆利先生此时的精神状态不适宜接受建议。他站起身朝楼梯上头颤颤巍巍地一指。

"你们赶紧去那里逮捕他！"他说。

"逮捕谁，先生？"诺伯斯下士问。

"圣猪老爹！"

"为什么呢，先生？"

"因为他把那个地方当成自己的洞穴，大摇大摆地坐在那里，到处送礼物！"

诺伯斯下士想了一下。

他满怀希望地问："今天过节，你没喝酒吧，先生？"

"我不喝酒。"

"十分明智，先生，"夜巡队员说，"酒精使灵魂暗淡。《奥索义书》，第二卷第二十四章。"

"我们还要了解一下情况，先生。"诺伯斯下士有些困惑，"圣猪老爹不就应该赠送礼物吗？"

这次轮到克拉姆利先生默默沉思了。到目前为止他都没怎么想明白，只是觉得此事大错特错而已。

"那人是个冒牌货！"他说，"没错！他撞坏了商店，直接冲进来。"

"我觉得吧，"诺比说道，"我觉得吧，你说，每年圣猪老爹都

1　诺比全名诺比·诺伯斯。——编者注

要在安卡-摩波商店的木质山洞里蹲守两个星期对吧？这时候他不是正忙吗？哈，所以肯定不是他啦！肯定是某个戴假胡子的老头啊。”

“我是说……他不是我们平时请的那个圣猪老爹，”克拉姆利努力站稳脚跟，“他直接就闯进来了。”

“哦，另一个冒牌货，不是那个真的冒牌货？”

“嗯……是啊……不是他。”

“就给人送东西？”诺伯斯下士问。

“我就是这么说的！这肯定是犯罪，对不对？”

诺伯斯下士揉揉鼻子。

“类似吧。”他说。诺比不愿错过这个赚取节日外快的机会。

他似乎有点明白了。“他把你的东西送给别人了，先生？”

“不！不，东西都是他自己带来的！”

“如果他是把你的东西给别人，那就是犯罪，肯定是大问题，毫无疑问是犯罪，你的东西损失了。但是他带着东西来的，嗯……这就麻烦了。除非他带来的是手脚之类的东西，那是有罪。跟你说实话吧，如果他攻击别人了，我们倒是更占理。”

“问题在于商店啊，”克拉姆利总算抓住了事情的重点，“我们不赠送商品。要是有人免费赠送，我们还卖什么？请你们去把他带出来吧。”

“逮捕圣猪老爹？”

“对！”

“在圣猪节逮捕圣猪老爹？”

“对！”

“在你的商店里？”

“对！”

“在孩子们面前？”

“……”克拉姆利犹豫了一下。他有些害怕，因为虽然他是这么说的，但是诺伯斯下士说得对。

“你认为会闹得很难看？”他说。

“肯定不会好看，先生。”

“你能不能悄悄进行？”他说。

“嗯，偷偷地，嗯，我们可以试一下。”诺伯斯下士说。这句话挂在半空中，似乎还伸着手。

克拉姆利总算明白了：“我肯定会表示感谢。”

“交给我们吧。”诺伯斯下士似乎很有胜算，“你回办公室喝杯茶，我们很快就能完事。你肯定会非常感谢我们的。”

克拉姆利以极其严肃的神情看了他一眼，但还是磕磕绊绊地走了。诺伯斯下士直搓手。

走上二楼的时候，诺比问：“洗衣锅，你家乡没有圣猪节吗？看这个地毯，好像是猪在上面撒过尿啊……”

“我们那儿叫圣奥索义节，”维系警员是奥姆人，“但是圣奥索义节没有迷信，也没有粗俗的商业行为。我们就是全家聚在一起，祈祷，然后吃节日餐。”

“是火鸡和鸡肉之类的吗？”

“节日餐，诺伯斯下士，就是什么都不吃。”

“哦，对。各有各的风俗吧。至少你们第二天醒了之后，不会发现自己收到了塞不进烤箱的东西。你们也不送礼物吗？”

两个小孩抬着一艘巨大的玩具船从楼梯上冲下来，他们俩赶紧闪到一边。

“有些时候学徒们会交换新兴宗教手册，当然，也有人送《奥索义书》儿童版，”夜巡队员说，“有时候还有插图版。”他说这话的态度仿佛是暗示有什么不可告人的愉快秘密。

一个小女孩抱着一个比她自己还大的泰迪熊走下来。那熊是粉红色的。

“他们总是送我浴盐，”诺比抱怨道，“还有香皂、泡泡沐浴露、草本香皂，总之就是各种各样的洗澡用品，我也不知道为什么，我又不是不洗澡。别人总以为你能看懂暗示，你说呢？”

“我说这叫讨人厌。”夜巡队员说。

二楼一团乱。

“啧，看看他们。我小时候圣猪老爹可没给过我这种礼物。”诺伯斯下士闷闷不乐地看着孩子们，“每个圣猪节我都会把袜子挂起来，结果只有我爸爸往里头装过一次东西。”他说着摘下头盔。

从各种意义上来说，诺比都不是英雄，但此时他眼中的光芒仿佛能让人看到无数空荡荡的袜子和唯一一只装满了东西的袜子。某个伤口上的疤掉了，露出一小块皱巴巴的橙色灵魂。

“我进去了。”他说。

在大学的大厅和大门之间有个很小的圆厅，或者说叫前厅，这个房间被称为鲍威尔校长纪念室，但是谁也不知道为什么要叫这个名字，也不知道为什么要捐一笔遗产。每月第二个星期三，都会有一个葡萄干小面包和一枚铜板放在墙边的石头架子上[1]。瑞克雷站在圆厅中间，看着上头。

“话说，资深数学家，我们从未邀请过女性参加圣猪节宴会，对吧？”

“确实没有过，校长。”资深数学家看着天花板上的椽子，一时

1　当然这个仪式延续至今。如果你只是因为不知道缘由就背离传统，那和外国人有什么区别？

不知道校长到底在看什么，“怎么会有呢，老天。她们会把所有的事情搞砸，我一直都这么说的。”

“所有女仆今晚都放假到午夜？”

“真是个慷慨的习俗啊，我一直都这么说。”资深数学家觉得自己脖子抽筋了。

“为什么我们每年都要挂一大把槲寄生在这里？”

“呃……嗯……这是，象征性的，校长。”

“啊？”

资深数学家觉得校长可能想要更多回答，他在脑海中知识的积灰小阁楼里寻找。

“那些……叶子，你看……它们象征……绿色，还有那些浆果，那些浆果象征着象征着……象征着白色。白色和绿色，非常的……具有象征意义。”

他不怎么失望，只是等了一会儿。

“象征什么？”

资深数学家咳嗽了一声。

“似乎没有象征什么的说法了。”他说。

“啊？这样啊。”校长若有所思地说，“那也可以说，白色和绿色象征了一棵小寄生植物？”

“的确。”资深数学家说。

“所以槲寄生就象征了槲寄生？”

“正是如此，校长。”资深数学家勉强坚持着回答。

“真有趣。”瑞克雷依然是那种若有所思的语气，“这个说法实在过于深奥，需要花费一生的时间去理解其中的每一个细节，不过也许这只是纯粹的胡说八道。是这样的吗？”

“两者都是吧。”资深数学家已经绝望了。

“这句话也是，”瑞克雷说，“要么是无可比拟的洞见，要么是敷衍。”

“可能是——”

“够了，资深数学家。”

外头有人大力敲门。

“祝酒的人来了，”资深数学家很高兴有人来打断了对话，“每年都是他们最先来。我个人最喜欢‘莉莉白兄弟’。”

校长看了看槲寄生，又严厉地瞥了喜气洋洋的资深数学家一眼，然后打开门闩。

“祝各位……”他刚说了一句，“啊，你们现在时间不太巧……”一个戴着兜帽的人穿过木门，那人还扛着一捆东西。

资深数学家赶紧后退。

“啊……不，今晚不行……”

接着他发现对方袍子边上都有蕾丝装饰，那个兜帽，虽然确实是兜帽，却和他之前预想的兜帽截然不同。

“放下还是拿走？”瑞克雷说。

苏珊掀开兜帽。

“我需要你的帮助，瑞克雷先生。”她说。

“你……你是死神的孙女吧？”瑞克雷说，“我是不是见过你……？”

“是的。”苏珊说。

“你……你是来帮忙的吗？”瑞克雷说。他挑挑眉毛暗指扛在苏珊肩上的东西。

“我需要你让他清醒过来。”苏珊说。

“你是指起死回生之类的吗？”资深数学家站在后面说。

“他还没死，”苏珊说，“他在休息。”

“经常有人这么说。”资深数学家抖抖索索地说。

瑞克雷似乎更加务实，他抬起唉神的脑袋。对方哼了一声。

“似乎是身体不适啊。”他说。

“他是宿醉之神，”苏珊说，“唉宿醉之神。”

“真的？”瑞克雷说，“我从没宿醉过。真有意思，我可以喝一整夜，第二天早上依然精神抖擞。”

唉神睁开眼睛，冲向瑞克雷，双手握拳狠狠捶他胸口。

“你这个大、大浑蛋！我恨你，我恨你，我恨你——”

接着他双眼一翻倒在地上。

“这到底是怎么了？”瑞克雷说。

“可能是某种神经反应，”苏珊模棱两可地说，“刚才发生了一些不好的事情。我希望他能告诉我一些情况，但是必须首先让他清醒过来。”

“所以你把他带到这里来了？”瑞克雷说。

嚯。嚯。嚯。是啊，没错，你好啊，名叫小疣子的小孩，这名字真可爱啊，你七岁了吧？好。嗯，我知道，我知道。漂亮的地板上全是那些东西啊。全都是啊，你知道的。真的猪就是有这毛病。既然都在这儿了，就别再提了。圣猪节快乐，当乖孩子。我知道你表现得好不好，真的知道。嚯。嚯。嚯。

又一个小孩走开，阿尔伯特说：“你给他们的生活中加入了一点魔法。”

我喜欢他们小脸上的笑容。圣猪老爹说。

“你是说那种又怕又尊敬，不知道该哭还是该吓尿裤子的表情？”

是啊。这才是信仰啊。

唉神被搬进大厅躺在长椅上。众位高级巫师围着他，随时准备着让比自己倒霉的人继续倒霉。

“我知道宿醉的人该做什么。”院长此时完全是参加宴会的心情。

大家满怀期待地看着他。

“该在头天晚上大喝一顿！”他说。

院长朝大家得意地笑。

“这个冷笑话不错吧。”他打破了沉默。

然后又是一片沉默。

“真好笑。”瑞克雷说。他继续认真地看着唉神。

“据说吃点生鸡蛋不错——”他瞪着院长，“——我是说对宿醉不好。还有新鲜橙汁。”

“——克拉奇咖啡。”近代如尼文讲师坚决地说。

“但是这个人不光是他一个宿醉，他集中了所有人的宿醉。”瑞克雷说。

“我试过了，”唉神低声说，“喝了之后特别恶心，想死。”

“那么芥末和辣根的混合物呢？”不确定性研究会主席问，“喝不惯的话可以加奶油。或者加凤尾鱼。”

“酸奶。”庶务长说。

瑞克雷惊讶地看着他。

“酸奶真的不错啊，”他说，“好主意。庶务长，换我的话，就不参与讨论了。”然后他又补充一句，“当然我叔叔总是咒骂喔喔酱。”

“边骂边喝吗？”近代如尼文讲师说。

“边骂边发誓。”瑞克雷说，“有一次为了缓解宿醉，他喝完了一整瓶。宿醉是没了，后来大家把他抬出去的时候，他整个人平静得不得了。”

“柳树皮。”庶务长又说。

“好主意，”近代如尼文讲师说，“那是止痛剂。”

“真的？大概吧，不过最好让他口服。”瑞克雷说，“我说，庶务长，你还好吧？你今天思路很清晰啊。”

唉神睁开沉甸甸的眼皮。

“那些东西有用吗？”他低声问。

“吃了多半会死。”苏珊说。

“哦。好。”

“我们可以加点英格贝特增强剂。”院长说，“还记得莫多往豌豆里加增强剂那次吗？我们每个人只能抓住一颗豌豆。”

“你们有没有别的办法，比如魔法？”苏珊说，“比如用魔法抽出他体内的酒精之类？”

“可以，但是他体内没有酒精啊，对吧？”瑞克雷说，“而是他的肝脏里有很多细微的毒素在作怪。”

“斯坡德坚定因子也许有用，”近代如尼文讲师说，“也很简单。最后能取出一大烧杯的有害物。如果不考虑副作用的话，真的特别简单。”

苏珊知道巫师们是什么德行，她问道：“是什么副作用？”

“最主要的一个是他身体的其他部分最终会被装在另外一个大烧杯里。”近代如尼文讲师说。

“活着被装进烧杯？”

近代如尼文讲师皱起脸一摊手说：“广义地来说，是活着的，当然是活的组织。而且意识也清醒。”

“我认为必须确保他保持原形，而且正常活着。”苏珊说。

“嗯，你说的确实……”

然后院长把多年来积累的有效咒语都念了一遍。

“不如我们把各自有可能有用的东西都用上，然后看看效果吧？”他说。

瑞克雷的回答特别传统。

“值得一试。”他说。

房间正中间的架子上摆了一个准备治疗用的烧杯。巫师们遇到任何事情都想举行个仪式，不过眼下要治疗全世界最严重的宿醉人士，他们决定做得时髦一点。

苏珊和比利尔斯看着他们把各种成分加进去。制作到一半的时候，原本是暗橙色的混合物变成了黏糊糊的样子。“我觉得没什么进展。”近代如尼文讲师说。英格贝特增强剂是倒数第二份加进去的材料。院长滴了一滴绿色的光球，那个东西沉了下去。看起来，这东西唯一的功效是在烧杯边缘产生了紫色的泡泡，还滴到地上了。

“完成了？”唉神说。

“我觉得酸奶就算了吧。”院长说。

“我不喝那个。”比利尔斯坚决地说着抱住头。

“神都是杀不死的，对吧？”院长说。

“哼，是啊。”比利尔斯小声说，“那你们怎么不把我的腿塞进绞肉机？”

“如果这样能治好的话——”

“患者有所抵抗我是理解的。”校长说。他摘下帽子，然后从衬里的袋子里掏出来一个小水晶球。“我们看看酒神这时候在干什么吧？节日夜里要找一个爱玩乐的神不是什么难事……”

他呵了口气擦擦水晶球。很快就找到了。

“哈，他在这里，这个浑蛋！看样子是在邓曼尼法斯汀。对……对……靠在他的沙发上，周围全是裸体女祭司。”

“什么？女司机？”院长说。

“他是指…… 十分激动的女人们。”苏珊说。她感觉巫师之中似乎出现一阵波动，那个发光的球仿佛有种若无其事的吸引力。

“不过看不清他在做什么。”瑞克雷说。

“我看看能不能观察清楚。”不确定性研究会主席说。瑞克雷略微转身不让他接触水晶球。

“啊，好了。”他说，“他似乎在喝酒……对，多半是淡啤酒和黑醋栗，如果没看错……”

“唉，我啊……”唉神呻吟道。

“那些年轻女人，现在——”近代如尼文讲师说。

“我看到桌上有一些瓶子，”瑞克雷继续说，“那个，嗯对，浅色瓶子那个，应该是苹果酿制的——”

“主要是苹果酿制。”院长主动接话，“那些可怜的疯女孩——”

唉神又一下子跪倒。

“……还有……那个喝的，瓶子里有条虫……”

“唉，我啊……”

“……还有……一个空杯子，好大一个，不知道里面能装些啥，但是里面有一个纸做的小伞，还有根棍子串了几个樱桃。啊，还有个好看的小猴子。”

“啊啊啊哦……”

“……还有好多瓶子。”瑞克雷挺开心的，“主要都是颜色各异的饮料。用蜜瓜、椰子、巧克力之类东西做的，看不太清楚。最好玩的一点是，桌上所有的杯子都是品脱杯……”

比利尔斯往前一摔。

“好了，”他低声说，“我这就喝了这杯鬼东西。”

“还没完全好，”瑞克雷说，“谢谢你，莫多。”

莫多推着一个小车蹑手蹑脚走进来。车上放了一个很大的金属碗，里面装了一堆碎冰，冰上放着一个小瓶。

“这个原本是给圣猪节晚宴准备的，”瑞克雷说，“还不太成熟。”

他放下水晶球，又从帽子里掏出一副厚厚的手套。

巫师们像花朵绽放一样散开。刚才他们还紧紧围着瑞克雷，现在就各自躲到大型家具后面去了。

苏珊觉得自己多半是参加了一个没有按规矩进行的仪式。

瑞克雷小心地举起瓶子，苏珊问：“那是什么？”

“喔喔酱，”瑞克雷回答，“对人类而言是最精妙的调味料。跟鱼、肉、禽类、蛋类和各种蔬菜都很配。但是瓶子上还挂着水珠的时候饮用可能不安全。”他眯起眼睛看了看瓶子，又擦了擦，玻璃发出刺耳的摩擦声。他又轻快地说：“不过，考虑到病人其实是不死的，所以我们的这个非生即死药多半能成。”他按住软木塞狠命摇动瓶子。旁边传来什么东西碎裂的声音，因为不确定性研究会主席和资深数学家都往同一张桌子底下钻。

他走到烧杯旁：“不过这些人似乎反对使用喔喔酱。”

“我还是喜欢服用后半小时内依然可以晃动身体的酱汁。”院长说。

“而且不会用于爆破岩石。”资深数学家补充道。

“也不会腐蚀树根。”不确定性研究会主席说。

“而且不会一连被三座城市定性为非法物质。”近代如尼文讲师说。

瑞克雷打开软木塞，空气伴随着嘶嘶的声响被吸入瓶中。

他倒了几滴在烧杯里，没有任何变化。

于是他又小心地多倒了些，混合物依然毫无变化。

瑞克雷十分怀疑地嗅了嗅瓶子。

“不知道我有没有加入足量的碎火树皮？”他说着把瓶子倒过来，剩下所有的酱汁都被倒入烧杯。

那混合物只是变得更黏稠了而已。

巫师们纷纷起身离开圆厅，大家都知道自己成了傻瓜小队的一员，每个人脸上都尴尬地笑着。

“恐怕是那个阿魏胶存得太久了。”瑞克雷把瓶子转过来，颇为遗憾似的往瓶口里看。

然后他又把瓶子倒过来，大力拍打瓶底。

最后一点点酱汁滑出来，在瓶口闪耀了片刻，然后形成水珠。

众位巫师仿佛被看不见的线牵引着一样齐刷刷地转头看着那点酱汁。

要是一丁点未来都看不见的话，巫师也就不叫巫师了。

水珠越积越大，最终变成梨形。那群巫师尽管年事已高，腰线丰满，却以逼近人类极限的速度转身伏倒。

酱汁落下。

混合物变得很黏。

仅此而已。

此前一直站得像个雕像般僵直的瑞克雷此时松了口气。

“我也不知道是怎么回事。”他转过身，“你们出息点啊——”

一个火球从他脚边升起，火球一直升上天花板，然后迅速扩散，接着噗的一声消失了，只留下一片放射状的焦痕。

房间里一片白光，接着出现一些声音。

叮当。叮当。

嗞嗞。

巫师们爬起来四处看。

烧杯发着光，里面的液体非常明亮，而且轻轻地冒着泡泡，还冒出旋转着的钻石一样的火花。

“我的天……”近代如尼文讲师说。

瑞克雷从地上爬起来。巫师们都很会翻滚，他们在任何时候都穿得厚厚的，很容易被弹开。

烧杯里的闪光慢慢变得明亮，他们的影子被拉得长长的映在墙上，巫师们凑近烧杯。

“嗯，这是什么？”院长说。

“我记得我爸对于饮料有很宝贵的意见。”瑞克雷说，“他曾说：‘儿子，永远别喝里面插着小纸伞的饮料，永远不要喝名字搞笑的饮料，永远不要喝加完配料之后会变色的饮料。永远，永远，不要这样——’”

他说着把手指放进烧杯里。

手上蘸了一点发光的液体。

“要小心啊，校长！”院长提醒道，“那个杯子里现在装的可能是纯粹的清醒。”

瑞克雷正要把手指凑到嘴边，听到这话突然停下来。

“有道理，”他说，“我在世的时候可不想变得清醒。”他四下看了看，“我们一般是怎么试药的？”

“一般是从学生中找志愿者。”院长说。

“找不到怎么办？”

“硬塞给他们。”

“是否有点不道德？”

“不告诉他们就行了，校长。”

“有道理。”

“我来喝吧。”唉神低声说。

“喝这群人调制出来的东西？”苏珊说，“喝了说不定会死！”

“你大概从没体会过宿醉吧，”唉神说，“体会过的话你就不会这么说了。”

他跌跌撞撞地走到烧杯旁，晃了两次才把杯子端起来，然后一口喝了。

“现在要开始烟火表演了，”渡鸦站在苏珊肩上说，“他嘴里会喷出火，他会掐着脖子尖叫，然后躺在水龙头下面冲冷水之类的——”

死神发现应付排队的小孩挺好玩的，他自己也很惊讶。此前别人见到他的时候都不怎么高兴。

下一个！你叫什么名字，小……他犹豫了一下，继续说，……**小人？**

“诺比·诺伯斯，圣猪老爹。”诺比说。也许是他想多了吧，他觉得自己坐着的这个膝盖似乎很硌人。他的臀部和大脑争执不休，他还是继续坐着。

你有没有当个乖孩……好矮……好地精……一个好个体？

诺比忽然觉得自己管不住舌头了。舌头似乎有了自己的意识，十分冲动地说：

“嗯。”

他努力想夺回舌头的控制权。这时圣猪老爹庄严的声音又说：**我看看，你想要适合好怪……好人……好男性的礼物？**

哈哈，抓你现行了，你这老家伙，就老实跟我走吧，你肯定没见过老鞋匠街鞋带工坊后面的那个牢房吧？哼，没见过我的世界只剩一个小洞的圣猪节清晨吧？

这些词浮现在诺比的脑海中，然而还没有接触到声带就被另一些热情的词语盖过了，他惊讶地发现自己回答：

“嗯。”

想要好东西？

“嗯。”

诺比现在脑海中一片空白，整个世界就只剩下他赤裸的灵魂和填满整个宇宙的圣猪老爹。

你明年也会表现得很好吧?

诺比剩余的一点点理智很想说：“呃，先生，‘好’具体是个什么标准呢？是人人都会做的事情吗？比如说我一个朋友晚上出去巡逻，发现一家商店的门没锁。你看，没锁门人人都能进去吧。总之那位朋友进去拿了一两样东西，这是接受感谢吧，然后他叫店家把门锁好，这算是‘表现好’，对吧？”

以诺比的想法来说，好坏只是相对的概念。举例来说，他的大部分亲戚们都是罪犯。可是这一哲学上的辩论只是深藏在他脑海中，出于对半空中那个大胡子的恐惧不敢出来。

“嗯。”他畏畏缩缩地说。

好，你想要什么呢?

诺比放弃了，索性不说话。该来的事情自然会来，他是无能为力的……现在，他思考的隧道出口处连接了更长的隧道。

啊，对……

圣猪老爹从口袋里摸出一个用圣猪节包装纸包得歪歪扭扭的东西，圣猪老爹不解的是，为什么包装纸上印了些开心的渡鸦。诺比斯下士紧张地用双手接过礼物。

你说什么?

“谢谢。”

你可以走了。

诺比斯下士满怀感激地滑下来，从人群中挤出去，直到遇见夜巡队员才停下。

“发生什么事情了？怎么了？我看不见！”

“我不知道，”诺比低声说，“他给了我这个。”

“是什么？”

“不知道……”

他撕开印满渡鸦的包装纸。

夜巡队员在一旁说：“真是恶心，这整个事情都恶心。偶像崇拜什么的——”

“是正版勃雷壮臂牌双动三悬臂十字弓，有抛光的胡桃木弓架，表面镀银！”

“——是暴力商业化的日期，其实这日子只有天文学意义。”维系警员继续说，他说话的时候很少注意周围，“一定要庆祝的话，那也——”

“我在弓箭武器店见过！而且‘富豪叔叔死后该买什么排行榜’上也有这个十字弓！评论家宁可被人打断双手也不肯放开它啊！”

“——也必须是举办小规模的——”

“这弓要花我一年的薪水啊！只接受订制！要等好几年！”

“——宗教意义。”夜巡队员忽然觉得身后有什么东西不对劲。

“我们要逮捕那个冒牌货吗，下士？”他问。

诺比斯下士眼中满是拥有了十字弓的自豪感，迷迷糊糊地看着他。

“你是外国人，洗衣锅，”他说，“我不指望你理解圣猪节的真正内涵。”

唉神眨眨眼睛。

“啊，”他说，“好多了。啊，真的，好多了。谢谢。”

巫师们都小心翼翼地看着唉神，他们这群人对于生命的阐释基本上和渡鸦差不多。近代如尼文讲师颇为自信地说：“现在随时都可能开始愉快地叫喊——”

唉神说："我现在挺想吃个溏心蛋。"

"——也许会觉得车子在周围一个劲儿地转——"

"或者喝杯牛奶。"唉神又说。

瑞克雷有些迷惑。

"你真的感觉好了？"他问。

"是啊，"唉神说，"我甚至觉得自己现在笑一下头也不会掉。"

"不，不，不，"院长说，"不可能。大家都知道，彻底治好宿醉的过程包括搞笑地大喊大叫以及各种行为。"

"我甚至可以讲个笑话。"唉神小心地说。

"你现在还不想一头冲出去，把脑袋埋进水桶里？"瑞克雷问。

"呃……不想。"唉神说，"不过我想吃点吐司，可以吗？"

院长摘下帽子，从帽尖上掏出一个秘子计。"有些变化，"他说，"此时秘子波激增。"

"那东西……喝起来不辣吗？"瑞克雷说。

"喝起来没有任何味道。"唉神说。

"看，这不是很明显吗，"苏珊说，"酒神喝酒的时候，比利尔斯就承担后果，以此类推，当宿醉之神喝下解药的时候，副作用就跳到酒神身上去了。"

"有可能。"院长说，"毕竟，说到底他就是个导管。"

"我觉得自己应该比管子更复杂点。"唉神说。

"她说得全对。"瑞克雷说，"酒神喝酒，这孩子就忍受宿醉。所以逻辑上来说，这位朋友喝下宿醉的解药，副作用就会经过相同的路线——"

"之前有人说到水晶球什么的，"唉神忽然咬牙切齿愤恨地说，"我想看看——"

那是很大的一杯。很大一杯，喝了很久。是那种特调鸡尾酒，各种黏稠、刺激的配料慢慢地一层一层地倒上去。这种饮料通常被叫作交通灯或者彩虹复仇，在喜欢喝这种饮料的地方，它被叫作“你好，再见，脑细胞”。

另外还有一些莴苣漂在上面，一片柠檬和一片菠萝妩媚地搭在杯子边上，杯沿上还抹了糖霜。杯子里有两把纸伞，一把粉色一把蓝色，每把小伞的顶端都戳着一个樱桃。

还有人不厌其烦地将冰块做成了小大象的形状，除此之外就没什么了。你说不定能在某个叫可可可巴纳的地方喝它。

酒神满怀喜爱之情地端起酒杯，他喜欢这种酒。

背景里闪过一支伦巴舞曲。几个年轻女士上前依偎着他。今晚一定很棒，肯定是个很棒的夜晚。

“各位，圣猪节快乐！”他说着端起杯子。

然后又问：“你们听见什么声音没有？”

似乎有人在他耳边吹小喇叭。

“我说真的……有点像低音。”

没人听见，于是他耸耸肩，用胳膊肘推推和他一起喝酒的家伙。

“我们多喝几杯，去我熟悉的那家俱乐部如何？”他说。

巫师们往后一靠，有人做鬼脸。

唉神还在死盯着水晶球，脸上满是恶毒的微笑。

“吐了！”他拍着椅子喊道，“好！好！好！那浑蛋现在体会到我的感觉了，哼！哈哈哈，你们喜欢苹果啊？”

“呃，主要成分是苹果——”院长说。

“我觉得其他还有不少东西，”瑞克雷说，“我们似乎逆转了因果……”

“是永久的吗？”唉神满怀希望地问。

“大概不是。毕竟你是宿醉之神，药效过后又会恢复。”

“那我时间可不多。给我……我看看……二十品脱淡啤酒，胡椒伏特加，整瓶咖啡香甜酒！里面要放小伞！我要让他好看，让你折腾我！”

苏珊抓着他的手把他拖到长凳上。

“我把你弄醒不是为了让你喝酒！”她说。

唉神眨眨眼睛看着她：“不是啊？”

“我需要你帮忙！”

“帮你什么？”

“你完全不是人类，对吧？”

“呃……”唉神看了看自己，“对，”他回答，“从来就不是。”

“从来没有人格化过？”瑞克雷问。

“这是个隐私问题了。”不确定性研究会主席说。

“确实……”唉神说，“真奇怪，我一直都觉得头疼……可是我从来就没有头，怎么会呢？”

“你一直是无形的？”瑞克雷说。

“是啊。”

“是吗？”苏珊说。

瑞克雷想了一下说：“唉，天啊，我做到了啊，对不对？我之前跟小斯蒂彭斯说过关于喝酒喝宿醉的事情吧，对不对……”

“是你把他制造出来的？”院长说，“真是难以相信啊，瑞克雷。你说啥？凭空制造？我们能做到，能做到吗？有人想看看新精灵吗？”

“比如脱发精灵？”近代如尼文讲师说。别的巫师笑了。

“我没有脱发！”院长高声说，“只是略微稀疏而已。”

“你的头发一半在头上一半在梳子上。”近代如尼文讲师说。

“脱发而已，不要这么紧张。”瑞克雷毫不在意，“再说，你也知道他们是怎么说秃头的。”

“嗯，他们说：‘看这个人，他没头发。’”近代如尼文讲师说。院长近期非常烦他。

“我最后说一次，”院长高声说，“我不是——”

他不说话了。

一阵丁零丁零的声音传来。

“我真希望自己知道那东西是从哪儿来的。”瑞克雷说。

“呃……”院长说，“我头上……是不是有东西？”

其他巫师都看着他。

他的帽子下面有东西在动。

他很小心地抬手摘掉帽子。

一个很小的地精坐在他头上，两手各抓着一把院长的头发。

它颇有负罪感地眨眨眼睛。

“有什么事？”它问。

“把它拿下来！”院长喊道。

巫师们犹豫起来。他们模模糊糊知道某些小生物可以传播疾病的传闻，虽然地精比传播疾病的小生物大，但是谁都不想被传染上脱发。

苏珊揪住那个地精。

“你是脱发精灵？”她问。

“显然是的。”地精在她手中挣扎。

院长绝望地摸着自己的头发。

“你在我头发里干什么？”他问道。

“把我认为该放在梳子上的头发拔掉，”地精说，“不过有时候也可以织成小毯子垫在浴室里。”

“你在说什么呢？”瑞克雷说。

“稍等一分钟。”苏珊转向唉神，“我在雪地里找到你之前，你在什么地方？”

“呃……我觉得应该说是……无处不在。”唉神回答，“可能是在稍早前消耗过大量酒精的地方。”

“啊哈，”瑞克雷说，“这么说，你是一种强大的内在力量？”

“我觉得可能是吧。”唉神回答。

“我们开玩笑说脱发精灵的时候，它突然就出现在院长头上。”瑞克雷说，“其实最近几个月他头上的情况引起我们所有人注意了，不过我们都特别礼貌，一直没提这个话题。”

“你们让这个精灵成了现实。”苏珊说。

“有没有‘给院长一口袋金子精灵’？”院长有时候思维还是很敏捷的，他满怀希望地四下看了看，“你们听见精灵的叮当声没有？”

“经常有人给你一口袋一口袋的金子吗，先生？”苏珊问。

“日常是没有的。”院长回答，“但是如果——”

“那么恐怕不会有一大口袋金子精灵。”苏珊说。

“我总是不知道自己的袜子哪儿去了。”庶务长开心地说，“袜子真是太容易丢了，你们说是吧？我小时候总觉得是什么东西把袜子拿走了……”

巫师们想了一下。接着他们听见了那个声音——一阵清脆的叮当声，说明魔法开始运转了。

校长非常夸张地朝着天上一指。

“上洗衣房去！”他说。

“洗衣房在楼下，瑞克雷。”院长说。

“下洗衣房去！”

“维特矮夫人不喜欢我们去那儿。”不确定性研究会主席说。

“容我问一句，谁才是这所大学的校长？”瑞克雷说，“是维特矮夫人吗？不是吧！是我吗？哇，好神奇啊，我居然觉得就是！”

“是的，但是你知道她那个人……”主席说。

“呃，对，那倒也是——”瑞克雷说。

“我记得她去她姐姐那儿过节了。”庶务长说。

“区区一个管家怎么能对我们发号施令！”校长说，“去洗衣房！”

巫师们兴奋不已地出去了，只剩下苏珊、唉神、疣子怪和脱发精灵在圆厅里。

“再跟我说一下那伙人是干什么的？”唉神说。

“那些是这个世界上最聪明的人。”苏珊说。

“我虽然清醒了，但是我……”

“聪明不等于明事理。”苏珊说，“而且不是有人说了吗，你要是想走上智慧之路，首先就要成为一个幼儿。”

“那群人有没有记住其次该干什么？”

苏珊叹了口气：“多半没有。大概是在智慧之路上奔跑时被‘其次’的内容绊倒了。”

唉神看了看周围：“啊，你觉得他们会不会留下一些软饮料？”

通往智慧的小径确实是从一小步开始的。

但是人们往往忘了，接下来还有成千上万步。他们只走了“决定成为与宇宙同在的人”这一小步，结果不知为何就忘了接下来“七十年独自生活在深山老林，每天只吃一碗富有深意的米饭、喝一杯寓意深远的牛油茶”的步骤。另有证据表明通往地狱的康庄大道上铺满了善良的意图，可以让人走好多个第一步。

每次在这种时候，院长总是状态绝佳。他带领众人穿过滚热的黄铜大桶，一边朝阴暗处挥动自己的手杖，还低声说：“走开！回去！”

“为什么袜子会出现在这里？”近代如尼文讲师低声说。

“现实不稳定性原理。”瑞克雷踮着脚朝漂白缸里看了看，“每样破烂玩意儿都会出现在这里，你到现在还不知道吗？”

“但是为什么是现在呢？”不确定性研究会主席问道。

“别说话！”院长低声说。他跳到另一条小巷里，警惕地把手杖横在胸前。

他大喝一声：“喂！”接着露出失望的表情。

“这个偷袜子的东西有多大啊？”资深数学家问。

“我也不知道。”瑞克雷朝那一大堆搓衣板后面看了看，“仔细想想，我这些年丢的袜子加起来该有一吨重了吧。”

“我也是。”近代如尼文讲师说。

“那……我们是该在小地方找，还是在大地方找？”资深数学家又问，他的语气表明思维的列车此时正驶入一条又黑又长的隧道。

“问得好。”瑞克雷说，“院长，你为什么一直盯着阴暗处说话？”

“我只是在说‘回去’，马斯特朗。”院长说，“意思是，意思是……”

“那里有木头搭起来的小住处？”瑞克雷帮他说完下半段。

“呃，有时候，可以这么理解。有时候……你就必须说‘回去’。”

“这种袜子怪……只是偷袜子，还是要吃袜子？”资深数学家继续问。

“他可真是富有洞察力啊。”瑞克雷说着拍拍院长，“好了，别紧张，我们长得都不像袜子，是吧？”

“你怎么能——”院长忽然不说话了。

他们听见一个声音。

……咕唧，咕唧，咕唧……

那个声音听起来似乎很繁忙，是个认认真真填饱肚子的声音。

“袜子吞噬者。”资深数学家闭上眼睛悲叹道。

“你们觉得那东西会长多少触手？”近代如尼文讲师问，“初步估算一下？”

“这声音可真大啊，是吧？”庶务长说。

“我觉得至少十几条吧。”近代如尼文讲师边说边往后退。

……咕唧，咕唧，咕唧……

“大概，它一看到我们，就会冲上来剥下我们的袜子……”资深数学家快哭了。

“哦，你的意思是它可能有五六条触手？”近代如尼文讲师问。

“我感觉这是洗衣机引擎的声响。”院长说。

洗衣机的引擎每个都有两层楼那么高，只在学期之内大学人数很多的时候才使用。一条巨大的传送带连接着各个大桶上的白色木踏板，那些桶子下面都有火炉加热。如果全速运转这些引擎的话，至少需要六七个人来添衣物、烧火、维护搓衣臂杆。瑞克雷之前有一次见过那场景，看起来俨然是个十分严肃卫生的地狱，肥皂死后多半会下那种地狱。院长在锅炉区门口停下来。

他低声说：“有东西在这里，听！”

……咕唧……

“声音没了！它知道我们来了。”主任低声说，“全体注意，准备，冲！”

“不！”近代如尼文讲师尖叫起来。

“我准备开门，你却要阻止我？一……二……三！啊……”

雪橇呼啸着冲向大雪弥漫的天空。

总体来说，我觉得进行得很顺利，你觉得呢？

“是的，主人。”阿尔伯特回答。

不过那个穿着锁子甲的小男孩让我觉得很奇怪。

“我觉得他是警卫队成员，主人。”

是吗？嗯，总之他开开心心地走了，这点最重要。

“是吗，主人？”阿尔伯特有些担心。死神很擅长接纳新事物，他能飞快地把各种新思想凑到一起。阿尔伯特当然明白他们为什么来派送礼物，但是主人……嗯，有时候主人缺乏必要思维器官，无法分辨哪些事该当真，哪些不该……

目前为止我认为我把这份欢乐的任务完成得很好。嚯。嚯。嚯。

“是的，先生，非常愉快。”阿尔伯特看了看清单，“还有别的工作呢。下一个很可爱，主人，所以我建议您低调地完成。”

愉快就好。嚯。嚯。嚯。

“卖火柴的小女孩莎拉，地址是：圈钱巷，顶针烟斗烟草店门口。”

她想要什么圣猪节礼物呢？嚯。嚯。嚯。

“不知道，她没有寄过信。顺便说一句，你不用每次都说‘嚯。嚯。嚯。’主人。我看看……这说的是……”阿尔伯特蠕动着嘴唇慢慢读。

一般都是娃娃吧。或者是某种形态的填充玩具。袋子自己知道。我们送她什么，阿尔伯特？嚯。嚯。嚯。

一个小东西落进他手里。

阿尔伯特说：“是这个。”

哦。

他们俩盯着那个生命沙漏，都陷入了沉默。

“你不光是为了圣猪节而来，你也是为了生命而来。”阿尔伯特说，“某种意义上来说，工作还要继续。”

但现在是圣猪节。

“也是经常发生这种事的时候，我理解。”阿尔伯特说。

我以为这是个人人都开心的日子。死神说。

“啊，嗯，是啊，知道其他人过得不好才会让人更开心。”阿尔伯特用十分客观的语气回答，“事实如此，主人。主人？”

不行，死神站起来，**不该是这样。**

大学大厅已经布置好了圣猪节宴会。桌子在餐具的重压下吱嘎作响，而真正的食物还要过几个小时才会摆上来。可是在层层叠叠的精美果盘和密密麻麻的酒杯之间几乎已经没有任何空隙了。

唉神拿起菜单翻到第四页。

“第四轮菜：软体动物和甲壳动物。龙虾、螃蟹、帝王蟹、对虾、小虾、牡蛎、蛤蜊、巨蚌、青口、贻贝、老虎笠贝拼盘。配香草黄油蘸酱。酒：‘三巫师’霞多丽，青蛙说话年。啤酒：温克勒陈年特酿。”

他放下菜单问：“这只是一轮的菜？”

“他们在饮食方面很讲究。”苏珊说。

唉神把菜单翻过来。封面是幽冥大学的盾形纹章，背面印着三个呼之欲出的大字母。

ηβπ

“这是魔法单词吗？”

“不是，”苏珊叹气道，“每份菜单上都有这个。你当它是大学的非正式格言吧。”

“是什么意思呢？”

“茨大参。”

比利尔斯满怀期待地看着她。

“是什么？”

“呃……就是，吃了那个派。”苏珊说。

“对啊，你刚才就是这么说的。”唉神说。

“呃，不。只是这几个以弗比字母读起来像那个音而已。”

“啊，”比利尔斯理解地点点头，“确实容易搞错。”

苏珊从他那似懂非懂的脸上看出一些无助，于是又解释说：“不是搞错。其实这几个字母本来就是要让人迷惑一下，然后笑出来。这叫双关语或者文字游戏。ηβπ。”她看着比利尔斯小心地说，“然后你就笑。只是嘴上笑，事实上没有笑，因为本来就不该对这种事情发笑。”

“我还是去找杯牛奶喝吧。”唉神无助地说。他看了看桌上那密密麻麻的瓶子罐子，很显然已经放弃体验幽默了。

“我听说校长从不在大学里喝牛奶。”苏珊说，“他说他知道牛奶是从哪儿来的，还说牛奶很不卫生。不过这人每天早晨还吃三个鸡蛋呢。对了，你觉得牛奶怎么样？”

“我……我有印象。”唉神回答，“不是某个具体的印象。就是，印象。比如我知道树都是绿的那头往上长……之类的。我想可能所有的神都知道这些事情。”

“这算是某种神灵的超能力？”

“我可能可以把水变成刺激性味道的饮料，”他捏了捏自己的鼻梁，“这算是神力吗？我还能让人头疼欲裂。”

“我必须弄清楚我外公为什么……行为奇怪。”

“你问问他。”

“他不告诉我！”

“他呕吐吗？”

“应该没有。他甚至不怎么吃东西，只是每月吃上一两次咖喱。”

“他肯定很瘦。”

“瘦得不得了。”

“呃……那他会不会经常照镜子说‘啊——’？会不会经常吐出舌头，思考为什么会舌苔发黄？我知道经常宿醉对人有什么影响。如果他喝了很多酒，我说不定能找到他。”

“你说的这些情况，他都没有。我还是跟你说实话吧，我外公是死……”

“啊，节哀顺变。”

“是死神！”

“什么？”

“死神。你知道吧……就是死神？”

“你是说穿那种袍子，拿着……”

“镰刀，骑白马，骷髅……就是他。死神。”

“我应该是没有理解错吧，”唉神以非常理智的语气说，“你认为你外公是死神，你觉得他举止奇怪？”

袜子吞噬者小心地看着众位巫师，接着又开始嚼。

……咕唧，咕唧……

“那是我的袜子！”不确定性研究会主席想要抢回来。袜子吞噬者赶紧后退。

它看上去像是个迷你大象，但是身体粗胖滚圆，很快就把一只袜子吃完了。

“这小东西看起来真古怪。”瑞克雷把自己的手杖抵在墙上。

“放开袜子，你这个怪物！”主席还想抢回袜子，“走开！”

袜子吞噬者想跑但还留在原地。看起来很奇怪，但是其实小动物吃东西被人抓住时都是这样的。腿虽然扑腾得快，脖子和嚼个不停的嘴却还想继续吃东西。终于，最后一只袜子伴随轻微的咂嘴声消失在它嘴里，那东西立刻躲到了锅炉后面。片刻后它露出眼睛疑惑地看着巫师们。

“那双袜子很贵的，加了亚麻混纺的。”不确定性研究会主席低声说。

瑞克雷打开帽子上的小抽屉，掏出一只烟斗和一袋烟草。他在洗衣机上划了一下，点燃火柴。今天晚上比他预想的有趣多了。

“我们得搞清楚。”他说着呼出几团烟雾，洗衣房充满了秋季篝火的气味，“有人随便一想就有怪物跳出来这可不行，太不卫生了。”

雪橇在圈钱巷路口停下。

阿尔伯特，过来。

“你不该做这种事，主人，你心里清楚。上次是什么下场你也知道。”

圣猪老爹可以这样做。

“但是……卖火柴的小女孩死在雪地里，这也是圣猪节精神的一部分，主人。”阿尔伯特绝望地说，“人们听了这件事，都会说：‘也许我们比残疾香蕉还要穷，只能吃泥巴和破靴子，但是至少我们的日子比卖火柴的小女孩好过。’主人，这个故事让他们感觉快乐，并且对自己所拥有的一切心怀感激，明白吗？”

我知道圣猪节的精神是什么，阿尔伯特。

“抱歉，主人。但是你要知道，这一切真的没关系，因为她醒来之后会看到周围一片明亮，到处都是叮叮当当的音乐，还有很多天使。”

死神停下脚步。

哦，天使们会在最后一刻带着暖和的衣服和热饮料赶来吗？

唉，天啊，阿尔伯特心里说，我家主人这会儿真是心情不错啊。

“呃，不。不是在最后一刻赶来，主人。不是这样的。”

那是什么？

“基本上是在最后一刻之后才赶来。”阿尔伯特紧张地咳嗽了一声。

你是说在她——

“是的。故事都是这么讲的，主人，不是我的错。”

他们为什么不提前出现？天使能搬很多东西啊。

“不能这么说，主人。我认为大家觉得……不提前出现更让人满意……”阿尔伯特犹豫了一下，又继续说，“你知道吧，我对别人说……”

死神看着积雪下面的凸起，他把生命沙漏放在半空中伸出手指碰了一下，一道火花闪过。

“你真的不该这么做。”阿尔伯特可怜巴巴地说。

圣猪老爹可以这么做。圣猪老爹派送礼物，没有比送给她一份未来更好的礼物了。

“是的，但是——”

阿尔伯特。

“听您吩咐，主人。”

死神把那个女孩挖出来，拉到巷子路口。

雪花像天使的羽毛一样纷纷落下。死神来到街上，两个人一边聊天一边穿过雪地。

把她带到暖和的地方去，给她喝点好喝的。死神把女孩交给其中一个路人，**我晚点要回访。**

然后他转身消失在漫天雪花里。

夜巡队员看着手上的女孩，然后看了看诺伯斯下士。

“这怎么办，下士？”

诺伯斯掀开毯子。

“别问我，”他说，“看样子我们今天是真的要做点慈善了。”

“把人塞到别人手里，我看这不算有多慈善。”

“好了，警卫营还有一些食物。”诺比说。他深深地觉得这是自己的责任。他想起了山洞里那个看不清脸的大高个。把女孩塞给他的那个人也看不见脸，所以应该是同一个人。

片刻后，周围出现某种叮叮当当的音乐和一道耀眼的亮光，两个很气愤的天使出现在巷子路口，不过阿尔伯特扔雪球把它们赶走了。

小六让庞德·斯蒂彭斯很是担忧。他不知道小六是如何工作的，但是所有人都觉得他懂。唉，对于某些部分他确实有很好的想法，他明白小六的思考方式是把一切事物都变成数字然后绞碎（为此他们专门给小六安装了一个洗衣房的拧干机，简称“洗拧机”），不过它为什么需要这么多小小的宗教图片呢？还有一只老鼠。那老鼠看起来和小六毫无关系，可是每次他们忘了给老鼠喂奶酪，小六就不工作。而且还有那些内存骷髅。蚂蚁偶尔从骷髅上爬过，然而似乎也和小六没有关系。

庞德担心的是，他恐怕被卷入了某种货船崇拜。他知道货船崇拜的事情。货船崇拜的都是些无知[1]又轻信[2]的人，曾经有商船载着玻璃珠、镜子、斧头、性病之类的文明成果来到他们的岛交换珍珠和椰子，后来岛民就用竹子造出巨大的船模型，希望那魔法的货船还能再来。当然，那群人非常无知非常轻信，他们不知道徒有其表的模型不能带来实质的东西……

1　无知：一种不知道代词是什么，也不知道27.4的平方根的状态。只懂得一些幼稚无用的事情，比如分辨七十种大同小异的紫色海蛇，记住哪些有剧毒，将萨咯萨咯树有毒的木髓处理过之后制成富有营养的粥，通过观察爬树的盗贼蟹预测天气，利用一截细绳子和祖父的黏土像渡过上千里没有任何地标的大海，从凶猛的冰熊肝脏里摄取重要的维他命和其他营养物质。有一件事很奇怪，当所有人都受到教育之后，每个人都懂代词，却没有人知道萨咯萨咯树了。

2　轻信：认为是一群绝不虚伪造作的人分享着世界、宇宙和人性的状态，不光不虚伪，还很聪慧，有着高级的数学和物理学知识。

庞德忽然意识到，他只是制造了小六的模型，在一座魔法大学里造的。魔法大学是个现实和非现实的分界线极度模糊的地方，几乎能透过分界线看到另一边。他有种很恐怖的猜想，说不定他们只是制造了隐藏在虚空中某个物品的模型。

而小六知道那东西本该是什么样子。

比如说关于电的知识。小六问他们要了那只老鼠，之后不久就在一夜之间提出了关于电的问题。

庞德知道关于电的各种常识，他对此挺自豪的。虽然他们大力摩擦气球和玻璃棒就能把艾德里安粘在天花板上，但是这么做对小六却无效。然后他们又尝试把很多猫拴在轮子上，轮子转动的时候猫在琥珀珠子上摩擦产生大量的电火花。那些可怜的猫被绑了好几天，却没办法对小六输电，而且大家都受不了猫叫。

校长也否定了使用避雷针的建议。

这一切都让庞德很沮丧。他相信整个世界都应该以更有效率的模式运转才对。

可是他原以为绝对没问题的事情却时不时地要出错。

他闷闷不乐地看着小六那支缠在线和弹簧之中的羽毛笔。

门被狠狠地推开。只有一个人能把门的铰链推得砰砰响。庞德不用转身就知道是谁。

“你好啊，校长。”

“你这个思考机还能用吗？”瑞克雷说，“现在有个有趣的小……”

“它不工作了。”庞德说。

“不工作，怎么回事，圣猪节休假半天吗？”

“你看吧。”庞德说。

小六写道：+++哇！奶酪来啦！+++甜瓜甜瓜甜瓜+++地址出

错：14，蜜糖矿山路，安卡–摩波+++！！！+++——————+++要求重新输入。+++

“怎么回事？”瑞克雷问道。其他人在他们两个后面挤来挤去。

“可能说起来有点傻，校长，但是我们认为它可能是被庶务长传染了。”

“疯癫也能传染？”

“太滑稽了，小子！”院长说，“疯癫不是传染病。”

瑞克雷还在抽烟斗。

“我过去也这么认为，”他说，“现在我也不知道了。毕竟，智慧是可以传递的，对吧？”

“不对，”院长高声说，“这些又不是流感，瑞克雷。再说智慧嘛……呃……是渐渐传授的。”

“我们招收学生也是希望他们从我们手中获得智慧，对吧？”瑞克雷说。

“只是比喻意义上的。”院长说。

“要是你总跟傻子们混在一起，你自己也会变得疯疯傻傻，”瑞克雷继续说，“某种意义上来说……”

“你跟可怜的老庶务长说了五分钟话，就觉得自己也有点疯了，我说得对吧？”

巫师们闷闷不乐地点头。跟庶务长在一起虽然没什么害处，但是却能让你的脑子说个不停。

“所以小六确实是被庶务长传染了疯病。”瑞克雷说，“简单。真正的蠢蛋总能战胜聪明人。”他在小六的听觉管上敲了敲烟斗喊道：“你还好吗，机器？”

小六写道：+++嗨，小慕开始测试+++甜瓜甜瓜甜瓜+++奶酪用完了，错误+++！！！！！+++果冻先生！果冻先生！+++

“小六可以准确地算出任何数字方面的事情，但是换成别的事情就这样了。”庞德说。

“看见了吧？财务病，”瑞克雷说，“累积起来很厉害，但是不累积就什么用也没有。给它吃干青蛙丸没有？”

“抱歉，先生，但是这个建议太不专业了，”庞德说，“不可能给机器吃药。”

“哪里不对了？”瑞克雷说。他又敲了敲听觉管，大声说：“很快你就能恢复……恢复正常了，机器兄！有字母和数字按键的键盘在哪里，斯蒂彭斯先生？啊，好。”他坐下来，像所有的公司老板一样，用一根指头敲键盘，慢慢敲出如下文字：半—颗—干—青—蛙—丸。

小六的管子发出刺耳的声响。

“没用的，先生。”庞德说。

“应该有用才对。”瑞克雷说，“它知道什么叫生病的话，也该知道什么叫治愈。”

他继续敲字：大—量—四—分—之—一—干—青—蛙—丸。

“我觉得，你敲什么字这个机器就信什么，对不对？”

“要这么说确实没错，小六分辨不出不真实的东西。”

“好。嗯，我刚对它说它吃了很多干青蛙丸。这不是撒谎，对吧？”

小六内部传来咔嗒咔嗒和嗡嗡嗡的声音。

然后它写道：+++晚上好，校长。我已经完全康复了，热切准备完成工作。+++

“不疯了，是吧？”

+++我保证我和旁边那个人一样清醒聪明。+++

“庶务长，离机器远点，行吗？”瑞克雷说，“好了，我看这样就最好了。我们来查清楚，看看到底发生了什么。”

“是某个地方不对劲了，还是所有的地方都不对劲？”庞德颇为讽刺地问道。

小六的笔发出一阵沙沙沙的声音。瑞克雷看着那张纸。

“这里写的是‘神格拟人化的自发产物’。”他念道，“这是什么意思？”

“呃……我想，小六是在努力寻找答案。”庞德说。

“是吗，人格化的神？我连问题是什么都不知道……”

“它在听你说话呢，先生。”

瑞克雷挑起眉毛，然后弯下腰凑近通话管说：“你能听见我说话吗？”

笔开始动起来。

+++能听见。+++

“他们，把你照顾好了吗？”

“不用大喊大叫，校长。”庞德说。

“自发产物是什么意思？”瑞克雷问。

“呃，我听说过，校长。”庞德说，“意思是某些东西的存在会自动地让其他东西成为现实。如果有些东西存在，那么别的东西也肯定存在才对。”

“比如……犯罪和惩罚这样？”瑞克雷说，“喝酒和宿醉……这是肯定的……”

“是的，先生，就是这类情况。”

“所以……如果牙仙存在，疣子怪也存在？”瑞克雷扯胡子，“我看也有道理。但为什么没有智齿精灵？就是让大家长多余的牙那种，扛着一口袋牙的小恶棍。”

周围一阵沉默。但是在沉默中忽然传来一阵充满魔法的叮当声。

“呃……我是不是——”瑞克雷说了个开头。

“我看很有道理，”资深数学家说，“我长智齿的时候可痛苦了。”

“上周吗？”院长笑了笑。

瑞克雷一点都不尴尬，虽然人们会因为自己的行为尴尬，但是像他这样的人从来不会为任何事感到尴尬。他再次弯腰凑近小六的“耳朵”。

“还在吗？”

庞德·斯蒂本翻了个白眼。

“能不能告诉我们目前这里的现实怎么样了？”

羽毛笔写道：+++从一到十查询中。+++

“好。”瑞克雷喊道。

+++被黄瓜错误分离。请重装宇宙并重启。+++

“真有趣，”瑞克雷说，“这是什么意思？”

“该死！”庞德说，“又死机了。”

瑞克雷很不解：“是吗？我从没见过它死。”

“我是说……这也是某种程度的疯。”庞德说。

瑞克雷回答：“嗯，专家们都在这里呢。”

他又用力敲了敲听觉管的鼓。

“还想来点干青蛙丸吗，机器兄？”他喊道。

“呃，我还是检查一下吧，校长。”庞德想尽量把他请走。

“‘被黄瓜错误分离’是什么意思？”瑞克雷问。

“哦，小六这么说的意思是，它虽然想出了答案，但答案不可能正确。”庞德回答。

“‘重启’呢？踢它一脚好吗？”

“不，肯定不行。我们……那个……嗯，其实可以……”庞德说，“艾德里安，你去后面……嗯，用脚扒拉几下。不过要注意技巧。”他补充道。

“嗯，我觉得我越来越懂这个思考机了，”瑞克雷很开心，“它觉得必须有人去踢宇宙一脚，是吧？”

小六的笔在纸上动起来。庞德看着那些文字。

“肯定，这些东西肯定不对。”

瑞克雷笑起来：“你是说，要么是世界错了，要么是你的机器出故障了？”

“对！”

“答案就简单了，你说是吧？”瑞克雷说。

“是的，肯定是。小六每天都经过了仔细的测试。”庞德·斯蒂彭斯说。

“你这人，说得对啊。”瑞克雷又敲了敲小六的听觉管。

“你还在——”

“不用喊，校长。”庞德说。

“——那么神格拟人化是什么意思？”

+++人类经常把随机的、季节性的、自然的、难以解释的行动归因于某种人形实体。比如冰霜杰克、圣猪老爹、牙仙、死神……+++

“哦，他们呀。他们真实存在啊，”瑞克雷说，“我自己都见过好几位。”

+++人类有时候也是正确的。+++

“好吧，但是我确信绝对从来没有过袜子吞噬者和宿醉神。”

+++但是也没有理由说他们不应该存在。+++

“你们看，这东西好着呢。”近代如尼文讲师说，“仔细想想，扛着一口袋疣子的小人其实和给钱换小孩牙齿的人一样荒唐。”

“对。但是袜子吞噬者怎么解释？”不确定性研究会主席说，“庶务长说他总在想是不是某个东西吃了他的袜子，结果，当当！它就出现了。”

“因为我们都同意他那番话啊，不是吗？我肯定是同意的。这么多年来我丢过无数袜子，它们被吃了是最合理的解释了。要是袜子只是掉到抽屉后面或者什么地方的话，那早该堆积成山了。”

“我明白你的意思。”庞德说，“铅笔也一样。这么多年来，我买过好几百支铅笔了，但是很少真正用到只剩铅笔头。我也会想，是不是什么东西爬出来吃了铅笔——”

一阵微弱的丁零声传来，他呆住了。“怎么了？”他问，“我要不要四处看看？有什么恐怖的东西出现了吗？”

“看起来像个迷迷糊糊的鸟。”瑞克雷说。

“喙的形状很奇怪。”近代如尼文讲师说。

“我很想知道这可恶的叮当声是谁弄出来的。”校长说。

唉神聚精会神地听着。苏珊很惊讶。他好像啥都信。苏珊之前从来都不这样说话，真的。

“可能是因为我没有什么成见。”唉神说，“就是之前什么都不信，大概。”

“嗯，总之就是这样吧。”苏珊说，“显然我没有遗传到……那些生理特征。我觉得我只是以一种固定的方式看待世界。”

“什么方式？”

“就是……不一定有障碍。比如说这种。”

她闭上眼睛。一旦看不见自己的所作所为她就感觉好多了。她内心有一部分依然坚信这是不可能的。

她忽然有种稍冷的刺痛感。

“我刚才干了什么？”她依然闭着眼睛。

“呃……你把手从桌子这头抹到那头。”唉神说。

“你看见了？”

“嗯……可能绝大部分人类都做不到？”

“不是！”

“别喊啊。我不太懂人类，是吧？我只知道阳光会从窗帘缝里照进来，还有他们大都希望地面裂开把他们吞进去。他们是指人类，不是窗帘。”

苏珊靠在椅子上——她知道自己的脑子里有一小部分在说：对，这里有一把椅子，是个真实的椅子，可以坐上去。

“还有别的事情，”她说，“我还记得一些事情。还没有发生过的事情。”

“那不是很有用吗？”

“没用！我不知道那些到底是什么事情——那感觉就像透过一个锁眼看世界。你只能看到一星半点儿的情况，直到事情全部发生你才知道原来如此。”

“这就麻烦了。”唉神很礼貌地说。

“相信我。但等待的过程才最讨厌。在那些预兆最终实现之前，你要不断地小心提防。有关未来的记忆总是派不上用场，那些记忆全是扭曲的片段，等你明白怎么回事的时候啥都来不及了。你真的不知道自己为什么会出现在圣猪老爹的城堡？”

“不知道。我只记得自己是……我说一片空虚，你能明白吗？”

“明白。”

“很好。那我说一片空虚的头疼，你能明白吗？然后，紧接着，我就躺在一大堆前所未见的又白又冷的东西里头。不过我觉得要是你要变成现实，就必须有个出处。”

苏珊自言自语似的说：“另外某个人应该在另外某个地方存在，不对。”

“你说什么？”

"圣猪老爹不在，"苏珊说，"当然今晚他肯定不该在那里，可是这一次，他不是因为要出门才离开宫殿，他不在任何地方。他的宫殿也消失了。"

"我希望再过一阵子我能习惯这个身体。"唉神说。

"大部分人……"苏珊刚说了个开头，忽然觉得整个人一阵抖。"不。他在干什么呢？**他在干什么呢？**"

我看这工作完成得很好。

雪橇轰隆隆地划过夜空。冰封的大地从他们下面掠过。

"咳咳。"阿尔伯特吸了吸鼻子。

怎么描述内心这种温暖的感觉呢？

"烧心！"阿尔伯特高声说。

你是不是有点暴躁啊？死神说，**你没有小糖猪吃了，阿尔伯特。**

"我不需要礼物，主人。"阿尔伯特叹了口气，"只希望一觉醒来之后发现生活恢复正常。话说，你自己也知道吧，每次你要改变，就会出错……"

但是圣猪老爹就是会改变各种事情，阿尔伯特。开心地"嚯嚯嚯"笑着，到处散布小小的奇迹。把圣猪节的真正意义教给大家。

"你的意思是，把猪和牛都宰了，运气好的话大家今冬都不饿肚子？"

嗯，我说的真正的意义是——

"某个浑蛋在晚餐里找到了一颗豆子，然后在树林里被砍了头，接着夏天就回来了？"

不完全是这样的，但是——

"那你是说，他们追一头可怜的动物，再把很多箭都射到苹果树上，然后阴影就都消散了？"

这肯定是一种意义，但是我——

“那你的意思是，他们把一头血糊糊的猪放在篝火上烧了，好提醒太阳别再在地平线以下晃荡了，赶紧起来干活？”

死神没说话，那几头猪正从一片小山上跑过。

别添乱了，阿尔伯特。

“据我所知，那都是真正的意义。”

我认为你可以跟我一起想明白真正的意义是什么。

“就是跟太阳有关，主人。白色的雪，红色的血，还有太阳。一直都是这样。”

好吧，换句话说。圣猪老爹应该把圣猪节的虚幻意义教给大家。

阿尔伯特拍了拍雪橇侧边说：“哈！‘大家都好该有多好’这种？”

不少战斗口号比这难听多了。

“唉，天啊天啊天啊……”

请原谅……

死神从袍子里掏出一个沙漏。

开动雪橇，阿尔伯特。工作来了。

“这是哪个？”

这时候你态度更积极点才好，非常感谢。

“太神奇了，你们谁有铅笔？”瑞克雷问。

“它都吃了四支了，”近代如尼文讲师说，“啃得只剩个铅笔头，校长。你知道我们现在都是自己购买铅笔。”

这是大家的痛点。马斯特朗·瑞克雷认为斤斤计较回形针的数量就等于“合理管控经济”了，所有不懂得正经经济学的人都是这样。就算是高级巫师想要从他桌子下头带锁的抽屉里领一支新铅笔，也必须拿一个铅笔头去换才行。但是由于大家的铅笔都是用了一半就找不到，所以巫师们只能溜出大学自掏腰包买新铅笔。

铅笔头短缺的原因现在就栖息在他们眼前，它盘旋着把一支HB铅笔吃得只剩橡皮擦，然后把吃剩的东西朝庶务长吐去。

庞德·斯蒂彭斯一直在做笔记。

“我认为原理是这样的，”他说，“我们所见的是人格化的能量，小六说得没错。但是要它人格化就必须……嗯，符合逻辑。”他结巴了一下。庞德坚定无比地相信着逻辑，然而眼前的证据让他很不想使用“逻辑”二字，“我不是说吃袜子吃铅笔的生物符合逻辑，而是……嗯……说得通……是个恰当的假说。”

“类似圣猪老爹。”瑞克雷说，“当你还小的时候，他的存在能解释很多事情，对吧？”

“精灵送给我一口袋一口袋的钱，哪点不符合逻辑了？”院长闷闷不乐。瑞克雷又给铅笔鸟喂了根铅笔。

“这个嘛，先生……首先，你从来没有收到过一口袋一口袋来历不明的钱，也从来都不需要提出假说去解释钱的来历，其他人也没有类似的想法。”

“哼！”

“为什么会是现在发生呢？”瑞克雷说，“哇，它停在我手上了！你们谁还有铅笔？”

“嗯，这些……能量一直存在。”庞德说，“毕竟袜子和铅笔总是失踪，对吧？然后这股能量突然就有了形体……这部分我真的不懂。”

“嗯，我们最好搞清楚，是吧？”瑞克雷说，“有人稍微一想就冒出来各种傻乎乎的半神和奇奇怪怪的怪物，这种事绝不能放任。我们现在能让各种东西出现。万一有个傻子说肯定有消化不良之神怎么办？”

丁零丁零丁零。

庞德说："呃……先生，刚有人说了。"

"怎么了？怎么了？"唉神说着扶住苏珊的肩膀。

那肩膀感觉全是骨头。

"**该死。**"苏珊推开他，靠着桌子站好，特别注意不让他看见自己的脸。

最终她总算靠着最近几年练成的自控力恢复了自己的声音。

"他失控了，"苏珊低声朝着大厅说，"我感觉到他失控了。而我被卷进来了。他为什么要这样做？"

"别问我。"唉神赶紧后退，"呃……刚才……你转过身的时候……看起来好像黑眼圈特别重……但是你不……"

"其实很简单。"苏珊转过身，她感觉自己的头发又自动变了发型，每次一焦虑头发就自己动，"你知道家族遗传是怎么回事吧？蓝眼睛、龅牙之类的？我们家'死亡'也是遗传的。"

"呃……每个人家里都是，不对吗？"唉神说。

"够了，行了，别再说了。"苏珊说，"我不是指死，我是说加粗放大的'死亡'。我记得尚未发生的事情，我可以像那样子说话，我会追踪别人，追踪……如果他跑偏了，我就得当死神。现在他真的跑偏了。我也不知道真正的圣猪老爹怎么了，也不知道外公为什么要去当圣猪老爹，但是我现在有一点了解他的想法了，他没有……没有精神防护，他和我们不一样。他不知道怎样忘记事物，也不知道怎么忽略事物。他只会从字面意义和逻辑角度理解每一件事，他不知道为什么自己会理解错——"

她注意到比利尔斯有些发呆。

"举个例子……你怎么可能让全世界所有人都吃饱呢？"她说道。

"我？哦，嗯，我……"唉神嘀咕了一会儿，"我认为你必须反思一下常见的政权形式，适当划分并耕种宜居土地，还要——”

“对，对。但是他直接给每个人派送美味佳肴。”苏珊说。

“哦，我明白了。很不切实际。哈，就好像为了让所有人有衣服穿，就到处送衣服。”

“对！不对，不对！我是说，很显然你派送——哦，你明白我的意思了！”

“是的，我觉得明白了。”

“但他不明白。”

他们旁边传来什么东西摔碎的声音。

着火的交通工具里总会有着火的轮子滚出来。两个人抬着一块很大的玻璃穿过马路的时候总会遇到被汽车疯狂追赶的喜剧演员。有时候叙事规则太具有约束力，就算是在那些正午时分岩石会被煮沸的星球也会发生差不多的情况。如果一个堆满了东西的桌子垮掉，总会有一个盘子奇迹般地完好无损，然后从地板上滚过，转几圈停下来。

苏珊和唉神看着那个盘子，然后将注意力转回那个巨大的身型上，那家伙躺在桌子中间的位置，先前堆得漂漂亮亮的水果如今只剩渣渣了。

“他就……凭空出现了。”唉神低声说。

“真的？别光站在那儿，帮我把他扶起来好吗？”苏珊想把一个大甜瓜搬开，“呃，他耳朵后面有一串葡萄——”

“嗯？”

“我根本没想到葡萄的事——”

“唉，快来帮忙吧。”

他们一起把这个新来的家伙扶起来。

“长袍、凉鞋……他看起来很像你。”苏珊说，那位水果受害者大力晃了一下。

“我有这么绿吗？”

“接近。”

“这附近……有厕所吗？”那人黏湿冰冷的嘴唇里挤出这句话。

“我记得是在大厅另一边，”苏珊说，“不过听说厕所不太整洁。”

“不是听说，是预测。”那胖子摇摇晃晃地说，“然后，我能不能喝杯水，吃一块碳饼干……”

他们目送他去厕所。

“是你的朋友？”苏珊问。

“应该是消化不良之神。你看……我……嗯……我好像确实记得一些事情，”唉神说，“就在我，嗯，获得肉身之前。听起来可能有点傻……”

“是什么？”

“牙。”唉神说。

苏珊犹豫了一下。

“你是说你被袭击了，不会吧？”苏珊平静地说。

“不是。就是……感觉到牙齿。可能没什么特别的意义。作为宿醉之神，我见过更糟糕的情况，真的。”

“就只是牙齿，很多牙齿。但不是可怕的牙齿，是很多小牙齿。应该说……可怜的牙？”

“对！你怎么知道？”

“啊，我……我记得在你告诉我之前就已经告诉我了。我也不知道。那有没有闪亮的大圆球？”

唉神若有所思地想了一会儿，然后说：“恐怕真的帮不了你。就是牙齿，一排一排的牙齿。”

“我不记得一排一排，”苏珊说，“我只是觉得……牙齿很重要。”

“哇，用喙可以做到好多事情啊。”渡鸦说。他在那张满满当当的桌子上研究了半天，终于成功地掀开了一个罐子的盖子。

“你找到什么了？”苏珊疲倦地问。

“眼珠。”渡鸦说，“哈，巫师真懂生活啊，嗯？我跟你说，他们总有好东西。”

“那些是橄榄。”苏珊说。

“运气不好，”渡鸦说，“它们是我的了。”

“橄榄是水果！或者算蔬菜，或者别的什么！”

“真的？”渡鸦非常怀疑地看了看那罐子，又看了看苏珊。

“对！”

渡鸦的眼珠子又开始转。

“你突然就成了眼珠子专家了？”

“它们是绿的，你这个傻鸟！”

“可能是很旧的眼珠子，”渡鸦还不肯承认，“有时候眼珠就会像——”

吱吱。鼠之死神站在奶酪堆中段。

“我可不傻，”渡鸦说，“鸦科鸟类都很聪慧明理，尤其是一些住在森林里懂得使用工具的种类！”

“哈，你现在又成了渡鸦专家了？”苏珊说。

“女士，我恰好就是一只——”

吱吱。鼠之死神又说。

他们同时转身。老鼠指着自己灰色的牙齿。

“牙仙？”苏珊说，“她怎么了？”

吱吱。

“一排排的牙齿，”唉神又说，“就……一排一排的，你知道吗？牙仙是什么？”

“最近你应该能经常见到她，”苏珊说，“其实是她们。算是某种特许经营权。你拿上梯子、钱包、钳子，就能上岗了。”

“钳子？”

“要是没钱找零的话，就再拔一颗牙。但是，牙仙完全无害。我见过一两个，就是上班的女孩子，对任何人都无害。”

吱吱。

“但愿外公干活的时候可别想着这件事。天啊，想到这个事——”

“她们收集牙齿？”

“对，就是这样。”

“为什么？”

“为什么？这是她们的工作。”

“我想知道原因啊，还有她们收集了牙齿放在哪里？”

“我不知道！她们就……就给钱收牙齿。”苏珊说，“‘收集了牙齿放在哪里？’你这算什么问题？”

“我只是比较好奇，我觉得也许所有的人类都知道呢。可能这个问题太傻了，也许每个人都知道答案呢。”

苏珊若有所思地看着鼠之死神。

“那……她们把牙齿放哪儿去了？”

吱吱？

“他说他也不知道，”渡鸦说，“说不定是卖了？”他说着啄开一个罐子。

“这些是什么？看起来很不错，皱皱巴巴的——”

“腌核桃。”苏珊冷漠地说，“她们拿牙齿干什么去了？那么多牙能有什么用？不过……牙仙也干不了什么坏事吧？”

“能花点时间找一个牙仙问问吗？”唉神说。

“我们有很多时间。”苏珊说。

有些人认为知识是后天获得的——就像从满是无知的灰色岩层中发掘珍贵的矿藏一样。

也有人认为知识只能靠回忆，他们认为曾经有过一个人人无所不知的黄金时代，而岩石都紧紧贴合在一起，根本不可能让刀子插进去，另外很显然他们有飞行机器，因为大型地画艺术只能从半空中看见，对吧？我在书上还见过那种博物馆，说他们有在古代神庙祭坛下面发现的小型计算器，你明白我的意思吗？这种事政府都不让说……[1]

马斯特朗·瑞克雷相信对别人大喊大叫也能获得知识，于是他孜孜不倦地坚持这么做。巫师们正围坐在非常室的桌边，桌子上堆满了书。

“现在是圣猪节，校长。”院长一边翻着古代文书一边颇不满地说。

“过了午夜就不是了。”瑞克雷说，“把这件事搞清楚你们就能胃口大开地吃晚饭了。”

“我发现了一些东西，校长。”不确定性研究会主席说，“这本《巫德利基础神灵》中提到了家神拉列斯和珀那忒斯，我觉得和眼下

1 政府在很多领域都留下各种各样的行动记录，但是他们真的特别擅长隐瞒接触外星人之类的消息。原因之一大概是外星人自己也觉得很尴尬，所以都不肯出来说话。

为什么那些在宇宙中畅游的种族在跟地球人正式见面之前非要翻人家的内衣，个中原因不得而知。但是有好几百个种族的外星人都一起去玩了，大家谁都没起疑心，因此在这个星球的乡村地区该绑架的还继续绑架。有些外星人沉迷绑架他人，于是策划着绑架几个其他族外星人，而被绑架的那几个也在计划着绑架另外的人，而另外的人则因为错误理解了上级指示，正忙着破坏麦田，并把牛摆成一圈。

目前外星人都不准再进入地球了，他们必须首先学会彼此交换意见，确认究竟抓了几个真正的地球人。一个很糟心的可能性是，他们只抓了一个真正的地球人，是个高大、多毛、脚也很大的家伙。

真相就在眼前，但谎言在你脑中。

的情况很像。”

“拉列斯和珀那忒斯？他们在家的时候是什么呢？”瑞克雷问。

“哈哈哈。”主席笑了几声。

“怎么了？”瑞克雷问。

“我还以为你在说笑话，校长。”主席回答道。

“是吗？其实不是笑话。”瑞克雷说。

“毫无新意。”院长低声说。

“怎么了，院长？”

“没什么，校长。”

“我以为你强调‘在家’是因为他们本身就是家神，家里头的神，只不过很早以前就消失了。他们……是房屋里的小神灵，就像——”

另外三个巫师，在巫师中他们是反应特别快的人，大家一起捂住他的嘴。

“小心！”瑞克雷说，“胡乱说话就会创造神灵！就是因为胡说八道，消化不良之神那个大胖子才会在厕所里折腾。对了，庶务长在哪儿？”

“他在厕所，校长。”近代如尼文讲师说。

“什么？跟消化——”

“是啊，校长。”

“哦，没事，他会没事的。”瑞克雷说，那态度仿佛是非常冷静地目送另一个人跳进火坑，因为对方听不见，“不过我们不希望再出现这些……什么来着，主席？”

“拉列斯和珀那忒斯，校长，我不是说——”

“我明白了。总之有什么东西出错了，这些小魔怪都回来了。我们要做的就是搞清楚什么地方出错，并且让它恢复正常。”

“哦，好，搞清楚了就好。”院长说。

“家神，他们管家务事吗，主席？”瑞克雷说着打开帽子上的抽屉拿出烟斗。

“是的，校长。据说他们是……定居某地的神灵，我是这么认为的。他们负责让面包发酵，让人搅出好黄油。”

“他们吃铅笔吗？他们是怎么对待袜子的？”

“这是第一帝国时候的事情了，”不确定性研究会主席说，“那时候大家都穿凉鞋长袍之类。[1]”

“啊，不会特意穿上袜子？”

“不会特别在意袜子，不会的。当时距离发现奥斯里克青霉素还有九百年，在遥远的萨米特里岛那富含石墨的沙子里，凭借仔细的栽培，他将小灌木培育成长——”

“好了，我们都看到你在桌子下面翻百科全书呢，主席。”瑞克雷说，“不过我敢说如今情况发生了变化。要与时俱进啊，必须有所发展才行。他们过去负责发酵面包，现在我们有吃袜子和铅笔的东西，而且你永远找不到教工用的毛巾，每次要用的时候——”

又一阵丁零零的声音。

他不说话了。

“我说了，是我说的。”他说道。

别的巫师郁闷地点头。

“这是第一次有人说毛巾吗？”

巫师们再次点头。

“该死，还真是奇怪了，每次要用的时候就找不到教职工毛巾——”

---

1 此处影射古希腊时期，那时候的智者都是这种打扮。——编者注

一阵呼呼呼的声音传来，毛巾停在他肩膀的位置，仿佛有很多小翅膀抬着毛巾。

“那是我的。”近代如尼文讲师不大高兴了，毛巾消失在大厅的方向。

“毛巾黄蜂，”院长说，“干得好啊，校长。”

“挺好，我是说，可恶，这是人类天性，不是吗？”瑞克雷很激动地说，“总会有事情出错，总会有东西丢失，总会发明出小生物——好吧，好吧，我下次小心。但人本来就是一种创造神话的生物。”

“这是什么意思？”资深数学家问。

“意思是我们总会造很多东西出来。”院长头也不抬地回答。

“呃……各位，打扰一下，”在桌子那一头认认真真写写画画的庞德·斯蒂彭斯开口了，“我们说这些东西再次回来了，这是个可靠的假说吗？”

坐在桌边的众位巫师你看我我看你。

“肯定可靠。”

“足够可靠。”

“可靠得可以拿去给部队使用。”

“什么？什么给部队使用？”

“呃……罐头食品？厉害的武器，结实的靴子……之类？”

“那些东西跟现在的事有什么关系？”

“别问我，是他先说给部队的。”

“你们还是闭嘴吧，我们不会给部队任何东西！”

“啊，但是他们也该有礼物才对？毕竟是圣猪节。”

“就是一种修辞手法，好吗？我就是表示十分赞同。只是说得比较夸张而已。真是的，你不会以为我真的要送东西给部队吧？不管是圣猪节还是其他什么日子我都不会的！”

“你真的不会？”

“不会！”

“这就太小气了吧？”

庞德让他们说着。因为他们的思想常常深陷在深奥玄妙的事物之中，因此他们的嘴就会自作主张地胡乱说话——庞德对自己说道。

“我不同意使用思考机。”院长说，“此前我就说过，思考机是邪教。我只要神秘学就足够了。”

“可是它是我们这里唯一一个能直线思考的东西，我们说什么它就做什么。”瑞克雷说。

雪橇呼啸着划过天空，留下一道起伏不定的尾迹。

“啊，真有趣。”阿尔伯特紧紧抓住雪橇低声说。

雪橇撞到了大学附近的屋顶，猪小跑几步停下来。

死神看了看沙漏。

真奇怪。他说。

“这是要用到镰刀的工作？”阿尔伯特问，“不需要假胡子和愉快的笑声了？”他看了看四周，讽刺的心情很快被疑惑淹没，“喂……这地方怎么会有人死？”

确实有人死了。有一具尸体正躺在雪地里。

那人刚死不久。阿尔伯特眯起眼睛看着天空。

“不可能从天上掉下来，周围雪地里也没有脚印。”他说。死神挥了挥镰刀，“他是从哪儿来的呢？他像是私人保安。被一刀捅死。看这个致命的刀伤，是吧？”

“真的很糟糕。”那人的灵魂表示同意，他俯视着自己。

然后他看了看自己，又看了看阿尔伯特和死神，这个鬼魂的表情从震惊变成担忧。

“他们拿走了牙齿！所有的牙！他们走进来……然后……他们……不，等等……”

他消失了。

“那是怎么回事？”阿尔伯特说。

我有一点想法。

“你看他衬衣上的徽章，这图案好像一颗牙齿。”

是的，很像。

“是从哪里来的呢？”

一个我去不了的地方。

阿尔伯特低头看着那具神秘尸体，然后看看死神那一成不变的骷髅脸。

他忽然说：“我一直在想那件怪事，我们刚才突然遇见你的外孙女。”

是的。

阿尔伯特脑袋靠在一边说：“考虑到世界上有那么多烟囱，那么多小孩等等因素。”

确实……

“真是惊人的巧合，真的。”

有时候就是很巧。

“可以说，很难让人相信啊。”

生活不免有些惊喜。

“我怀疑可能不只是生活。”阿尔伯特说，“她真的很生气，对吧？狠狠一摔门就走了。说不定她已经去调查了，一点也不奇怪。”

人类就是这样。

“老鼠也跟她在一起啊，是不是？他应该能监视着苏珊，说不定能帮她引路。”

他就是个捣乱的老鼠，不是吗？

阿尔伯特知道自己说不过死神。死神有一张最完美的无表情的脸。

我确定她会理智行事。

“哦，是啊。”阿尔伯特回答，他们回到雪橇上，“理智行事，这是家族作风呢。”

和很多酒吧招待员一样，伊戈也在吧台底下藏着一根大棒随时准备应对打烊时分店里可能发生的小骚动，只不过棺材板从不打烊，任何人随时都能看见伊戈站在吧台后面。但无论如何，有时候事情确实会脱离掌控，或者爪控，或者蹄控。

伊戈选择的武器稍微有点不一样。那棍子上钉了些银子（用来对付狼人），整天跟大蒜挂在一起（用来对付吸血鬼），还包了一条毯子上的布条（用来对付吓人怪）。除此以外，两尺长的沼泽橡木大棒足以对付任何人。

伊戈看着窗外。窗上结了霜。不知为什么，那霜花的图案是三只小狗蹲在一只靴子里探头往外看。

有人拍拍他的肩膀。他握住大棒猛地一转身，然后又松了口气。

“是你啊，小姐，我没听见你开门。”

门并没有开。苏珊匆忙走进来。

“伊戈，你最近见过堇菜花吗？”

“那个收牙齿的女孩？”伊戈皱起眉头认真想了想，“我有一两个星期没见过她了。”

他看见渡鸦之后眉毛几乎皱成了个“V”形，因为那只鸟在柜台展示卡后面使劲挤，卡片上画着半瓶配啤酒的坚果。

“你把它请出去吧，小姐。”伊戈说，“你知道我们这里规定不能带宠物和家养精灵。如果他不能在必要的时候变回人形，那就只能出去。”

“哦，是啊，脑细胞比手指头多，真厉害呢。”渡鸦在坚果卡片后面低声说道。

“她住哪儿呢？”

“小姐，我从来不问客人——”

“她住在哪里，伊戈？”

“假袜子街，图画装裱店旁边。”伊戈下意识地回答。他说完之后气得眉毛都打结了。

“小姐，你懂规矩的！没人敢咬我，没人敢割我的喉咙，没人敢藏在我的门后面！你也不准在我面前拿出你外公的腔调！否则我就不准你进店！”

“抱歉，这事很重要。”苏珊说。她眼角的余光看见渡鸦爬到架子上啄开了一个罐子的盖子。

“哼，重要，要是一个吸血鬼突然觉得喝点特色茶饮很重要呢？”伊戈气呼呼地放下棍子。

装咸蛋的罐子里传来咣当一声。苏珊努力不往那个方向看。

“我们可以走了吗？”唉神问，“这么多酒精让我觉得很紧张。”

苏珊点点头快步走了。

伊戈嘟哝了几句，然后继续看窗户上的霜，他对生活要求不多。片刻后，忽然有个模糊的声音说：

“我唔嗯！我唔嗯！”

声音很模糊，因为渡鸦正在用嘴啄咸蛋。

伊戈叹了口气，又拿起棍子。要不是鼠之死神此时忽然咬了伊戈的耳朵，渡鸦就要倒大霉了。

下面。死神说。

缰绳拉得太突然也太用力了，那几头猪被拉得转了个方向。

阿尔伯特正在一大堆泰迪熊中间打瞌睡，这时候他赶紧钻出来。

“怎么了？怎么了？撞上东西了吗？”他问。

死神指指下面。下方是一片无尽的雪原，偶尔有一扇透出烛光的窗户或是被雪掩埋大半的小屋，暗示这世界上还存在着短暂的生命。

阿尔伯特眯起眼睛看到了死神指的东西。

“是有人从雪地上走过，”他说，“看起来应该是去砍柴的。今晚出门很辛苦。不过其实我也算是出门了。看啊，主人，你肯定是充分完成了工作，确保——”

下面发生了一些事情。嚁。嚁。嚁。

“看，他没事。”雪橇下降，阿尔伯特赶紧坐稳。砍柴的人打开被雪覆盖的小屋的门，一束光透出来。“看，那边，有几个人在追他，他们扛了好多包裹，还有各种东西，看见了吗？他可以过个安全的圣猪节了。我们走吧——”

死神那发着微光的眼窝仔仔细细看了看这个场景。

不对。

“唉，不……又要这样啊。”

唉神正在犹豫。

“你说什么呢？你不能从门里穿过去吗？”苏珊问，“在酒吧的时候你就穿过去了。”

“那时候不一样。在有酒精的地方我就有某种神的力量。再说了，我们敲门，她没回应，你就这么进去，礼貌哪儿去了？”

苏珊叹了口气，穿过那扇廉价的木门，她知道自己不该这么做。每次她做这类事情，就会消耗一部分……嗯，消耗一些属于普通人的部分。总有一天她会像外公一样，彻底忘记门把手。说起这事，外公一直没明白门把手是干什么用的。

她从屋里打开门。唉神走进来四处看了看。房间很小，看看也花不了多少时间。这个小房间是从一个原本就没多大的房间里分隔出来的。

“这就是牙仙住的地方？”比利尔斯说，“也太……小了吧？东西都扔在地上……绳子上挂的是什么？”

“是……女性服饰。”苏珊边说边把那摇摇欲坠的小桌子上的文件翻了一遍。

“它们不大，”唉神说，“还很薄……”

“我说你，”苏珊头也不抬，“你到这里来的那些记忆……不复杂吧？啊……”

她翻开一本红色的小笔记本，唉神在她后面看。

“我只跟堇菜花说过几句话，”她说，“我觉得她应该是把牙齿送到某个地方去了，并且从中提成，这份工作收入不高。人们常说你业余时间就能挣大钱，而堇菜花却说她坐在桌子上随便等等就能挣很多钱——这个看起来没问题。”

“那是什么？”

“她说她每周会收到一份名单。”

“什么名单？即将掉牙齿的小朋友名单？”

“对。名字和地址都写好了。”苏珊翻了翻笔记。

“听起来很离奇啊。”

“容我说一句，你是宿醉之神啊。哦，这里还有泰拉上个月掉的牙，”苏珊看着那整齐的灰色字迹笑了笑，“她急着把自己的牙敲掉了，因为她需要五毛钱。”

“你喜欢小孩吗？”唉神问。

苏珊看了看他，“不讨厌，”她回答，“别人的小孩还行。等等……”

她把笔记本中某几页反复翻了几次。

“这几天是空白的，”她说，“看，最近几天什么都没写。没有名字。但是一两个星期之前，每个名字都做了记号，每页下面还有合计金额，看见了吗？还有……这里不对啊，真的不对。”

第一页没做记号的是上周的一个晚上，那页只有五个名字。大部分小孩本能地知道什么时候可以得寸进尺，不过只有很贪心或者在牙齿健康方面毫无远见的小孩才会在圣猪节期间找牙仙。

“看看这几个名字。”苏珊说。

“威廉·维特尔斯，又名威利（在家的昵称），二货（学校绰号），齐克伯里街68号，三楼，最后一间卧室；

“苏菲·兰特里，又名爸爸的小公主，河马街5号，阁楼卧室；

“尊贵的杰弗里·比伯顿，又名麻烦精（在家的昵称），四眼（学校绰号），公园路，斯克罗特庄园——”

唉神不念了：“我说，这是侵犯他人隐私吧？”

“这是一个全新世界，”苏珊说，“你还没习惯而已。继续读。”

“努哈克米·伊卡塔，又名小宝石，索克和迪姆威尔街，‘笑脸沙拉三明治’地下室，该店主营克拉奇特色美食外卖以及食品百货，通宵营业店；

“雷吉纳德·莉莉白，又名班卓、公园路恶霸、通缉犯、鹅门劫匪、纳普山强盗，YMPA，17号房间。”

“YMPA是什么？”

“就是脓神-巴尔-沙姆哈罗斯-辅助教诲-青年改造中心。”苏珊回答，“你觉得那种地方的人会期待牙仙吗？”

“不会。”

“我也觉得不会。该让卫队去找他才对。”

苏珊看了看周围。这房间真的很寒酸，是肯定不会长住的人租的地方，要是半夜走到屋子中间准能伴随着一连串蟑螂碎裂的声音跳一段死亡之舞。然而却有很多人一生都住在这种他们其实并不愿长住的地方，真的很神奇。

床又破又窄，墙上泥灰剥落，窗户很小。

苏珊打开窗户在窗框下面摸索了一阵，很满意地摸到了一根绳子，绳子上挂着一个油布口袋。她把口袋拉上来。

“这是什么？”唉神看着她把口袋放在桌上打开。

“你见过很多了。”苏珊掏出一些用旧蜡纸包起来的小包，“一个人住，老鼠和蟑螂把什么都吃了，没地方储存食物——但是窗外又冷又安全，相对安全，是老办法了。哦……看看这个。皮子一样硬的培根，一条绿色面包，还有一点抹面包的奶酪。相信我，她已经很久没回过家了。”

“啊，天啊，现在怎么办？”

“她会把牙齿拿到哪里去呢？”苏珊对着空气说，不过主要是对自己说，“牙仙到底拿牙齿——”

外头有人敲门，苏珊去开了门。

外头是个矮个子的光头男人，穿了一身棕色长外套。他拿着一个笔记板，看到苏珊之后紧张地眨眨眼睛。

“呃……”他不知道说什么才好。

“有什么事吗？”苏珊问。

“呃，我看屋里有灯光，我以为堇菜花回来了。”那矮个子说，他把那支用绳子连在笔记板上的笔转来转去，“她没有如期交牙齿，还欠了点钱，厄尼的马车也没回来，这些我得记在报告里，所以就来看看，万一……万一她病了或者怎么了，圣猪节病了可不好——”

“她不在家。”苏珊说。

那人忧虑地看了她一眼，然后悲伤地摇摇头。

“她拿了13元枕头钱呢，我得报上去。”

“报告给谁？”

“上级啊，知道吧。我只希望别像在奎尔姆的时候一样，当时那姑娘进屋抢劫去了，从没听说过最后……”

“报告给谁？”

“还有梯子和柱子，”那人继续对着这个无法理解AF17号报告为何要填成一式三份的世界絮絮叨叨地说，“如果大家老是从库存里拿东西，我要怎么才能追踪盘点数目？”他摇摇头，“我不懂啊，他们接下了工作，他们认为工作就是阳光灿烂的美好夜晚，结果事情稍有不顺心就说‘再见了，查理，我要去暖和地方当服务生了’。还有厄尼，我认识他。喝一杯是为了御寒，喝两杯免得寂寞，喝三杯是怕前两杯没喝进嘴里。我得全部记在报告里，你知道的。到头来是谁受到责罚呢？我告诉你……”

“你会被责罚，对不对？”苏珊说。她仿佛被催眠了似的。那人连头发甚至小胡子都流出来忧虑的气息。他的语气表明，世界上终究会有一个人担心自己受到责罚。

“没错。”他的语气很是勉强，似乎不打算让一丝丝理解的光亮照进来，“那些女孩子都很担心工作的事情，我跟她们说很简单，就是简单地爬爬梯子，她们不必一整晚一整晚地守在及膝盖深的故纸堆里，也不必花自己的钱补贴工作失误，我还要补充——”

“你雇了牙仙？”苏珊突然问。唉神虽然还站着，但是眼神已经开始飘了。那矮个子有些得意地说：“算是吧。我是大容量收集运输公司的负责人——”

“运输到哪里？”

那人盯着苏珊，他应付不来尖锐又直接的问题。

“我只负责它们装上车，”他小声回答，“装车之后，厄尼就签GV19号文件，我这边工作就完成了。只不过，我刚才也说了，他这周没来，而且——”

“一辆车就用来装几颗牙齿？”

“还有卫兵的食物，还有——等一下，你们到底是谁？你们在这里干什么？”

苏珊忽然站得笔直，甜甜地说：“我不需要忍受这些。”这句话不是对在场任何人说的。她又再次弯下腰问：

查理，我们说的这个车子到底是怎么回事？

唉神赶紧闪开。穿棕色大衣那人迅速后退，苏珊步步紧逼，他吓得四仰八叉地贴在墙上。

“车子星期二来，”他飞快地说，“还有，什么……”

它去哪里？

“都说了我不知道，到时候他就……”

“签GV19号文件，你的工作就完成了。”苏珊用正常的声音说，“是的，你说过。堇菜花的全名叫什么？她从没说过自己全名是什么。”

那人犹豫起来。

我问你——

“堇菜花·波特勒。”

“谢谢。”

“厄尼也失踪了。”查理继续说，他语气不自觉地有些礼貌，“我怀疑他们是一起的。虽然厄尼有妻子有家室，但是被13元钱和漂亮的脚脖子骗走也不奇怪。我当然不是想让他背黑锅，我是说，谁不想跟一个年轻仙子私奔呢？”

他说着严厉地看了苏珊一眼，那感觉仿佛在说，要不是世界还需要他，他早就跑到某个热带岛屿上画裸体美女去了。

“那些牙齿怎么处理？”苏珊问。

那人朝她眨眨眼睛。一个恶霸，苏珊忽然想到，一个又小又弱，又特别迟钝的恶霸，本身没有做任何欺凌他人的事情，但是其他所有人都比他更小更弱，因此他使得其他人的生活更加麻烦……

“这算是什么问题？”那人迎着苏珊的目光反问。

“你从来没问过吗？”苏珊问。不过她心里说，我确实没问过，真的有人想过这个问题吗？

“那个不是我的工作，我只是——”

“嗯，是啊。你说过了。”苏珊说，“谢谢。你帮大忙了。多谢你。”

那人盯着她，接着转身就跑下楼去了。

“大爷的。”苏珊说。

“这骂人的词倒是不多见了。”唉神紧张地说。

“只要我愿意，就能找到任何人，”苏珊说，“这是家族特质。很简单的。”

“哦。那好啊。”

“不好。你知不知道当普通人有多难？你要记住无数多的事情，必须睡觉，必须忘记，必须知道门把手是干什么用的，知道吗？”

苏珊看着唉神惊讶的神情，心想：我为什么问他呢，他只要记住在别人喝完酒之后呕吐就算是很普通了。

“走吧。”她说着朝楼梯走去。

变成永生状态很简单，骑死神的马、变得无所不知也很简单。每次你这么做了之后，就距离永远长生不老、永远不忘记的状态更近一步。

死亡是家族遗传的。

都是老祖宗给你的。

“我们去哪里？”唉神问。

“去YMPA。”苏珊回答。

茅屋里的老头看着眼前丰盛的宴席一时不知所措。他坐在凳子上，整个人像个被火烧着的蜘蛛一样蜷起来。

“我把豆子煮得有点煳。”他雾蒙蒙的眼睛看着访客。

“天哪，圣猪节当然不能吃豆子了，”国王愉快地笑着，“不然运气也太差啦，圣猪节吃豆子。我的天啊，真的！”

“我不知道呢。”老人说着绝望地看着自己的膝盖。

“我们给你带了一顿大餐。你说是吧？”

“我觉得你肯定特别感激。”侍从尖锐地说。

“是啊，对，当然感激，你们两位真是太好了。”老人的声音小得像老鼠叫。他眨巴着眼睛，不知道接下来该干什么。

“火鸡没人吃呢，上面有很多肉。”国王说，“这个填天鹅肝的野鸭也特别好吃，一定要尝尝。”

“——我还是吃一碗豆子就行了，我今晚没见过任何人。”老人依然盯着自己的膝盖。

“我的天啊，老头，你别瞎担心了，”国王很热情地说，“今天是圣猪节！我只是从窗户往外看了看，发现你在雪地里跋涉，于是就对这位杰梅恩小兄弟说：‘那人是谁啊？’他回答：‘是住在森林边上的某个农民。’我就说：‘哦，我已经吃饱了，再说今天是圣猪节嘛。’于是我们就把东西打包起来过来啦！”

“我认为你该发自内心地感谢，”侍从说，“我们为你暗淡无光的生活带来了一丝光明啊！”

“……嗯，是啊，当然感激。不过这些东西是我攒了好几个星期的，火堆下头有几个烤土豆，是从地窖里找到的，没怎么被老鼠咬。”

老人坚决不肯抬起眼睛，“我们的父亲把我养大，从不要求——”

“听着，”国王提高了声调，“我今晚走了好几里路，我觉得你这辈子都没见过这样的食物吧，嗯？”

老人脸上流下尴尬屈辱的泪水。

“——两位都是非常善良的绅士，但是我真的不知道该怎样吃天鹅之类的食物，如果你想要尝尝我的豆子，你们只需要说……”

“我把话说清楚，”国王非常严厉地说，“这是圣猪节的慷慨慈善之举，你听懂了吗？我们就坐在这里，看着你诚实地微笑着大口吃东西，明白了吗？”

“你该对英明的国王说什么？”侍从从旁提示。

农夫低下头。

“谢谢。”

“很好。”国王说着靠在座位上，“拿起你的叉子——”

门突然开了。一个模糊不清的人影闯进来，随之而来的是一片飞旋的雪花。

这里是怎么回事？

侍从站起来拔出剑。他一直都想不通对方为什么会跑到自己身后去，可是事实就是如此，那人轻轻把他摁回座位上。

“你好，小朋友，我叫阿尔伯特。”他耳边一个声音说，“你能不能慢慢把剑放下呢？免得有人受伤。”

有人用手指指着国王，而国王已经吓得动不了了。

陛下，你在干什么呢？

国王努力集中精神看着那根手指。他觉得对方是红色白色的，但也是黑色的。

让阿尔伯特惊讶的是，那个人居然努力站直，竭力拿出王者气派说：“不管你是什么人，这里只不过是在进行圣猪节传统慈善活动！你是——”

不，这不是慈善。

“什么？你怎敢——”

上个月你来过吗？下个星期你会来吗？不会的。只不过是因为今天晚上你想要让自己内心温暖而已。你希望他们今晚说：他是个多么仁慈的王啊。

“不，他又做多余的事情了——”阿尔伯特悄声说，随即他又把那侍从摁回原位，“孩子，你坐好，不然你就要变成跟屁虫了。”

“不管怎样，这些东西他从没尝过！”国王高声说，“我们只想让他心存感激——”

对，这就不好了，是不是？死神俯身说，**走开。**

国王惊讶地发现自己居然不自觉地朝门外走去了。

阿尔伯特拍拍那个侍从的肩膀说：“你可以和他一起走了。”

“——我不想惹任何人生气，不过我从没向任何人要过任何东西……”老人低声说。他是在很小声地对自己说，双手紧张地握在一起。

“主人，如果你不介意的话，这件事交给我处理吧，”阿尔伯特说，“我马上就回来。”我的工作就是收拾善后，他心想，主人向来考虑不周全。

他跑出去追上了国王。

“你在这儿呢，陛下。”他说，“走之前耽误你一小会儿，说一件小事——”阿尔伯特凑近那位震惊的国王，“要是任何人敢做错事，比如明天派卫兵过来把那老人从家里抓走关进监狱之类的，你知道吧……嗯……这类似的错误，就会成为他人生中的最后一个错误了。聪明人能听懂吧，嗯？”他说着阴险地点点自己鼻子侧面，“圣猪节快乐。”然后他就迅速回到屋里去了。

刚才的食物都消失了。老头呆呆地看着空荡荡的桌面。

那些都是吃剩的东西，死神说，**我们有更好的东西。**他打开袋子。

阿尔伯特赶在他掏出东西之前抓住了他的胳膊。

“听我一个建议好吗，主人？我就是在这种地方长大的。”

我是不是给你带来了眼泪？

“不如说是给我带来了火柴。听我说，这个老头只模模糊糊知道一些事情。他坐得缩成一团，眼睛也不好使。”

嗯，你确定……

“我也体会过，这样坐着，啃骨头。”阿尔伯特说，“慈善不是把你喜欢的东西送给别人，而是要把别人需要的东西送给别人。”

说得好。

死神再次在口袋里找了一阵子。

圣猪节快乐。嚯。嚯。嚯。

他拿出了一串香肠、一大块培根、一条腌猪肉，还有一大串用油乎乎的纸包裹起来的猪肠，一大块黑布丁。另外还有一些看起来恶心，但其实十分美味的猪下水，在任何以猪肉为主的宴席上都绝对受欢迎。最后死神把一坨软和的东西放在桌上。

“是猪头啊！”老人高兴极了，“一整个猪头！好多年没有这么好的肉了！还有整整一盆子猪蹄！一大碗猪油！”

嚯。嚯。嚯。

“太棒了，”阿尔伯特说，“你是怎么把那个猪头脸弄得像刚才的国王一样的？”

我认为那个只是巧合。

阿尔伯特拍拍老人的后背。

“好好吃一顿吧，”他说，“其实可以吃两顿了。我们该走了，主人。”

于是他们走了，老人独自看着满满一桌的肉。

猪跑起来了，死神说：**这样真好啊，对不对?**

“是啊，”阿尔伯特摇着头，“可怜的老头，圣猪节吃豆子，太不幸了。任何人都不该在圣猪节发现碗里有豆子。”

你知道吗，我觉得我很适合做这些事。

“真的吗，主人？”

做一份人人都欢迎你的工作真的太好了。

“哦？”阿尔伯特不大高兴了。

一般情况下他们都不想见到我。

“是啊，我看也是。”

除非是某些很特殊很悲惨的情况下。

“对啊，对啊。”

他们也从来不给我倒雪利酒喝。

“确实不会，真的。”

其实我可以改行干这个。

“不需要改行啊，主人。”阿尔伯特赶紧说，他不禁再次想到永远当精灵阿尔伯特的可怕前景，“我们是要让圣猪老爹回来……对吧？你说过这才是我们的目的，对吧？而且小苏珊这时候说不定正在忙着……”

是的。当然。

“当然，并不是你要求她这么做的。”

阿尔伯特那神经质的耳朵一时听不出任何热情的意思。

唉，天啊，他心想。

我总是选择承担责任。

“是的，主人。”

雪橇加速向前。

我非常理智，而且目标明确。

“确实明确，主人。”阿尔伯特说。

完全不用担心。

“你觉得没问题就好，主人。”

如果我还要给自己添个中间名的话，就叫“责任”，一点不夸张。

“好。”

总而言之……

阿尔伯特竖起耳朵，觉得自己隐隐约约听见一个悲伤的低语。

嚯。嚯。嚯。

宴会还在继续。整个大楼里似乎都在开宴会。

“全是精力十足的年轻男士。”唉神说着小心跨过一条湿毛巾，“女士允许进入吗？”

“不允许。”苏珊回答。她穿墙进入大楼负责人的办公室。

几个年轻人推着一大桶啤酒从她身边走过。

“你们明早会感觉特别难受，”比利尔斯说，“喝酒有害健康，知道吗？”

那群人把啤酒桶放在桌上，然后撬开塞子。

“我希望你们明白，这一切结束后会有人觉得痛苦。”唉神努力提高嗓门想要盖过宴会的喧哗，“你们觉得自己挺聪明是吧？你们把自己降低到野地里动物一样的水准……呃……我是说，野地里的动物喝了酒之后沉下去的那个水准。”

那群人在桶边丢下一个装满啤酒的杯子，然后走了。

唉神看了一下，又拿起杯子闻了闻。

“呕。”

苏珊从墙里走出来。

“他暂时回不来——你在干什么？”

唉神挺愧疚地回答：“我觉得我有点想知道啤酒是什么味道。”

“你不知道啤酒是什么味道的吗？”

“我不知道喝进去的时候是什么味道⋯⋯反正和出来的时候很不一样。”唉神苦哈哈地说着喝了一小口，接着又喝了一大口，然后他补充道：“真不明白这玩意儿有什么用。”

他把那杯酒全喝了。

“我觉得酒是从这个龙头里出来的，”他说，“自我存在以来，我第一次想要喝醉。”

“你不总是醉的吗？”苏珊心不在焉地回答。

“不，我一直是被迫醉酒。我已经解释过了。”

“他走了好几天了，”苏珊说，“真奇怪。他没说他去哪里了。他在这儿的最后一天就是堇菜花清单上记的那天晚上。不过他提前付了一周的房钱，我看了房号。”

“拿到钥匙了吗？”唉神问。

“拿钥匙干什么。”

莉莉白先生的房间很小。倒也不奇怪。奇怪的是房间里非常整洁，小床叠得整整齐齐，地扫得干干净净。简直不像是有人住在这里，不过确实有住宿的痕迹。床边小桌子上有一幅粗糙的画像，画的是一头戴了假发的斗牛犬，凑近了仔细看才发现原来是一幅女士肖像。这一猜想的依据是，画像背面写了一句话：“送给好儿子，妈妈。”

画旁边还有一本书。苏珊不禁好奇如班卓先生这种背景的人会买什么书。结果发现那本书只有六页，是一本用花哨的印刷告诉孩子们他们可以“看见斑斑奔跑”的书。

每一页上只有不足十个字，不过第四页和第五页之间却仔细地夹着一枚书签。

她又看了看封面。书名叫《快乐故事集》。封面上画着蓝天、绿树，有几个奇怪的粉色小人在跟一只快乐的狗狗玩耍。

看样子班卓虽然读得慢，却是经常阅读的。

除此以外什么都没有了。

线索到头了。

不，也许还没有……

床边的地上有一枚小小的银色五毛硬币，仿佛是不小心落下的。

苏珊捡起硬币心不在焉地扔了几下。她又上下打量了唉神一番。比利尔斯正含着一口啤酒，从这边腮帮子转到那边腮帮子，同时还一脸深沉地看着天花板。

她不禁担心唉神的肉身要怎么熬过安卡-摩波的圣猪节，要是药效过了就更糟了吧。毕竟他存在的唯一目的就是承受头疼和呕吐。专业人士能干的工作实在不多。

“对了，”苏珊问，“你骑过马吗？”

“不知道啊。马是什么？”

在死神的大图书馆深处，传来吱嘎吱嘎的声音。

声音很小，但是比那些鬼鬼祟祟窸窸窣窣的书本发出的声音要响亮得多。

据说每个人内心都是一本书。而在这个图书馆中，每本书里都记录了一个人。

吱嘎吱嘎的声音又变大了些。这声音很有韵律感，而且是循环的。

一本书又一本书，一个架子接着一个架子……每一本书里的书页都在不停地动着，每一个生命的历程都被沙沙作响的手写体记录下来……

吱嘎吱嘎的声音靠近了角落。

那声音来自一个看上去摇摇欲坠的高层建筑物。仿佛是个要塞高塔，只不过四面都敞开着。底下有两个轮子，轮子之间安装了一对齿轮传动的脚踏板，踩上去这东西就能动起来。

苏珊抓着平台最高层的栏杆。

“你能快点吗？”她说，“我们现在才看完B部。”

“我在拼命蹬了！”唉神气喘吁吁地说。

“没办法，A开头的名字太多了。”

苏珊继续看着那些架子。A开头的有阿农，还有其他好多名字。但是这些人都因为各种各样的原因没有一个正式的名字。

所以他们的书都很短。

“嗯……波……波德……伯格……左转……”

图书馆的高塔一边吱嘎吱嘎地叫着一边笨重地转了个弯。

“啊，波……要命，波特开头的姓氏排了二十个书架。”

“哈，真好啊。”唉神闷闷不乐地说。

他抬起一根控制杆，将转向链条从一个扣链齿轮换到另一扣链齿轮上，然后继续蹬脚踏板。那个吱嘎作响的高塔万分笨重地向上伸展。

它慢慢地上升了几分钟之后，苏珊朝下面喊道：“好了，找到了。这里是……我看看……阿阿巴纳·波特勒……”

“我看堇菜花还在很后面，”唉神努力拿出讽刺的语气，“继续前进！”

那高塔摇摇晃晃地继续在B区前进。

“停！”

唉神狠狠踢了一脚轮子旁的刹车片，塔楼颠簸了几下。

“找到她了。”上头的声音说，“好了，可以降下去了。”

一个装载了笨重铅制配重的轮子慢慢转起来，那座塔也吱嘎吱嘎地降了下来。最后几尺的高度苏珊自己爬下来。

她翻书的时候，唉神问："每个人都在这里？"

"对。"

"包括神灵？"

"一切活的、有自我意识的都在。"苏珊头也不抬地回答，"真是……奇怪。她似乎是被囚禁了……谁会囚禁一个牙仙呢？"

"某个特别在乎牙齿的人？"

苏珊又往前翻了几页，"什么东西……包住她的头，有人扛着她。但是……"她又翻了一页，"……这里说她最后一件工作是收了班卓的牙齿……对，她收了牙……然后感觉到背后有人……然后被放在车上……包头的东西掉了……有一条长堤……还有……"

"这些全写在书上？"

"自传嘛，每个人都有。会把你活着的情况全部记下来。"

"我也有？"

"应该有。"

"啊，天啊。'起床，恶心，想死。'谁想看这种东西啊。"

苏珊又翻了一页。

"一座塔。"她说，"她在一座塔里。据她所见，这座塔很高，内部全白……但是外部不是白的，看起来不是真的。到处都是苹果树，但是树也很奇怪。还有一条河，河也不对劲。河里有金鱼……但是是在水面以上。"

"哦，是污染。"唉神说。

"我看不是。这里说她看到鱼在游泳。"

"鱼在水面以上游泳。"

"她认为自己确实看到了这种景象。"

"是吗？你觉得会不会是因为她吃了发霉的奶酪？"

"那里有蓝天，但是……她肯定搞错了……这里说上方只有蓝天……”

“对，天就该在上面，”唉神说，“天在你下面就麻烦大了。”

苏珊反复翻看这一页，“她的意思是……天在头顶，但是四周却没有。我觉得是地平线上没有天空的意思。”

“打断一下，我知道我刚来这个世界不久，”唉神说，“但是我认为地平线上必须有天空才对。没有天空你怎么知道哪里是地平线？”

一种熟悉的感觉鬼鬼祟祟地爬上苏珊心头，她想集中精神搞清楚的时候，那感觉就拼命躲在各种东西后面。

“我见过这个地方，”她拍着书页说，“如果她仔细观察那些树的话……她肯定会说树有着棕色的树干和绿色的叶子，书上说她觉得奇怪。还有……”苏珊认真看了看下一段，“花，花长在草地上，有着圆圆大大的花瓣。”

她似乎又透过唉神在看着什么东西。

“那个地方不正常。”她说。

“我觉得听起来不真实，”唉神说，“天空、树、花、死鱼。”

“棕色的树干？真正的树干基本上都是长了苔藓的灰扑扑的颜色。你只会在一个地方看到棕色的树干、只出现在头顶的天空，蓝色绝不会延伸到地面。”

苏珊抬起头。走廊远远的尽头处有一扇又高又窄的窗户。窗外是黑色的花园。黑色的灌木、黑色的草、黑色的树。骷髅鱼在黑色的水塘里游弋，水上长着黑色的睡莲。

这花园也算是有颜色的，只不过是你将一束黑色的光照在棱镜上折射而出的颜色。这里的黑色也有深浅之分，有些地方的黑色似乎是很深很深的紫色或者夜空的蓝色。但总体来说都是黑色，天空也是黑色的，因为这是死神的世界，必须是黑色。

死神的形象是千百年来人们塑造出来的。为什么如此骨感呢？因为骨头和死亡有着直接联系。他之所以扛着镰刀是因为农业社会的人们也懂得恰当的比喻。他住在一片阴郁的地方，是因为人们觉得让他住在一个鲜花盛开的美丽地方有点不恰当。

人和死神一样都住在人类的想象中，他们在想象中也有各自的形象。他不是唯一一个……

……不过死神不喜欢那样的描述，对吧？他开始研究人类。这是一个想法还是对未来之事的记忆呢？

唉神顺着她的眼神看过去。

“我们要去追她吗？”唉神问道，“我说‘我们’，是因为我觉得自己被卷入这件事了，因为我一开始出现在错误的地方。”

“她还活着。说明她不是永生的，”苏珊说，“说明我可以找到她。”

她转身离开图书馆。

“如果她说那天空只在头顶的位置，那么在天和地平线之间是什么呢？”唉神小跑着跟上她。

“你不用跟来，”苏珊说，“这件事和你无关。”

“话虽如此，但是考虑到我存在的整个意义就是感觉到恶心和不适，那么遇到其他任何事情都挺好了。”

“有可能很危险。我觉得她不是自愿去那个地方的。你擅长打斗吗？”

“擅长。我能吐在别人身上。”

这是一间棚屋，它位于平原城镇斯克罗特的郊区。斯克罗特有很多郊区，而且范围极广——郊区内这里一个破马车，那里一条死狗，人们从这些地方路过的时候压根儿不会在意那个棚屋。这小屋子之所以被标记在地图上，其实是因为图上空白处太大，不写点什么制图师觉得很尴尬。

圣猪节原本是斯克罗特人收获卷心菜之后的庆祝活动，起初规模很小，没什么特别好期待的，后来才发展成一个有趣的节日。

那间小棚屋里有个铁炉子，炉子上连了个烟道，烟道从屋顶伸出去。屋顶上铺的是厚厚的卷心菜叶子。

烟道里传来微弱的回声。

这真是太愚蠢了。

“主人，我觉得这项传统起源于家家户户烟囱都很大的时候。”说这话的人仿佛是站在屋顶上朝烟囱里喊话。

是吗？还好炉子没生火。

烟道里传来低沉的刮擦声，然后砰的一声，接着有什么东西咚的一声掉进了炉膛里。

该死。

“怎么了主人？”

这门内侧没有把手。真是考虑不周。

接着又是一阵乒乒乓乓的声响，然后是炉膛盖子被掀起来推到一边的刮擦声。一条胳膊伸出来，在炉子周围摸了一圈，最终找到了把手。

它又摸索了一会儿，不过很显然那只手的主人不太明白怎么开门。简单来说，死神终于从炉子里出来了。其过程之复杂，一页纸根本写不下。从死神的角度来看，时间和空间只不过是某种道听途说的东西。轮到死神自己的时候，时间和空间就都贴上了一个“不适用”的标签。也许把宇宙想象成一片橡胶片能有助于理解，当然也许会变得更难理解。

“让我进去吧，主人。”屋顶上传来一个可怜巴巴的声音，“外头冷死个人啦。”

死神走到门口。雪从门缝下面吹进来。他紧张地看着这块木制品。外头有人敲门，阿尔伯特的声音就在门外。

“怎么了，主人？”

死神把头从木门上伸出去。

这边有一些金属的东西。

“是门闩，主人。你往旁边推。”阿尔伯特说。他冷得双手夹在胳肢窝下面。

啊。

死神的头消失了。阿尔伯特在外头冷得直跺脚，呼出来的气都变成了白雾，同时还要听着门里头那手足无措四处扒拉的声响。

死神的头又冒出来。

呃……

“是弹簧锁，主人。”阿尔伯特无力地说。

对的，对的。

“用拇指按住，然后往下推。”

好。

死神的头又消失了。阿尔伯特一边原地跳一边等着。

头又冒出来。

呃……要用到拇指的时候都是你……

阿尔伯特叹了口气：“总之按住它往下推，主人。”

啊，好。明白了。

头又消失了。

唉，天啊，阿尔伯特心想，他怎么能整天沉迷于人类呢，怎么能呢……？

门咣当一下开了。死神很得意地站在门口，阿尔伯特跌跌撞撞地进屋，雪也跟着他一起飘进来了。

“哎呀，外头真冷啊。”阿尔伯特说，接着他又满怀希望地补充了一句：“有雪利酒吗？”

好像没有。

死神看了看挂在炉子旁边的袜子。袜子上有个洞。

一封写得歪歪扭扭的信放在袜子旁边。死神把信拿起来。

这小子想要一条裤子，不用和其他人分着穿。还要一大块肉饼，一只糖老鼠，“很多玩具”，还想要一只叫小邋遢的小狗。

“啊，真不错。”阿尔伯特说，“我简直要落泪了，看看他收到的礼物，一个木头玩具和一个苹果。”他拿出这两样东西。

信上写得很清楚。

“是的，这又是社会经济学因素了，对不对？”阿尔伯特说，“要是每个人都想要什么就有什么，世界就乱套了，对吧？”

我在商店的时候就把他们想要的东西送给他们……

“对，但那样会造成很多麻烦，主人。他们每人拿两个玩具猪就足够了。我之所以没说话，是因为我们要把这件事情做完，可是你不能一直这样。凡人要什么就给什么，这种神真的好吗？”

你难住我了。

“重要的是‘希望’，希望是信仰的主要成分。你今天把果酱送给人们，他们就坐下来直接吃掉了。而明天的果酱——才能让他们一直前进。”

你的意思是，基于这个道理，所以穷人只能拿破东西，富人就能拿好东西？

“对，”阿尔伯特说，“这就是圣猪节的意义。”

死神几乎要尖叫起来。

但我是圣猪老爹！他看起来很是尴尬，**至少目前我是。**

“没差别。”阿尔伯特耸耸肩，“我记得我还是个小屁孩的时候，有一年圣猪节，我特别想要商店里的一个大马玩具……”回忆起往事，他的脸皱起来露出阴郁的微笑，“我记得有一天，当时天气和慈善活动一样都冷得要命，我就一连好几个小时鼻子贴在橱窗上看它……最后有人听见我喊救命，才把我的鼻子从橱窗上解冻下来。后来有人买了那个马，我眼看着他们把马从橱窗里搬出去，不过你知道吗，有那么一瞬间，我还以为他们真是要把马给我……唉。我做梦都想要那匹玩具马。它是红白配色的，有一个真正的马鞍，一切配件齐全。还能摇。为了那匹马让我干什么都行啊。”他又耸耸肩，“当然，我肯定买不起。因为我家连个夜壶都没有，我们吃面包的时候得先在面包上吐点口水让它软和……”

请再解释一下，夜壶为什么如此重要？

“这个……是修辞手法，主人。说明你穷得跟教堂里的老鼠一样。”

教堂里的老鼠很穷？

“呃……很穷。”

但是它们不比别处的老鼠更穷吧？再说，教堂里肯定有很多蜡烛，很多老鼠能吃的东西。

“这个也是修辞手法，主人。修辞不必合理。”

哦，好吧。你继续说。

“当然，在圣猪节前夜，我还是把袜子挂起来了。第二天早晨，发生了什么，你知道吗？我家老爸，在袜子里放了一个他自己雕刻的小马……”

啊，死神说，**这匹小马一定比世界上所有昂贵的玩具马加起来还要珍贵吧？**

阿尔伯特盯了他一眼，回答道：“不，一点也不。我一心只想着，它不是橱窗里那匹大木马。”

死神很是惊讶。

但是得到父亲亲手雕刻的玩具不是更加——

“不，大人才那样想。”阿尔伯特说，“当你七岁的时候你就是个自私的小浑蛋。总之，我爸中午喝醉了，一脚踩到了那个木马上。”

午餐时候？

“总之，我们可能吃了点猪肉和面包碎块……”

即使如此，圣猪节精神……

阿尔伯特叹了口气：“随你的便吧，主人。随你的便。”

死神看起来似乎心烦意乱的。

但是，假设圣猪老爹把那匹漂亮的玩具马送给你了——

“哦，我爸会把它卖了换几瓶酒喝。”阿尔伯特说。

但是我们去过的有些家庭里，孩子们有很多玩具，我们又送了更多玩具。而在这种破房子里，孩子们却什么都得不到。

“哼，我小时候，给出去很多东西却还是什么都得不到。”阿尔伯特说。

安于现状，你说的是这个意思吗？

“大体上是这么个想法，主人。这句话挺不错的。不要赠予太多东西，让他们安于现状。明天的果酱，懂了吗？”

这不对。死神还在犹豫，**我是说……对于自己目前拥有的东西感到开心当然没问题。但是你总得有些好东西才高兴得起来。什么都没有怎么可能觉得高兴？**

阿尔伯特觉得自己内心深处又掀起一阵社会哲学的狂潮。

“我也不知道，”他回答，“也许人们会说他们拥有月亮和星星之类的吧。”

我确信他们拿不出相关书面文件。

“我只知道，如果我爸发现我们有一口袋很贵的玩具，他肯定会认为是偷来的，然后给我们一顿大巴掌。”

这……不公平。

“这就是生活，主人。”

我不认同。

“我是说，事情可能朝这样的方向发展，主人。”阿尔伯特说。

不。你是说事情应该这样发展。

阿尔伯特靠在炉子上，给自己点了一根很细的香烟。最好还是让主人按自己的方法去想清楚吧，他最终是能想通的。就跟小提琴那事一样。当时有整整三天时间到处都能听见琴弦嘎吱嘎吱的声音，到处都是断了的琴弦，之后他就再也不摸一下琴了。但这也是麻烦所在，真的。主人做的每一件事情都是这个流程。他想着一件事情的时候，你只能等待那件事从他脑袋里慢慢消失。

他认为圣猪节就是……李子布丁、白兰地、嚯嚯嚯，他不知道如何忽略其他状况，于是就觉得不好。

现在是圣猪节，死神说，**但还是有人死在街上。有人在灯火通明的屋子里大吃大喝，有人却无家可归，这样公平吗？**

“嗯，这确实是一个很麻烦的问题——”阿尔伯特说道。

农民只能吃点豆子，国王的食物却多得他自己都不清楚送了哪些出去。这样公平吗？

“不公平，但是如果你把所有那些东西都给农民，那么过不了一两年他就和国王一样傲慢自大了……”阿尔伯特对人性似乎颇有偏见。

好坏之分吗？死神说，**但是你富有的时候更容易当个好人啊。这样很公平吧？**

阿尔伯特很想争辩一下，他想说：真的吗？真是这样的话，为什么有钱的浑蛋那么多？再说穷人也不一定就坏。我小时候就很穷，但我们很诚实。呃，说实话，主要是很蠢，然后也挺诚实。总的来说挺诚实的。

但是他没有争论。主人现在什么话都听不进去，他只想着把要做的事情做完。

“你说，我们把这件事做完，人们就会相信——”他说了一半就停下来，然后换了个话题，“说起公平，主人，你自己——”

我无论贫富都一视同仁，死神严肃地说，**但此时不该提悲伤的事情。现在是愉快的日子。**他把红袍子穿好，然后又补充道：**每件事都要愉快收场。**

“没有刀，”唉神说，“只有个剑鞘。”

苏珊走到暗处，动了动手腕。一束蓝色火花从空中闪过，勾勒出一个非常模糊的轮廓。

唉神后退几步。

“那是什么？”

“哦，那个可以把空气劈成两半。可以把灵魂从身上割下来，所以你真的要离远点。”

“我会的。我会的。”

苏珊把那个黑色的剑鞘从雨伞架上拿出来。

雨伞架啊！这地方不下雨，死神居然弄了个雨伞架。事实上苏珊认识的人中谁都不用雨伞架。在实用家具排行榜上，雨伞架绝对是排名倒数的东西。死神住在一片黑色的世界里，这里没有任何活物，每样东西都是黑的。他的图书馆里之所以会有灰尘和蜘蛛网，是因为他为了好看自己造出来的。天上绝不会有太阳，空气绝不会动，而他还有个雨伞架。另外他床上还有两把银把手梳子。他希望自己不单单是一个神灵拟人化的骨头架子。他想要创造出闪光的人格特质，但是不知为何总是有些事与愿违。那些人格特质都太努力了，结果就好像半大的孩子用了

“狂野”牌的须后水。

外公总是出错。他从外部观察生命，因此不可能彻底理解。

“那个看起来很危险。”唉神说。

苏珊把剑收回去。

“希望如此。”她说。

“呃……我们到底要去哪里？”

“去一片只在头顶处有天空的地方，”苏珊说，“我见过那个地方。就在不久前还见过。我知道那个地方。”

他们来到马厩。冰冰正等着他们。

“我说了你不用来，”苏珊说着并抓住马鞍，“你只是……无辜路人。”

“我是宿醉之神，是被迫接受宿醉的，”唉神说，“我其实一点用也没有。”

他说这话的时候显得很绝望，苏珊只好让步。

“好吧，那你上来吧。”

她让唉神坐在自己后面。

“抓紧了。”她说。然后她又补充了一句：“我是让你找个别的地方抓紧。”

“抱歉，有什么问题？”唉神说着换了个地方。

“解释起来需要很长的篇幅，其中有些词你多半不认识。总之手放在腰上，谢谢。”

苏珊拿出堇菜花的沙漏，竖着放好。沙漏里还剩好多沙子，苏珊也不知道这算不算好事。

她唯一确定的事情是，死神的马可以去任何地方。

小六的羽毛笔在纸上发出沙沙的声音，仿佛是个疯了的蜘蛛正在扒拉火柴盒。

庞德·斯蒂彭斯虽然不喜欢目前的状况，但是他还是觉得大开眼界。

小六以前很不喜欢计算，每次都会陷入机械式的郁闷，并且写出“+++奶酪耗尽错误+++”和“+++重新计算+++”。庞德曾经一直试图从冷静理性的角度理解这些内容。

他从来都没有考虑过用棍子打小六几下。而瑞克雷偏偏就威胁小六说要揍它。

简直令人大开眼界，当然还有点担忧，不过小六居然理解挨揍的概念。“很好，”瑞克雷把棍子放下，“别提什么‘材料不足’之类的话了，好吗？大厅里有好几箱子那种破烂玩意儿，你要多少我都不管——”

“它说的是数据，不是各种材料。”庞德帮忙解释道。

“什么？你的意思是……不光是材料，还更麻烦？”

“不，不是。数据对小六来说是……描述事实的东西。”庞德说。

“真是奇怪，”瑞克雷毫不掩饰地说，“要是它不知道答案，直接说‘你难住我了’不行吗？说‘我怎么知道’也行，或者‘这个问题有点难’也行。‘材料不足’这个说法在我看来真是自相矛盾、虚张声势——”他转头对小六说，“好了，你，猜一个。”

羽毛笔开始书写“+++材料不”，然后忽然停下来。过了一会儿，写道：

+++只是把计算过程写出来了，请理解。+++

“没事。”瑞克雷说。

+++这个世界上的信仰值大概达到上限了。+++

“真是奇怪。”院长说。

“有道理。”瑞克雷说，“我觉得人们是……相信了各种东西。

显然信仰也是有个上限的。我一直都这么说。然后呢？”

+++一旦有人相信，就会出现各种东西。+++

“对，对。你可以这么说。”

+++要是没人信，他们就会消失。+++

“很有道理。”瑞克雷说。

+++人们还相信其他值得怀疑的事情吗？+++

瑞克雷看了看别的巫师。大家纷纷耸肩。

“有可能信，”他颇为警惕地说，“人们可能会相信各种事情。”

+++如果一个信仰的主要焦点被移除了，那么其他的信仰就会来补充。+++

瑞克雷看着这句话。

“你的意思是……咕噜咕噜地涌进来？”

羊头骷髅上的那个大轮子笨重地转起来。玻璃管里的蚂蚁为新出现的紧急情况奔忙起来。

“怎么了？”瑞克雷以说悄悄话的语气高声问道。

“我想小六是在查‘咕噜咕噜地涌进来’这个用法。”庞德说，“可能要用到长期储存。”

弹簧上头一个很大的沙漏倒转过来。

“这又是干什么的？”瑞克雷问。

“呃……这个说明小六查完了。”

“哦。那这个嗡嗡声呢？好像是从墙那边传过来的。”

庞德咳嗽了一声。

“是长期储存，校长。”

“长期储存是怎么回事？”

“呃……嗯，如果你将记忆想象成一排排的小架子或者，或者是小洞吧，校长，可以放东西进去的那种。而我们发明了一种办法，可以让记忆准确地和蚂蚁进行交互，更重要的是，我们让它记住的东西越多，它的记忆就越庞大，虽然有点慢，但是——”

“嗡嗡的声音太吵了，”院长说，“是不是出故障了？”

“不，那是正常工作的声音。”庞德说，“是，呃，蜂巢。”

他又咳嗽了一下。

“不同种类的花粉，不同黏稠度的蜂蜜，卵的各种排列方式……你可以往蜂巢里储存数量庞大的信息。”他看了看众位巫师，“而且这种存储方式很安全，任何试图窃取信息的人都会被蜜蜂蜇死。另外艾德里安坚信，等到夏天我们关闭小六的时候，肯定能收获很多美味蜂蜜。”他再次咳嗽了一下，“配……三……明治……很不错。”他说道。

他觉得自己在众人的视线中变得越发矮小，脸上也越发热起来。

小六及时替他解了围。沙漏弹开，羽毛笔往墨水瓶里一蘸。

+++对。咕噜咕噜地涌进来。加积作用+++

庞德从旁解释道：“加积作用的意思是在新的中心周围大量聚集，校长。”

“我知道加积作用，”瑞克雷说，“要命。还记不记得我们将一切生命力聚集在此的时候？我们连自己的裤子都不敢去认领了！所以……现在是有多余信仰聚集过来，这些小魔鬼就乘虚而入？就回来了？家神都回来了？”

+++很有可能。+++

“好吧，那么大家突然间不相信什么东西了？”

+++奶酪耗尽错误+++甜瓜甜瓜甜瓜+++重新计算。+++

“谢谢。说句‘不知道’就足够了。”瑞克雷说着坐回座位上。

“大家都不相信某位主神了吗？”不确定性研究会主席说。

“哈，某个主神消失的话我们很快就会知道。”

“现在是圣猪节，”院长说，“圣猪老爹应该还在吧？”

“你相信圣猪老爹？”瑞克雷问。

“嗯，他关照孩子们，不是吗？”院长说，“我相信所有小孩都相信圣猪老爹。我也信。我小时候，要不把枕头套子挂在火炉边就不算是过圣猪节——”

“枕头套子？”资深数学家抓住了重点。

“嗯，袜子里装不了多少东西嘛。”院长说。

“确实，但是你挂的是枕头套子啊。”资深数学家还在纠结这点。

“是啊。有什么问题啊？”

“这也太贪婪太自私了吧，肯定不止我一个人这么想。在我家，我们只挂一只很小的袜子，”资深数学家说，“礼物就是一个糖猪、一个玩具兵、几个橘子。哈，挂枕头套子的人是在逛自由市场吗，啊？”

“够了，你们两个都别吵了。”瑞克雷说，“肯定有简单的办法可以查清状况。你们如何判断圣猪老爹是否存在？”

“有人喝了雪利酒，地毯上有煤灰脚印，房顶上有雪橇印子，枕头套子里塞满了礼物。”院长回答。

“哼，枕头套子，”资深数学家阴郁地说，“你家肯定装腔作势的吧，必须吃完圣猪节午餐才准打开礼物的那种？礼物都放在大厅中间夸张的圣猪节树下吧？”

“如果——”瑞克雷还想说话，但是已经来不及了。

院长说：“哼，我们当然要等到午饭后才——”

“你知道吗，以前我看到有那种夸张的圣猪节树的人就紧张。你肯定还有那种长得像个巨型大头螺钉一样的胡桃夹子吧？”资深数学家说，“有些人不得不用厕所里的煤锤子凑合着砸核桃。有些人只能中午就吃晚餐，因为夜里没有花里胡哨的晚饭吃。”

“出身富裕又不是我能左右的，”院长说，“天生就有嘛。”要是他不说“天生就有”，事情到此也就勉强糊弄过去了。

“连大枕头套都有！”资深数学家气得暴跳如雷，“你连冬青都是自己买的吧，啊？”

院长挑起眉毛：“当然啊！我们才不去乡下的地里爬来爬去从别人家的树篱里摘冬青呢。我们跟某些人不一样！”他语气很激烈。

“那是传统！是乐趣所在！”

“用偷来的冬青庆祝圣猪节吗？”

瑞克雷捂住眼睛。

他听说，这种状况有个专门的词，叫作“幽居症”。人们在黑暗的冬季挤在一起的时间太长，就容易发脾气。不过也有人认为，在一座大学里，有超过五千个已知的房间，一座巨大的图书馆，全市最好吃的鸡肉，学校有自己的酿酒厂、乳制品产业、酒窖、洗衣店、理发店、修道院、游戏厅……这种规模实在不符合“挤”的定义。然而要注意，两个巫师就算是站在很大一块空地的对角线两端，也会互相发脾气。

“你们别说了，好吗？”他制止道，“现在是圣猪节！别为这种蠢事吵架，好吗？”

“哦，怎么不能呢，”不确定性研究会主席郁郁不乐地说，“圣猪节才该为蠢事吵架呢。在我们家不说几次‘亨利没跟我家罗恩一起去做生意真是太遗憾了’就吃不完一顿晚饭。还有‘为什么没人教小孩用刀’，这是另一句必说的。”

“然后就生气。”庞德·斯蒂彭斯说。

“对，就生气。”不确定性研究会主席说，“最终大家各自朝墙坐着，圣猪节就圆满结束了。”

“玩游戏就更糟心了。”庞德说。

“能比小孩们用玩具互相打架更糟心吗？每一个圣猪节下午都是

满地的玩具车轮子，满地的破布娃娃，大家都又哭又喊，顺便还骂人打架。”

“我们家有个游戏叫找拖鞋，”庞德说，“有人把一只拖鞋藏起来，我们就去找。接着就吵架。”

“那还不算太糟，”近代如尼文讲师说，“至少就圣猪节来说不算糟。戴纸帽子才叫糟心，家里总会有某个特别烦人的姨祖母戴上纸帽子之后睥睨众生地说，只有她戴那帽子显出了波希米亚风格。”

“我都忘了纸帽子的事了，”不确定性研究会主席说，“唉，天哪。”

“然后就有人提议大家一起玩棋盘游戏。”庞德说。

“没错。可是谁都没把规则记清楚。”

“但是依然有人提议赌点小钱。”

“接着过不了五分钟，就会有人为了两分钱跟另一个人老死不相往来了。”

“还有特别可怕的小孩——”

“我懂，我懂！有些小孩被大人允许来算大家赢的钱，那简直是精明得气死人！”

“对！”

“呃……”庞德忽然疑心自己当年就是这种小孩。

“别忘了礼物，”不确定性研究会主席仿佛是在核对一份惹人生气项目清单似的，“没……没拆的时候它们看起来一个个都充满希望，孕育着各种可能性……然后你打开礼物，发现最有趣的其实就是包装纸了。你还必须说：‘考虑得真周到啊，马上就能用得上呢！’其实我看送礼物也不比收礼物好多少，就是不那么尴尬而已。”

“我想明白了，”资深数学家说，“这么多年的圣猪节，我一直只是送礼物，从没收到过——”

“哦，每个人都是。”不确定性研究会主席说，“你花钱送了别人东西，收到的是什么呢？除了包装纸就是颜色难看的拖鞋和关于耳屎的书。”

瑞克雷万分惊讶地坐在一旁。他向来热爱圣猪节，享受节日中的点点滴滴。他喜欢和热情的亲戚们见面，喜欢节日的食物，也很擅长玩棋盘游戏，比如“沿路追赶邻居，补锅匠欢呼雀跃”这种。他总是第一个戴上纸帽子的人。他觉得纸帽子在圣猪节总是散发着特别的节日气氛。而且他总是认真看完圣猪节贺卡上的每一句话，并且觉得送卡片的人满怀好意。

听到其他巫师的说法，他仿佛看到有人一脚把娃娃屋踢得粉碎。

“至少，圣猪节箴言拉炮还是很好玩的吧……”他小心地说。

其他人都转头看着他，然后又都转回去。

资深数学家说：“如果你能理解晾衣架的笑点的话，拉炮确实还行。”

“天啊，”瑞克雷说，“既然你们都拉长了脸坐在这儿，说不定世界上真的没有圣猪老爹。圣猪老爹不会让大家不愉快！”

“瑞克雷，他只是某个古老的冬季神灵，”资深数学家有气无力地说，“不是快乐精灵之类的。”

近代如尼文讲师先前一直手托着下巴，此时抬起头问：“什么快乐精灵？”

“哦，是我奶奶当年讲的。”资深数学家解释道，“如果在某个下雨的午后，我们惹她生气的话，她就会说：‘我要叫快乐精灵来……’”他突然一脸愧疚地闭嘴了。

校长夸张地将手放在耳朵上：“嘘，我听见什么声音了？”

“一阵丁零零的声音。”资深数学家说。

“谢谢你，资深数学家。”

资深数学家低声说："唉，不，不，不，不！"

所有人仔细听了一会儿。

"也许没事吧，"庞德说，"我什么都没听见——"

"但是你能想象出来，对不对？"院长说，"他说的那一刻我就想到了。快乐精灵扛着满满一口袋拼字游戏之类的东西。还会说为了身体健康，让我们外出活动。"

巫师们全体一抖。他们很反对户外活动，户外不是他们的地盘，户外不欢迎他们。"快乐总让我不自在。"院长说。

"要是冒出来一个快乐的小浑蛋我可绝不接受，"资深数学家抱着胳膊说，"我可以忍受怪物、巨怪、长满牙的绿东西，我就是不能接受那种——"

"大家好！大家好！"

那是个特别适合给小朋友们读故事的声音。每一个元音都读得滴溜圆。甚至能听见音调符号，外加几乎令人绝望的欢快调子，就这样突然冒出来。大家转过身。

快乐精灵很矮，穿着一条花格呢裙子，鞋子看起来特别有精神，甚至能自己跑去办个退税。这个精灵看起来就像你小学一年级遇到的第一个老师，接受过特殊训练，专治各种精力过剩的小男生，要知道，小男生们对这个美好世界的唯一贡献就是用木马打小女生的头。事实上精灵脖子上还挂着一只小哨子，而且经常拍手，这就更让人清晰地想象到相关画面。

她背上有一对薄纱般的半透明翅膀，不过多半只是装饰，但巫师们都盯着她的肩膀。

"大家好——"这一次她的语气有些不太确定了。她怀疑地看了大家一眼，"你们都是大孩子了，"她说得好像巫师们是为了向她吐口水才长这么大似的，她眨眨眼睛又说，"我的工作是驱散忧伤。"

这句显然是事先背好的。接着她似乎想了一下，又继续说："大家高兴起来，让我看到快乐的脸！"

她忽然和资深数学家对上了眼神。资深数学家恐怕这辈子脸上都没有过快乐的神情，他专精郁郁不乐的表情。眼下他脸上的表情堪称郁郁不乐之冠军。

瑞克雷忽然说："女士，容我问一句，你肩膀上那个是小鸡吗？"

"它是，呃，是，呃，是快乐的青鸟。"快乐精灵的语气现在有些动摇，仿佛是不太相信自己刚刚说的话，但还是要坚持说下去，因为指不定说完就变成真的了。

"抱歉，但是它就是一只小鸡，还是活的啊，"瑞克雷说，"还咕咕叫了呢。"

"它是蓝色的。"精灵十分无语。

"嗯，这倒是。"瑞克雷尽可能和蔼地表示同意，"但是就我个人而言，快乐的青鸟可能应该更接近流线型一点才好。不过这事我也不该插嘴。"

快乐精灵紧张地咳嗽了一下，拨弄着她那件漂亮的套头羊毛衫上的扣子。

"玩个游戏让大家都高兴起来怎么样？"她说，"猜谜游戏好吗？或者玩画画比赛？获胜的人能得到小奖品。"

"女士，我们是巫师，"资深数学家说道，"我们不需要高兴。"

"玩动作字谜好吗？"快乐精灵继续说，"你们已经玩过了吗？唱歌好不好？谁会唱'划呀划呀划小船'？"

她那愉快的笑脸让众位巫师越发脸色阴沉。她又满怀希望地补充了一句："我们都不想当不高兴的人吧？"

"我们就想当不高兴的人。"资深数学家说。

快乐精灵的脸耷拉下来，她慌慌忙忙在皱巴巴的袖子里摸了一阵，掏出一条卷成球的手帕开始擦眼睛。

“又乱套了，对不对。”她下巴颤抖着说，“如今我再怎么努力，都没有人想变得快乐。我写了一本笑话书，收集了三大箱玩动作字谜用的衣服，还有……还有……每次看到有人不快乐我就努力逗他们开心……我真的尽力了……”

她大声擤了擤鼻子。

资深数学家也觉得有点尴尬了。

他忍不住说：“呃……”

“偶尔高兴一点也没坏处吧。”不确定性研究会主席开心地说。

“怎么个高兴法呢？”资深数学家很苦恼地问。

“有很多值得高兴的事情呢。”快乐精灵又擤了把鼻涕。

“是……雨滴和日落之类的事情吗？”资深数学家想要拿出点讽刺的语气，但是人人都听出来他心不在焉，“你可以用我的手帕，基本上很干净。”

“你去给这位女士倒杯雪利酒吧。”瑞克雷说，“顺便给她的小鸡拿把玉米……”

“啊，我从来不喝任何酒精。”快乐精灵有些恐惧地说。

“真的？”瑞克雷回答，“我们觉得酒精就挺令人开心的。斯蒂彭斯先生……你可以过来一下吗？”

他示意庞德靠近点。

“这里头已经涌入了大量的信仰，所以她才会出现，”瑞克雷说，“她看起来差不多有两百斤重呢。如果我们想联系圣猪老爹该怎么做？写封信贴在烟囱上吗？”

“对，但是今晚不行，”庞德回答，“今晚他出去送礼物了。”

“该死，”瑞克雷说，“那就不知道他在哪里了。”

“是啊，他可能根本就不会到大学来。”庞德补充道。

"他为什么要来？"瑞克雷问。

图书管理员裹着毯子蜷成一团。

作为一只红毛猩猩，他渴望雨林中的温暖。但问题在于他从未见过热带雨林，他长大成人后被变成了一只红猩猩。他骨子里很清楚这点，不过他真的很不喜欢冬季的寒冷。但是同样他骨子里也知道自己是个图书管理员，因此不允许图书馆里有一点点火星。结果就是大学各处的毯子和枕头接连失踪，最终在参考书库形成一个大卷子，冬季最冷的时候猩猩就蹲在里头。

他翻了个身，用庶务长的窗帘将自己裹紧。

他的小窝外头忽然传来咯吱咯吱的声音，接着有人低声说话。

"别，别去动那个灯。"

"为什么我整晚都没看见他呢？"

"圣猪节他都睡得很早，先生。我们现在……"

一阵窸窸窣窣的声音传来。

"我们运气不错。这里头还没堆满，"庞德说，"他好像是用了庶务长的东西。"

"他每年都把这些堆起来？"

"显然是的。"

"不过他应该不是幼稚，可能只是某种小孩子般的质朴吧。"

"对红猩猩来说可能不一样，校长。"

"你觉得丛林里过圣猪节吗？"

"我觉得不过吧，先生。至少丛林里没烟囱。"

"腿也太短了。那个地方的袜子特别短缺，红猩猩的袜子。要是他们能把手套挂起来那就是突然发财了。要是他们挂手套的话圣猪老爹就要加班了。红猩猩的胳膊可长了。"

“说得太好了，校长。”

“我说，这个上面的东西……我的天，是一杯雪利酒。嗯，不浪费，不奢求。”

接着黑暗中传来咕咚咕咚的声音。

“那是圣猪老爹的声音吧，先生？”

“还有香蕉？”

“应该是给猪吃的吧，先生。”

“猪？”

“是啊，先生。挖挖、拱拱、牙牙、鼾鼾，那四头猪，”庞德忽然不说话了，他意识到一个成年人不该还记得这些东西，“孩子们相信这些。”

“给猪吃香蕉？这不是节日传统吧？我以为应该是给它们橡子呢，或者苹果，或者甘蓝。”

“是的，先生，不过图书管理员喜欢香蕉，先生。”

“香蕉很有营养，斯蒂彭斯先生。”

“是的，先生。不过有趣的是，香蕉其实不是水果，先生。”

“是吗？”

“是啊，先生。从生物学上来说，香蕉是一种鱼。根据我的理论，从分支遗传学的角度来说，香蕉是克鲁尔尖嘴鱼的近亲，那种鱼是黄颜色的，它们行动的时候往往集结成一群或者一串。”

“它们住在树上吗？”

“嗯，尖嘴鱼不经常上树，先生。香蕉显然是进化出了新特征。”

“天啊，是真的吗？真有趣，我一直都不太喜欢香蕉，而且也不太喜欢鱼。今天看来果然是有原因的。”

“是啊，先生。”

“尖嘴鱼会袭击游泳的人吗？”

“我没有听说过这种事，先生。也许它们非常聪明，只袭击远离陆地的游泳者。”

“你说的那个高……是什么意思？在树上的高处吗？”

“有可能，先生。”

“真狡猾啊，是吧？”

“是啊，先生。”

“嗯，我们也应该让自己舒服点，斯蒂彭斯先生。”

“是的，先生。”

黑暗中闪出一束火光，瑞克雷点燃了自己的烟斗。

安卡–摩波祝酒队的人练习了好几个星期。

这个习俗是安娜格莱普塔·哈格斯提出的，目的在于庆祝友情和勇气，安娜格莱普塔·哈格斯是全市最优秀歌唱组合的组织者。

人哪，必须时刻警惕那些毫不羞涩地把“友情和勇气”当作人生的狗皮膏药一样说出口的人。你一转身，他们就会组织大家绕着五月柱跳舞，说实话，到时候你也别无选择，只能努力跟着往林木线的位置跑。

合唱团的人已经走到公园路中段了，大家整齐地合唱着《玫瑰粉母鸡》这首歌[1]。他们的募捐箱里装满了给穷人的善款，至少是给哈格斯太太精心选择的穷人们准备的善款，那些人穷得如诗如画，闻起来也不太臭，也懂得说谢谢。大伙会跑到人家门口去听。橙色的灯光洒在雪地

---

1 玫瑰粉母鸡每天迎接黎明到来。其实从传统上来说，母鸡并不是报晓的鸟（很多时候鸡就是一种鸟而已）。但哈格斯太太为子孙后代收集了大量古老歌谣，并且认认真真对它们加以改写。按照她的说法，这是要避免“冒犯那些对不必要的粗俗内容格外小心的人”。不过她惊讶地发现，要是不特别指出的话，人们其实往往注意不到“不必要的粗俗内容”。

上，蜡烛灯笼照耀着飞旋的雪花，如果你把这幅小图画的盖子揭开，准能在里头找到巧克力，最差也是美味什锦饼干。

哈格斯太太听说祝酒是一项历史悠久的传统，不用解释你就能明白那是什么意思，不过她小心排除了一切不宜于入耳的要素。

合唱团的人渐渐听到了吵闹的声音。

在街道拐弯处，另外一群合唱团的人踩着结冰的地面跌跌撞撞地走过来。

一支标新立异的队伍走过来。那边的“新”和“异”多半是在其他什么地方学来的，很可能是模仿了另一个星球上另一个种族的生物。

队伍最前面是个没腿的人，他坐在小轮椅上，敲着两个炖锅大声唱歌。那人的名字叫横行者阿诺德。推他的人名叫棺材亨利，亨利的破锣嗓子唱着完全不同的另一首歌，而且时不时地加进去一些咳嗽声。他旁边是个看起来非常普通的人，穿着一身又脏又破然而很贵的衣服，那人美妙的男高音被头顶上鸭子的呱呱声完全淹没了，所以他名叫鸭人。但他自己却不明白这个名字的由来，也不明白为什么周围明明什么都没有，却经常有人看到了鸭子。最后一个人身上绑了根绳子，被一条灰色的小狗拖着走，他名叫脏鬼老罗，他是安卡-摩波城中最疯癫的乞丐里最疯癫的乞丐。他很可能根本不会唱歌，但至少在努力跟着节奏骂人。

祝酒队停下来骄傲地看着对面。

两边都没注意到，乞丐们从街那边走过来的时候，一些灰色黑色小点从排水沟里旋转着飞出来，或是从墙砖下头冒出来消失在夜色中。在年末的黑暗中，人们总是急着敲锣打鼓唱歌，其实那都是在漫长灰色日子里精神缺陷越发凸显，心里的阴暗纷纷冒头的缘故。最近大家的合唱其实也越来越不像样子了。真正知道怎么唱歌的人全都在敲打东西并且大喊大叫。

那群乞丐其实没有排练过民谣歌曲。他们只是找有钱的人制造噪音，希望对方付钱让他们住手。当然在过程中还是有可能制造出一支协调的歌曲。

圣猪节到来，
猪儿长肥肥，
请在这人帽子里放一元钱，
如果没有一元钱，一分钱也行——

“如果没有一分钱，”脏鬼老罗唱道，“那——呜哇哇哇咿呜呜呜呼呜呼……”

鸭人似乎很沉着，他捂住老罗的嘴说：“对不起，这次我不希望吃闭门羹。再说这歌也不对。”

但附近几家的房门还是纷纷关上了。祝酒队的人想去其他更干净的地方。唯有没见过脏鬼老罗的人才能发明出“对所有人心怀善意”这个说法。

那些乞丐不唱歌了，但横行者阿诺德还在唱，他似乎活在自己的小世界里。

“——没人知道我们能过得多好，一天三次……”

气氛的变化最终渗入了他的意识。

一阵逆风吹过，雪从树上落下来。雪花旋转起来，不知道是不是错觉，毕竟乞丐们精神上的指南针并不总是指向现实，总之他们听见了一阵短暂的对话。

“没那么简单，主人，我只是说——”

赠予比接受好，阿尔伯特。

“不，主人，赠予只是比接受贵而已。你不能到处去——”

各种东西落在雪地上。

乞丐们低头看。横行者阿诺德小心翼翼地捡起一个糖猪，一口咬掉鼻子。脏鬼老罗十分怀疑地看着从自己帽子里蹦出来的拉炮，然后凑在耳边摇了摇。

鸭人打开一袋糖。

“啊，是骗人的？”他说。

棺材亨利的脖子上挂了一串香肠，他解开香肠的绳子。

“假的吗？”脏鬼老罗问。

“是个拉炮，”狗挠挠耳朵说，“你拉一下。”

老罗漫无目的地握着拉炮晃了几下。

“给我。”狗说着咬住拉炮另一头。

“哎呀，”鸭人说着在雪堆里摸索了一番，“有一整头烤猪啊！一大盘烤土豆，还没人吃过呢！还有……看……这是罐装的鱼子酱吗？芦笋！虾罐头！我的天啊！我们圣猪节晚餐吃什么，阿诺德？”

“破靴子。”阿诺德说着打开一盒烟点起来。

“只有破靴子？”

“不。里头填满泥巴，破靴子烤泥巴，泥巴真不错啊。我存了不少。”

“现在我们可以高高兴兴吃烤鹅了！”

“真好，可以塞在破靴子里吃吗？”

拉炮发出“嘭”的一声。大家听见脏鬼老罗的聪明狗子叫起来。

“不，不，不，你要把帽子戴在头上，然后读那些俏皮话。”

“一千只手和虾？”老罗说着把那张纸条交给鸭人。鸭人是他们这群人里最聪明的。

他看了看上头的字。

“哦，好，我们看看……它说的是：‘救命救命我掉进鞭炮机里了，我没法一直在这个滚筒上跑救救我……’”他把纸条翻来覆去看了几次，“好像就是这样，还有些污点。”

“总是同一句话，”狗说，“你们谁去拍拍老罗的后背好吗？要是他再一直笑的话——哦，已经发作了。真是没有半点新意。”

乞丐们花了几分钟时间捡起雪地里的火腿、罐头、瓶子，全都堆在阿诺德的轮椅上，然后顺着马路走了。

“这些东西是哪儿来的？”

“毕竟是圣猪节，对吧？”

“对，但是谁挂了袜子吗？”

“我觉得我们根本没袜子，对吧？”

“我挂了一只破靴子。”

“靴子也算啊？”

“不知道。老罗把靴子吃了。”

我一直在等圣猪老爹，庞德·斯蒂彭斯心想，我在夜里等着圣猪老爹。我，一个坚信自然法则的人，我可以心算27.4的平方根[1]，我不该干这种事。

我没有挂袜子。但是其中有些情况……

他呆呆地坐了一会儿，然后脱下尖头便鞋，又脱下一只袜子。如果你把一个有趣的假设视为科学实验感觉会好很多。

瑞克雷在外头的黑暗中说：“你觉得要多长时间？”

“大家一般相信午夜前礼物就送完了。”庞德说着努力拽下袜子。

“你还好吗，斯蒂彭斯先生？”

“很好，先生，很好。呃……你带了图钉没有？别的小钉子也行？”

1　他绝不会承认计算结果是“5多一点”，总之他只能算出这个。

"应该没有。"

"哦，没关系。我找到了一把削笔刀。"

过了一会儿，瑞克雷听见黑暗中传来窸窸窣窣的声音。

"'电气'这个词是怎么写的，先生？"

瑞克雷想了一会儿，"我从来都不知道电是什么，你明白的吧？"

又是一阵沉默，然后咣当一声。图书管理员在睡梦中嘟哝了一声。

"你在干什么？"

"我撞到煤铲了。"

"你为什么要在壁炉边上摸黑？"

"哦，就……你知道的，就……看看。一点……经验。毕竟你从来不知道。"

"从来不知道什么？"

"就……从来不知道，你知道吧。"

"有时候知道，"瑞克雷说，"我觉得我很清楚自己知道的不多。有时候我觉得你最终还是会知道，这也挺神奇的。我经常想我还会知道什么新知识。"

"你永远没法知道。"

"这倒是。"

在城市上方，阿尔伯特看着死神，死神努力避免和他发生眼神接触。

"你不能直接从包里就掏出那些东西！不能直接拿烟，不能直接拿白兰地桃子，不能直接拿那些有花哨外国名字的东西！"

那些东西就直接从袋子里出来了。

阿尔伯特怀疑地看了他一眼。

"但是是你事先放进去的，对不对？"

不是。

"你放了，对不对？"阿尔伯特坚持道。

没有。

"你把那些东西放进口袋里了。"

没有。

"你从某个地方把那些东西拿出来，然后放进袋子里。"

没有。

"你就是把那些东西放进袋子里了，对不对？"

没有。

"你放进去了。"

对。

"我就知道是你放进口袋里的。你从哪儿找来的？"

它们就放在附近。

"根据我的经验，整头烤猪不可能就放在附近。"

那些东西好像都没人要啊，阿尔伯特。

"前几家，我们去了一个很大的豪华餐厅……"

真的？我不记得了。

"不介意的话我提醒你一句，我觉得你下去了挺长时间。"

确实。

"他们到底怎么回事，都昏迷不醒四仰八叉地躺着？"

就是……躺着吧。你知道，躺着休息。

"在厨房里？"

我记得当时那里在烹调某种特别的食物。

阿尔伯特抖抖索索地伸出一只手指。

"你偷了人家的圣猪节晚餐，主人！"

反正会被吃掉。死神辩解道，**总之，我把那个国王赶出去的时候你不是觉得很好吗？**

“啊，对，但是那个情况不一样。”阿尔伯特声音低下来，“但是我的意思是，圣猪老爹不会从烟囱里爬下去偷人家的东西。”

但是那些乞丐很开心，阿尔伯特。

“对，但是——”

那不是偷。是……是重新分配。是这个恶劣世界里的善行。

“不，不是！”

那就是恶劣世界里的一点恶行，谁都不会注意到。

“对，但是你至少要想想那些被你偷了东西的人。”

当然他们也得到补偿了。我也不是那么没心没肺的——比喻意义的心肺。好了，我们继续上升前进吧。

“我们在下降，主人。”

那就上升再下降吧。

周围有一阵阵的旋风……冰冰从旋风里跑过，但它看起来似乎并没有移动。它仿佛就是悬浮在半空中。

“唉，我啊。”唉神虚弱地说。

“怎么了？”苏珊说。

“闭上眼睛——”

苏珊闭上眼睛，然后她摸摸自己的脸。

“我还能看见……”

“我还以为只是我。一般来说就只有我看见。”旋风消失了。

下面一片绿色。

真奇怪，是绿的。苏珊在这片田野上方转了几圈，然后从沼泽地和丛林上飞过，周围没有任何这么绿的地方。如果绿色能当上三原色之一的话，可能就会绿成这样。

底下还有那个扭来扭去的东西。

“那不是河流！”她说。

“不是？”

“它是蓝色的！”

唉神冒险往下看了看。

“水是蓝色的。”他说。

“水当然不是蓝色的！”

“草是绿的，水是蓝的……我记得这个，这是我刚刚知道的。”

“嗯，某种意义上来说……”苏珊犹豫了一下。每个人都知道草是绿的，水是蓝的。事实并非如此，但是每个人都知道这个常识，他们还知道天是蓝色的。

她正这么想的时候，十分错误地往上看了一眼。

上头是天空，天空确实是蓝色的。下面是大地，地面是绿的。

天地之间什么都没有。没有白色的空间。没有黑色的夜晚。仅仅是空无一物，这个世界的边缘什么都没有。大脑表示，天和地应该在地平线处整齐地交会，然而周围只有一片空白，空白仿佛一颗松动的牙齿一样咬着眼珠子。

天上有太阳。

天空下面、地面之上漂浮着一些东西。

黄颜色的东西。

金凤花般的黄色。

冰冰降落在河边草地上，或者说至少是降落在了绿色的地方。那个绿色感觉更像海绵或者苔藓。冰冰拿鼻子碰了碰。

苏珊下了马，努力向下看。其实她是在看蓝得很鲜艳的水。

水里有橙色的鱼。鱼看起来有点奇怪，仿佛制造这些鱼的人当真以为鱼就是两条弧线一个小点和一个三角形尾巴构成的。这些鱼让苏珊想起死神那片静谧的池塘里的骷髅鱼。鱼都……很配合环境。尽管水是一块纯粹的蓝色，在苏珊看来这种东西该不透明才对，但是她能清楚地看见鱼……

她跪下来把手伸进水里。感觉确实很像水，但看起来像是某种蓝色的液体从她指间流过。

现在她知道自己在哪里了。最后一块拼图到位，她脑海中所有信息开始发挥作用。如果此时出现一座房子的话，她知道窗户在哪里，也知道烟会怎样从烟囱里冒出来。

树上肯定都是苹果，而且肯定都是红的，因为每个人都知道苹果是红的。太阳是黄的，天空是黄的，草地是绿的。

有另外一个世界。这个世界被相信它的人称为真实世界，这个世界里天空可以是灰白色、落日红或者闪电般的黄色。树也多种多样，可以只有枝丫，可以只是天空下几根胡乱生长的树枝，可以是被霜冻成火焰般的红色。太阳可以是白的，也可以是黄的，也可以是橙色。可以是水棕色、灰色或绿色……

目前这里是春天的颜色，但并不是这个世界的春天。只是呈现出肉眼可见的春季颜色。

“这是一幅儿童画。”苏珊说。

唉神也摔到绿地上。

“每次我看着那个空隙就流眼泪，”他念叨着，“我觉得很难受。”

“我说了，这是一幅儿童画。”苏珊说。

“唉，我啊……我觉得巫师们的药快失效了……”

“我见到好几十幅这种画了，”苏珊没理他，“天空在头顶是因为当你只有一米高的时候，天就是在你头顶，没什么别的方向。而且每个人都跟你说草是绿的水是蓝的。你就只会画这样的风景。泰拉就这样画画。我以前也这样画画。我外公虽然——”

她不说话了。

“总之，所有小孩都这样画画。”她低声说，“走，我们去找房子。”

“什么房子？”唉神又开始哼哼了，“你小声点好吗？”

苏珊站起来说：“会有一座房子，肯定有一座房子。有四扇窗户。还有烟像弹簧一样从烟囱里冒出来。你看啊，这个地方有点像……死神的花园。它不是某个地理位置。”

唉神走到近旁的一棵树下，用头撞树，仿佛是想把树撞疼似的。

“感觉就很地理啊。”他低声说。

苏珊赶紧把他拉开，“可是你见过这样的树吗？棕色棍子上顶了个绿色圆球？看起来就跟棒棒糖似的！”

“不知道啊。这是我第一次看见树啊。啊，有东西掉我头上了，”他警觉地看了看周围，“是红的。”

“这是苹果，”苏珊叹了口气，“每个人都知道苹果是红的。”

周围没有灌木，但是有花，每朵花都配了几片绿叶子。每朵花都是单独生长的，星星点点地长在连片的绿色之中。

他们离开了树林，在一条河湾的地方看到了房子。

房子不大，有四扇窗户和一扇门。螺旋状的烟弯弯曲曲地从烟囱里冒出来。

苏珊看着那房子说：“你知道吗，泰拉虽然一直住在别墅里，但她画的房子也是这样。我小时候也这样画房子，虽然我在宫殿里长大。真是挺奇怪的，为什么呢？”

“可能所有的人画的都是这一座房子。”唉神可怜巴巴地说。

“什么？你是这么想的？所有小孩画的其实都是这个地方？这个地方一直都在我们脑子里？”

“别问我，我只是顺势一说而已。”唉神说。

苏珊犹豫了。“现在干什么”几个大字出现在她脑海中，要去敲门吗？不过她又意识到那是普通的想法……

在一片闪亮喧嚣的氛围中，领班正在为难。店里客人很多，员工本该忙得团团转，他们该把小苏打放进白葡萄酒里制造出很贵的泡沫，或者把蔬菜切小块卖更贵的价钱。

但现在大家都沮丧地聚在厨房里。

“菜都哪儿去了？”经理尖叫着，“有人进酒窖里！”

“威廉说他觉得有一阵冷风。”负责热食的侍者说，直到这个时候他才明白热食为什么要叫热食，此前他一直不太明白。

“让他去喝西北风算了！我们还剩什么东西？”

“有些零碎东西……”

“不是零碎东西，你得说精致小食。”经理纠正道。

“是，对。对的。还有，呃，还有，嗯……”

“没有了吗？”

“呃……破靴子，装满泥巴的破靴子。”

“旧——”

“靴子，很多靴子。”侍者觉得自己很想开口唱歌。

“我们为什么会有……复古鞋类？”

“不知道。那些靴子就凭空出现了，炉子里塞满了破靴子，储藏室里也是。”

“有一百多人预定啊！所有商店都关门了！主厨呢？”

“威廉正努力把他从厕所里拖出来，先生。他把自己关在厕所里，完全进入个人世界了。”

“好像正在煮东西。我闻到了煮东西的味道吗？”

“是我，先生。”

"破靴子，"经理低声念叨着，"破靴子……破靴子……是皮子做的，对吧？不是木头也不是橡胶做的吧？"

"看起来就……只是靴子。里面装了很多泥巴，先生。"

经理脱下外套，"好了。我们还有奶油吗？洋葱、大蒜、黄油还有吗？牛骨头呢？油酥面呢？"

"呃，有……"

经理搓了搓手，从挂钩上取下一条围裙。"好，那边那个，你去烧点水！多烧点！找个大锤子！你，切点洋葱！其他人，你们去收拾靴子。鞋舌和鞋底不要。我们要做……我看看……做成……鞋头盛泥苔藓……"

"这要怎么做呢，先生？"

"泥和苔藓放在鞋子油酥饼做的盛器里。明白了吗？奎尔姆人搞不懂奎尔姆的菜名也不是我们的错。再说我们也没撒谎。"

"但是有点像——"侍者赶紧不说话了。在职业生涯初期他因为诚实吃了不少苦头。

"再来个'影子烧烤秀'……"

经理看着领班侍者惊慌的表情叹了口气解释道："军用靴子要用加黑的方式处理。"

"呃……加黑的方式？"

"放在泥巴里。如果我们单独处理鞋舌，就可以做一道'红焖舌'了。"

"先生，这里还有些女鞋。"副主厨说。

"对。这些也要加入菜单……我们想想……就'淑女之履'吧……还有……对了，配浓厚浆水佐餐。你记着，就是泥浆。"

"鞋带怎么办，先生？"另一个副主厨问道。

"问得好。把奶油白汁炒意大利面的菜单拿出来。"

“什么？”领班侍者不明白。

“我是做主厨出身的，”经理说着拿起刀，“你以为我怎么买得起这个地方？我知道怎么做菜。摆好盘，调好汁，就完成一大半了。”

“但还是破靴子啊！”侍者说。

“是陈年牛肉，”经理纠正道，“一会儿就会变得软烂。”

“总之……总之……我们还没有汤。”

“泥浆。还有很多洋葱。”

“那布丁怎么——”

“泥浆。我们看看有没有焦糖，说不定不错呢。”

“我连咖啡都找不到了……再说，说不定坚持不到上咖啡的时候……”

“泥浆。泥浆咖啡，”经理很坚定地说，“真正的大地咖啡。”

“唉，他们会发现的，先生！”

“他们现在还没吃呢。”经理阴沉沉地说。

“我们不可能成功的，先生。不可能。”

天空上面的某处，中戴夫·莉莉白又顺着楼梯扔下来一口袋钱。

“恐怕是有好几千。”铁丝网说。

“这些又是什么？”猫眼说着打开盒子，“这就是纸啊。”他说着把盒子扔到一边。

中戴夫叹了口气。他希望大家团结一致，不过有时候猫眼让他很焦躁。

“那些是地契，”他说，“比钱还好。”

“纸片比钱好？”猫眼说，“哈，纸能烧不能花，我看确实挺好的。”

“等等，”铁丝网说，“我知道地契。牙仙有自己的不动产？”

“牙仙也要挣钱啊，”中戴夫说，“压在枕头底下的五毛钱都是钱啊。”

“我们偷过来就是我们的了？”

“这个问题真有趣。”猫眼冷笑道。

“对，但是……你看到这些之后就会觉得每人一万也不多。”

“他不会漏掉一个——”

“各位……”

他们转过身。茗时站在门口。

“我们只是……我们就只是把东西堆起来。”铁丝网说。

“是的，我知道。我让你们做的。”

“对，对的。你说过的。”铁丝网感激地说。

“东西很多。”茗时说着对大家笑了笑。猫眼咳嗽了一下。

“得有好几千呢。”中戴夫说，“这些地契之类的怎么办呢？看，这个是蜂蜜陷阱巷烟草店的地契！是安卡-摩波的地点！我在那儿买过烟！老顶针总是抱怨房租贵！”

“啊，你们打开保险柜了。”茗时开心地说。

“呃……是的……”

“好了，好了。”茗时说，“我没让你们动保险柜。但是……好吧，好吧。你们觉得牙仙靠什么赚钱？靠某个地方的小地精挖矿吗？仙子金币吗？仙子金币到了早晨就会变成垃圾！”

他笑起来。铁丝网也笑了。就连中戴夫也笑了。接着茗时一把抓住他，中戴夫毫无还手之力地被他按在墙上。

他眼前一阵模糊，正要眨眼的时候，他觉得左边眼皮上一阵疼痛。

茗时那只完好的眼睛——姑且就称之为完好——凑近他。那瞳孔完全就是一个小点。中戴夫勉强能看到他的手，那只手就在中戴夫的脸旁边。

手上拿了一把刀。刀尖基本上就紧贴着中戴夫的右眼。

“我知道有些人说，我一看见他们就把他们杀了。”茗时小声说，“事实上呢，莉莉白先生，我看都不看就想把你杀了。你站在金子做的城堡上却盘算着去偷铜板。唉，天啊。我拿你怎么办才好？”

他松开了一点，但是刀依然挨着中戴夫的眼睛，中戴夫根本不敢眨眼。

“你觉得班卓会帮你，”茗时说，“班卓一直都帮你，对吧？但是班卓喜欢我，他真的喜欢我，班卓是我的朋友。”

中戴夫努力看清楚茗时耳朵后面的地方。他弟弟就站在那个方向，脸上毫无表情，只等着下一个命令或者脑子里冒出来下一个想法。

“如果我发现你不喜欢我了，我会很沮丧哦。”茗时说，“我真的没多少朋友，中戴夫先生。”

他后退几步愉快地笑着说：“我们还是朋友吧？”中戴夫倒在地上。“班卓，把他扶起来。”

恰好在这个时候，班卓也往前倒下。

“班卓有一颗小孩子的心，”说话间，茗时的刀消失在衣服里，“我相信我也有一颗孩子的心。”

其他人吓得一动不动。自茗时动手开始他们就没动过。中戴夫是个很壮实的人，茗时看起来干瘦干瘦的，可是他居然抓着中戴夫的腿把他拎起来了，仿佛中戴夫是片羽毛似的。

“事实上，钱的话我拿着真的没用。”茗时说着坐在一口袋银币上，“这些都是小钱。你们自己分吧，你们肯定会没完没了地吵架内讧。唉，天啊，朋友们四分五裂真是太悲惨了。”

他踢了口袋一脚，袋子散开，银币和铜币源源不断地流出来。

“你们就会拿出去炫耀，去花天酒地。”他继续说。其他人看着那些硬币滚得满地都是，“你们伤痕累累的小脑子永远不懂投资这个概念——”

班卓突然喊了一声。包括茗时在内，大家耐心等待这个大块头整理出完整的句子。他说的是：

“我有小猪存钱罐。”

“你有一百万元的话会做什么呢，班卓？”茗时问道。

班卓又喊了一声，脸都皱起来了。

“……买个大点的小猪存钱罐？”

“说得好。”刺客先生站起来，“我们去看看巫师进展如何了，好吗？”

他头也不回地走出房间。片刻后班卓跟了上去。

其他人努力不去看自己的同伴。铁丝网说：“他是不是说，我们可以拿钱走人了？”

“别他妈的犯傻了，我们走不出十米远。”中戴夫依然捂着自己的脸，“唉，好疼。我觉得他是割到眼皮了……他割到我眼皮了……”

“那我们不拿钱直接走吧！我们这是在摸老虎屁股啊！”

“他来追你了怎么办？”

“他为什么要来追我们这样的人？”

“他有时间来追自己的朋友。”中戴夫苦涩地说，“我的神啊，谁给我一条干净抹布之类的……”

“好，但是……他也不是每个地方都能看到。”

中戴夫摇头。他接受过安卡-摩波社会大学的教育，毕业的时候他身心都经受了历练变得更加坚定了。你只需要看一下茗时那双错乱的眼睛就能知道：如果茗时想找你，他根本不需要看见每一个地方。他只看一个地方，一眼就能看见你藏身的地方。

“你弟弟为什么那么喜欢他？”

中戴夫苦笑了一下。班卓一直是别人说什么他就做什么，因为中戴夫是这样教他的。到现在为止都是这样。

肯定是因为在酒馆被打了一拳的原因，中戴夫不愿意去想。他对母亲承诺过[1]，要照顾好班卓。当时班卓像棵倒下的树一样摔下去。中戴夫站起来想趁茗时还没收回手的时候揍他，可是却发现刺客已经站在他身后了，而且还拿着一把刀。这一切发生在众人面前。非常丢人，但事情已经发生了。

当时班卓一脸疑惑地坐起来，吐出一颗牙。

“要不是班卓一直跟着他，我们就可以一起冲上去收拾他了。”猫眼说。

中戴夫抬起头，一只手拿着手帕捂住眼睛。

“一起冲上去收拾他？”他问道。

“对，都是你的错。”铁丝网继续说。

“啊，是吗？说‘哇，一万元，算上我’的人不是你吗？”

铁丝网退后几步，“我不知道事情会变得这么诡异！我想回家！”

中戴夫虽然又气又疼，但还是犹豫了。这些抱怨和不满的话从铁丝网嘴里说出来挺不寻常的。这个地方很奇怪，真的很奇怪，一切跟牙齿有关的事情都非常……奇怪。事情刚开始跑偏的时候，他和铁丝网正在外头，卫队和盗贼行会正在追他们，他当时非常冷静。要是行会抓住他们的话，就会把他们的耳朵和脚踝钉在一起然后丢进河里。中戴夫有一本人生之书，很薄也很简单的人生之书，里头大部分内容都是用精神的蜡笔写的，其中一条是：事情不会比被行会抓住更可怕。

“你们怎么了？”他说，“一个个都跟小孩一样。”

1　这是莉莉白大妈的遗愿，不过她说出来的时候还不知道会成为遗愿。她对儿子说的最后几句话是：“你去接近那些马，我拦住它们，不让它们靠近楼梯，如果发生意外，你照顾好小笨！”

“他会不会是先给人猿送了礼物，再给人类送礼物？”

“这是很有趣的观点，先生。你也许参考了我的理论吧——人类事实上有可能是猿类的后代。”庞德说，“这是一个很大胆的假说，能横扫数百年来的无知观念，如果津贴委员会允许我租一条船，环游诸岛——”[1]

“我只是在想他会不会是按照字母顺序送礼物的。”瑞克雷说。

冰冷的壁炉路落下一点煤灰。

“可能是他来了，你觉得呢？”瑞克雷又说，“嗯，好，我认为我们应该检查——”

有什么东西落在煤灰上。两位巫师在黑暗中安静地站着，那个人影爬起来。接着传来纸张的沙沙声。

我看看——

瑞克雷的烟斗咔嗒一声从他嘴里掉了下去。

“你他妈是谁？”他问道，“斯蒂彭斯先生，点个蜡烛。”

死神赶紧后退。

我当然是圣猪老爹。呃……嚯。嚯。嚯。不然，在这个晚上从烟囱里下来的还能有谁呢？

“不，你不是！”

我就是。看，我有胡子还有枕头，各种东西一应俱全。

“你的脸看起来特别瘦！”

我……我……我最近不舒服，仅此而已……对，雪利酒喝太多了。而且到处忙活，有点小病。

“我是说，特别特别的瘦。”瑞克雷一把抓住他的胡子，绳子发出嘭的一声轻响就被扯断了。

---

1 此处在影射达尔文的进化论。——编者注

“是假胡子！”

不，不是。死神有些绝望。

“这里是挂在耳朵上的钩子呢，我估计你用起来肯定很不方便吧！”瑞克雷挥舞着那个有力证据。

“你从烟囱里爬下来干什么？”他继续问，“也太不讲究了。”

死神拿出一张脏兮兮的纸片为自己辩解。

给圣猪老爹的正式信件。这里说了……他说着又看了一下纸片上的内容，**嗯，说了很多。这清单挺长的。图书馆印章、工具书、铅笔、香蕉……**

“图书管理员问圣猪老爹要这些东西？”瑞克雷问，“为什么？”

我不知道。死神模棱两可地回答。他拿着那张纸条让校长看。那只红毛猩猩写的字还真是歪歪扭扭，非常好玩。

“那些东西我抽屉里就有很多，”瑞克雷有些奇怪，“我很愿意发给大家用啊，只要他们证明自己把旧的用完了就行。”

他们必须向你证明铅笔没有了？

“当然。如果他需要什么日用文具只要找我就好了。谁都知道我是个讲道理的人。”

死神仔细看了看那张纸条。

他以人类学的精准态度说：**确实完全没错。**

“当然，香蕉是没有的。我绝不会把鱼放在自己的书桌里。”

死神看了看纸条，又看了看瑞克雷。

挺好？他希望这是一句正确的回应。

巫师们知道自己什么时候死[1]。瑞克雷没有看到自己要死的预兆，于

---

1 他们知道自己的死期，通常是为了将自己最好的袍子洗干净，然后去酒窖里猛喝一通，美美地吃完最后一餐。这是一种非常舒适的死囚牢房，而且还不需要律师陪同。

是他去戳了戳死神衣服里的垫子，庞德被他吓得半死。

“为什么是你？”他问，“另外那个哪儿去了？”

看来必须告诉你了啊。

在死神的屋子里，传来沙子流动的细微声响，此外还有玻璃发出的微弱叮当声，黑色的地板上某处……

另外，在干燥的阴影中传来刺鼻的雪的气味和蹄子走动的声音。

茗时突然出现在西德尼身后时，西德尼吓得差点吞了自己的舌头。

“进展如何了？”

“哇——”

“你说什么？”茗时问。

西德尼回过神来。“呃……有一点进展，”他说，“我们应该是打开了……呃……一把锁。”

茗时眼神瞬间暗下去。

“我记得是有七把锁？”这位刺客问道。

“是的，但是……它们一半是魔法的，一半是真实的，还有一半不在此地……我的意思是……这些锁有些部分有时候根本不存在——”

正在研究其中一把锁的布朗先生放下镊子。

“进展不乐观，先生。”他说，“就算是用撬棒也不行。也许我应该先回城一趟，找几条龙回来想想办法。给龙吃煤炭，然后扭扭它们的脖子，它们就能喷火把钢铁都熔化了。”

“我听说你是城里最好的锁匠。”茗时说。

班卓在他身后动了动。

布朗先生看起来有些不高兴。

“啊，确实。”他回答，“但是正常情况下锁不会在你开锁的时候忽然变形，你明白我的意思吗？”

“我以为你可以打开任何人制造的任何锁。”茗时说。

“人类制造锁是可以，”布朗先生针锋相对地回答，“大部分矮人造的锁也可以。但我不知道是什么东西造了这些锁，你没说过其中还有魔法。”

“那就太遗憾了，”茗时说，“那我就不需要你继续在此工作了。你可以回去了。”

“那也挺好，”布朗先生把各种东西放回工具包里，“我的钱呢？”

“我欠你钱吗？”

“我跟你一起来的。因魔法造成无法开锁，但不是我的错，我应该得到报酬。”

“啊，好吧，我知道你的意思了。”茗时说，“你确实应该得到报酬。班卓？”

班卓扑上去，但马上就不敢动了。

布朗先生从口袋里拿出一根撬棒。

“你以为我什么都不懂吗，你这个狂妄的混账东西！”他说，“我知道你这种人。你觉得挺好玩是吧？你自顾自地说小笑话，以为别人都不懂，就你一个人最聪明。哼，茶杯先生，我要走了，你明白吗？我怎么来的就怎么回去。你阻止不了我，班卓自然也阻止不了我。我老早以前就认识莉莉白大妈。你觉得自己挺坏？觉得自己挺恶毒？莉莉白大妈能撕下你的耳朵嚼烂了吐进你眼睛里，你这个自大的小浑蛋。我跟她一起干过活，你吓不倒我，小班卓也吓不倒我，他只是个小可爱。”

布朗先生紧握撬棒看着他们两个。西德尼靠着门缩成一团。

他看见茗时很优雅地点点头，仿佛对方刚说完一番致谢辞。

“谢谢你说明自己的观点。”茗时说，“但我要重复一下，我叫米——英——斯——希。好了，班卓，去吧。”班卓扑向布朗先生，弯腰抓住他的撬棒，把他拎了起来。由于动作过猛，布朗先生的靴子都掉了。

“喂，班卓，你认识我的！”锁匠在半空中挣扎着说，“你小时候我抱过你呢，你坐在我腿上，我经常跟你妈妈一起工作——”

“你喜欢苹果吗？”班卓以轰鸣般的声音问道。

布朗还在挣扎。

“你得说喜欢。”班卓说。

“喜欢！”

“你喜欢梨子吗？你得说喜欢。”

“好好好，喜欢！”

“你喜欢摔下楼梯吗？”

中戴夫举手示意大家安静。

他看了看众人。

“这地方让你们烦躁，对吧？但是我们之前谁没去过糟糕的地方呢？”

“这地方不是糟糕，”铁丝网说，“我还从没去过看看天空就会觉得难受的地方。这里太诡异了。”

“小铁丝是个小娃娃，嘻。嘻。嘻。”猫眼唱道。

大家都看着猫眼。他紧张地咳嗽了一声。

“对不起……不知道为什么就唱了。”

“我们团结一致就会没事——”

“小小可爱小小我……”猫眼低声说。

“什么？你说什么？”

“对不起……就不自觉地……”

中戴夫接着说：“我要说的是，如果——”

“桃子总朝我做鬼脸！”

“我没有！”

“撒谎要被烧裤衩！”

中戴夫发火了，而桃子尖叫起来。这两件事是同时发生的。

桃子的裤子冒烟了。

他到处跳着，奋力拍打自己。

“谁干的？谁干的？”中戴夫问道。

“我没看见任何人，”铁丝网说，“没有人靠近他。猫眼说‘撒谎要被烧裤衩’，接着就——”

“现在他在吃手了！”猫眼开始嘲笑同伴，“嘻。嘻。嘻。他哭着要妈妈！你知道小孩吃手会怎么样吗，会被拿着剪刀的大怪兽——”

“你不要那样说话了！”中戴夫吼道，“烦死了，你们就像一群——”

高处有人尖叫起来。尖叫声持续了一阵子，而且似乎越来越近，接着叫声停止，取而代之的是一阵撞击声，偶尔夹杂着一些好似椰子落在石头地面上的声音。中戴夫走到门口，恰好看到锁匠布朗先生的尸体滚过去，虽然滚得挺快但是很不整洁。片刻后他的包也顺着楼梯滚落下来。它滚动的时候裂开了，于是里头的工具和各种开锁镊子乒乒乓乓地到处滚，一路追随着已故的主人而去。

他滚得真的很快，很可能是从顶上一路滚下来的。

中戴夫抬头看了看。在上面两层楼左右的位置，班卓正扶着巨大的栏杆看着他。班卓不知道对错，判断对错是他哥哥的事情。

“呃……这个可怜的人肯定是踩滑了。”中戴夫低声说。

“啊，是啊……滑了。”桃子说。

他也抬头看。

真是有趣。他之前都没注意到。这座白色的塔原本似乎从内部发着光。但现在这里有影子了，影子从石头上掠过。在石头里。

“那是什么？”他问，“那个声音……”

“什么声音？”

“好像……刀子刷刷的，”桃子说，“真的很近。”

“这里只有我们几个人！”中戴夫说，“你怕什么？怕被雏菊袭击？走……我们去帮帮他……”

她不能从门里穿过去，这扇门能够抵御这种行为。苏珊最终只是撞出几块淤青。于是她只好转动门把手。

她听见唉神惊讶地吸了口气。而苏珊倒是很习惯建筑物里头比外头大的情况。她外公一向闹不明白维度什么的。

屋里第二样引人注目的东西就是那两个楼梯。楼梯绕着一座高塔相对排列，塔顶仿佛消失在云端。螺旋状的楼梯似乎无穷无尽。

苏珊又转向屋里第一样引人注意的东西。

那是屋子正中间一大堆堆成圆锥形的东西。

是白色的，散发着模糊而冰冷的光芒。

“是牙齿。”苏珊说。

“我觉得我要吐了。”唉神几近悲切地说。

“牙齿没什么可怕的。”苏珊回答。但这不是真心话，一大堆牙齿真的很可怕。

“我说我害怕了吗？我只是又宿醉了……唉，我啊……”

苏珊十分警惕地靠近那堆牙齿。

那是些小小的牙齿，儿童的牙齿。堆这堆牙齿的人似乎也不是很在乎这些牙。有些牙散落在地板上。苏珊之所以知道，是因为她踩到了一颗，那清脆的碎裂声让她万分小心，不敢再踩到别的牙。

有人在这堆吓人的东西周围拿粉笔画了个圈，可能是堆牙齿的人画的。

“真多啊。”比利尔斯低声说。

“看这些乳牙的平均大小，至少有两千万颗吧。”苏珊惊讶地发现自己居然不自觉地就估算起来。

“你怎么知道？”

“圆锥的体积啊，”苏珊说，“π乘以半径的平方乘以高度除以三。巴茨小姐肯定想不到公式能在这种地方派上用场。”

“真厉害。你心算的？”

“很奇怪，”苏珊平静地说，“这应该不是牙仙干的吧。费那么多力气收集牙齿，就这样堆起来？不对。另外，地上还有一支烟。牙仙肯定不会自己卷烟卷。”

她看着那粉笔画的圈。

高处传来一阵声响引起她的注意。她觉得自己似乎看见楼梯栏杆附近有人探出头然后又缩回去。她没看清楚脸，但是可以确定不是仙子。

她又继续去看牙齿周围的粉笔痕迹。有人希望把所有的牙都摆在这里，于是画了个圈让别人知道把牙放在这儿。

圈周围还有些记号。

苏珊很擅长记住一些细节。这也是家族特征。微小的细节像沉睡的蜜蜂一样在她记忆里抖动。

“啊，不，”她有些慌乱，“没有人想要——”

有人喊起来，是上头白色建筑物里的人。

一个人沿着她身边的楼梯滚了下去。是个干瘦的中年男人。严格来说，目前为止他还是个人，但长长的螺旋楼梯可不是闹着玩儿的。

那人沿着白色大理石滚过来，最终没骨头似的停了下来。

苏珊赶紧跑过去看，然而那尸体消失了，只剩下一摊血迹。

楼梯上又传来一阵叮叮当当的声音，那声音反复旋转着，仿佛是大麻哈鱼跳着下楼了。她抬头一看，发现是个撬棍，正沿着最后十几级楼梯滚下来，落在最后一级石阶上，稳稳地直立着。铁丝网慌慌张张跑到楼顶。

“茗时先生，楼下有人！”他喊道，“戴夫和其他人下去抓人了，茗时先生！”

茗时盯着巫师，嘴里说：“我叫‘米——英——斯——希’。”

“对啊，先生！”

“嗯？”茗时说，“就……立刻处理掉。”

“呃……其中一个是姑娘，先生。”

茗时依然没抬一下眼皮，他随便挥了挥手，“那就礼貌地处理掉。”

“是的，先生……是的，好……”铁丝网咳嗽了一声，“你不想知道他们为什么来吗，先生？”

“我的天，当然不想。我为什么要知道？走开。”

铁丝网愣了片刻，赶紧走了。

他跑下楼梯的时候忽然听见某扇古老的木门发出吱嘎一声。

他顿时脸色苍白。

他脑子里比较理智的部分说：只是一扇门而已，这地方有好几百扇门。但是仔细想想，那些门都不会吱嘎响。

在他脊柱顶部一个黑暗角落里，一个很小很小的部分说：不是这里的门，你知道的，你知道现在是哪一扇门……

他已经有三十年没有听见这样的吱嘎声了。

他惊叫一声，一步跨过四级台阶地往下跳。

在拐角的凹陷处，影子越来越黑了。

苏珊拖着唉神沿楼梯往上跑。

“你知道他们在干什么吗？”她说，“你知道他们为什么把所有的牙齿都堆在那个圈里吗？牙齿的力量……啊，我的天……”

领班侍者坚定地说：“我绝不。”

“圣猪节过后我给你买双更好的——”

一个侍者冲进来说：“还要两个鞋酥面，一个泥浆浓汤，三个泥馅饼。”

“泥馅饼！”领班侍者忍不住哀号起来，“我真不敢相信我们居然卖泥巴饼，而你还想要我的靴子！”

“别忘了是加奶油和糖烹制。纯正安卡-摩波风味。那双靴子我们至少能做四道菜。真不错啊。我们都穿着袜子——”

“七号桌说牛排不错，但就是有点硬。”另一个侍者急匆匆路过。

“好，下次换个大锤子，煮久一点。”经理转向那位痛心不已的领班侍者，攀着他的肩膀说：“你看啊，比尔，这不是食物。没有人指望它是食物。如果人们只想要食物，他们待在家里就好了，对不对？他们到这里来是为了氛围。为了体验。这不是做饭，比尔。这是烹调风格。明白吗？他们还会反复再来的。”

“对，但是破靴子……”

经理回答：“矮人吃老鼠。巨怪吃石头。霍翁达大陆的人吃昆虫，衡重大陆的人吃鸟的呕吐物做的汤。至少靴子曾经还是牛呢。”

“可是泥巴呢？”领班侍者阴郁地问。

“不是有句谚语吗，人生在世总要吃两斤泥巴。”

“对，但不是一口气吃完两斤。”

“比尔？”经理拿起一把小铲子和蔼地说。

“什么事，老板？”

“赶紧把你那双破靴子脱了，听见没？”

铁丝网抖抖索索地来到塔底，他不是累得发抖的。他径直朝门口走去，中戴夫抓住了他。

“放开我！它在追我！”

“看看他的脸，”猫眼说，“他好像见鬼了呢！”

“对，那不是鬼，”铁丝网含含糊糊地说，“比鬼还——”

中戴夫扇了他一巴掌。

“振作点！看看周围，没有任何东西在追你！再说了，我们可以打败它对吧？”

恐惧稍微减退了些。铁丝网看了看楼梯上头。后面什么都没有。

“好了，”中戴夫看着他的脸，“现在……怎么了？”

铁丝网看着自己的脚。

“我以为那边有个衣柜，”他低声说，“哦，你们笑吧……”

大家没笑。

“什么衣柜？”猫眼说。

“嗯，一定要说的话，是我小的时候……”铁丝网茫然地挥舞着胳膊，“我家有个又大又旧的衣柜，是橡木的。它有个……有个……门，门上头有个……好像是脸的东西。”他看了看其他人的样子，那些人都面无表情，“不是真正的脸，然后……钥匙孔的周围……有很多装饰，花和叶子之类的，要是……要是从某个角度看过去……就是一张脸，他们嫌那个衣柜太大了，就放在我房间里，到了晚上……晚上……晚上——”

他们都是成年人了，至少都是些活了好几十年的人，在某些社会里活了几十年就等于是成年人了。但是你仔细看他们的话，会发现这些人吓得脸都皱成一团了。

“是吗？”猫眼嗓子都哑了。

“……它会低声说话。”铁丝网的声音小得像个地牢里的老鼠。

他们面面相觑。

“说什么？”中戴夫说。

“我不知道！我一直把头埋在枕头底下！再说了，这只是我小时候想出来的东西，对吧？最终我家老爸把那个衣柜处理掉了，烧了，我看着的。”

就像所有回忆起恐怖旧事的人一样，他们几个都吓得不轻。

“就像我害怕黑暗一样。”猫眼说。

“你别说了，”中戴夫说，“总之，你不是怕黑。你出了名的什么都不怕。我跟你在各种地窖之类的地方干过活。你不就是这样出名的吗？猫眼，可以像猫一样在黑暗中看东西。”

“对，呃……我就是努力补偿啊，知道吗？”猫眼说，“你长大了就会知道那些只是阴影。再说，那种黑不是我们在地窖里常见的黑。”

“嗯，你小的时候，黑暗是一种别的东西，不是吗？”中戴夫说，“不是如今熟悉的黑暗对吧？”

但是他讽刺的语气也没用。

“是啊，”猫眼简单地回答，“不一样的黑暗。在地窖里，不是同一种黑。”

“我们要是去地窖的话，妈妈会揍我们，”中戴夫说，“她一个人待在那里。”

“是吗？”猫眼心不在焉地说，“要是我们敢走出地窖的话，我们老爸就会抽打我们。好了，别再说这个事情了。”

他们到楼梯底部。

任何人都不在。连个死人都没有。

“他不可能还活着吧？不能的吧？”中戴夫说。

“我看见他滚下去了，”猫眼说，“脖子都断了的样子——”

他说着往上看。

“有谁在上面走？”

“他们的脖子正常吗？”铁丝网颤抖着问。

“够了！”中戴夫说，“这一次全体上楼。不能让他们再下来！”

“他们是谁？为什么在那里？”

“为什么我们在这里？”桃子走了几步，又回头看着其他人。

“拿钱？不然我们为什么容忍那个人这么久？”

“是哦……”桃子跟在其他人后面心不在焉地说，“呃……你们听见刚才的声音了吗？”

“什么声音？”

“像是捡东西的声音，咔嚓咔嚓？”

“没有。”

“没有。”

“没有。是你想象出来的。”

桃子勉强点了点头。

他走上台阶的时候，一个小小的影子从石头中跑过来，紧随他的脚步。

苏珊跑下台阶，拖着唉神穿过排列着无数白色门的走廊。

“我觉得他们看见我了，”她说，“如果他们是牙仙，所谓机会均等这种事也太蠢了……”

她推开一扇门。

屋里没有窗户，但是靠着墙的光芒屋里就足够明亮了。屋子正中间有个展示盒一样的东西，盒盖子打开了，一些卡片散落在地上。

她俯身捡起一片读道："托马斯·阿格，四岁零九个月，城堡前路9号，斯托·拉特。"卡片上的笔迹是一丝不苟的圆形字体。

她穿过走廊又进入另一个房间，屋里同样是一片被破坏过的场景。

"现在我们知道牙齿是从哪里来的了，"她说，"都是从各地收集来的，然后运到楼下。"

"拿下去干什么呢？"

苏珊叹了口气，"是一种古老的魔法，甚至不能算是魔法。"她说，"如果你有别人的一点头发、指甲或者牙齿，你就能控制他们。"

唉神努力集中精神。

"那一堆牙齿就能控制几百万个小孩？"

"对。现在看来，也能控制成年人。"

"就是……可以控制别人的想法和行为？"

苏珊点点头："是的。"

"你可以让他们打开爸爸的钱包，乖乖把里头所有的东西送到某个地方去？"

"对，这点我是没想到呢，但是没错，确实可以吧……"

"也可以到楼下去，砸烂酒柜里所有的瓶子，并且保证他们长大后滴酒不沾？"唉神继续满怀希望地问。

"你在说什么呢？"

"对你来说什么都挺好。你不会每天早晨醒来的时候，目送自己的整个人生在眼前被水冲走。"

中戴夫和猫眼顺着走廊跑过去，在走廊分岔处停下来。

"你走那边，我走——"

“我们为什么不一起走？”猫眼问。

“你们一个个到底是怎么了？我们在奎尔姆的时候，你还咬死了几条警卫犬呢！你要我拉你的手吗？你走那边走廊，每个房间都看看，我走这边。”

他说着就走了。

猫眼看着另一条走廊。

这边门不多，走廊也不长。正如茗时所说，这里没有危险的东西，危险的东西都是他们带来的。

他听见一扇门里传来说话声，忽然就放松起来。

他对付得了人类。

正当他走过去的时候，身后又传来一个声音。

影子顺着走廊追了过来。影子顺着墙壁如同瀑布一样流淌下来，甚至涌上天花板。影子互相交会的地方颜色变得更黑，非常黑。

然后影子立起来，陡然一跳。

“那是什么？”苏珊说。

“像是尖叫声。”比利尔斯回答。

苏珊冲上去打开门。

外面空无一人。

但是确实有那么一瞬间，苏珊看见墙壁角落里有一点黑色的东西迅速缩小褪去，另外一片阴影顺着走廊拐弯处溜走。

走廊中间有一双靴子。

她觉得之前那里是没有靴子的。

她闻了闻四周的味道。有股老鼠味，还有湿气和霉味。

“我们出去吧。”她说。

“这么多个房间，我们要怎么才能找到堇菜花？”

“我不知道。我应该能感觉到……才对，但是感觉不到。”苏珊看了看走廊另一端。远处似乎有人在叫喊。

他们悄悄返回楼梯处，又上了一层楼。这层楼房间更多，每个屋子里都有一个被打破了的柜子。

影子在角落里移动。仿佛是某个看不见的光源在慢慢移动。“这地方让我想起你……嗯……你外公家。”唉神说。

“我知道，”苏珊说，“那地方只有他自己制造的规矩，只有他自己遵守。要是有人闯进那里，在图书馆里乱翻的话，他肯定不高兴——”

她不说话了。再次开口的时候，她已经换上完全不同的语调。

“这是小孩的世界，”她说，“遵守小孩们坚信的规矩。”

“那倒是不错。”

“你觉得不错？所有的事情都会出错。在灵糕鸭的国度，鸭子可以下巧克力蛋，在死神的国度，一切都是黑色且肃穆的，因为人们认定事情理应如此。他在那方面很遵守传统，到处都是骷髅和骨头的装饰。而这个地方——”

“可爱的花和奇怪的天空。”

“我认为事情会比花和天空还要奇怪，非常非常奇怪。”

“比现在的状况还奇怪？”

“我认为这个地方人不会死。”

“从楼上摔下去那人我看着像是真死了。”

“哦，是会死的，但不是在这里死。你看……我们看看啊……对……你会到别的某个地方，遥远的地方，其他人都看不见你了，你三岁的时候就懂这些东西了。外公说五十年前还不是这样的。他说，一般你都看不见大家围着床痛哭。大家只是对小孩说，奶奶走了。泰拉一连三个星期都以为她叔叔埋在花园后面的沙堆里，跟布斯特和米波一起，和另外三个土堆埋在一起。”

“三个土堆？”

“沙鼠，很容易就死了，”苏珊说，“关键是趁着她没发现的时候换只活的。你真的什么都不知道啊，是吧？”

“呃……你好？”

走廊上传来一个声音。

他们进入下一个房间。

堇菜花就在那个房间里，她的一条腿被绑在白色的展示柜上，看起来很惊慌，又很迷惘，接着她认出了苏珊。

“你不就是——”

“对，是我，我们在棺材板见过面，泰拉掉最后一颗牙的时候你也来了，你发现我能看见你的时候吓了一跳，我还请你喝酒冷静下来。”苏珊一边帮她解绳子一边说，“我们没时间了。”

“他是谁？”

唉神努力把自己油乎乎的头发整理了一下。

“他啊，就是个神而已，”苏珊说，“名字叫比利尔斯。”

“你喝酒吗？”唉神说。

“问这个——”

“他想知道自己该不该讨厌你，”苏珊说，“神的事情嘛。”

“我不喝，”堇菜花说，“为什么要喝酒呢？我有蓝丝带的。”

唉神挑起眉毛看着苏珊。

“意思是说她是奥夫勒节制协会会员。”苏珊解释道，“他们定下誓约不沾酒精。我也不知道为什么。另外，奥夫勒是鳄鱼神。鳄鱼当然不去酒吧，鳄鱼都去水里。”

“一点也不沾酒精？”唉神问道。

“从不！”堇菜花说，“我爸爸在这方面非常严格！”

片刻后，苏珊觉得自己不得不挥手打断他们互相凝视的目光。

“能继续了吗？”她说，“好了。堇菜花，谁带你来的？”

“我不知道！我跟平时一样去收牙齿，然后我觉得好像有人在跟踪我，接着周围就一片黑暗，我醒过来的时候，我们就……你看到外头是什么样子了吗？”

“看见了。”

“总之我们到了这里，那个大块头扛着我，他们管他叫班卓。他不坏，就是有点……奇怪。应该说是……迟钝。他就看着我。其他都是大坏蛋。他们都给一个戴着玻璃眼的人望风。所有人都怕他。只有班卓不怕。”

“玻璃眼睛？”

“他穿得像个刺客，名字叫茗时。我觉得他们是想偷东西……他们花了很长时间把牙齿都装车运出去，弄得到处都是小牙齿……简直可怕。”唉神把她扶起来，于是她又对唉神说：“谢谢你。”

“他们在楼下画了个魔法阵把牙齿堆了起来。”苏珊说。

堇菜花惊讶得眼睛嘴巴都成了圆形，她整个脸看起来像是个粉色的保龄球。

“为什么？”

“我觉得他们是想控制小孩，用魔法控制。”

堇菜花惊讶得嘴张得更大了。

“很怕怕。”

很可怕，苏珊心想，应该说“可怕”才对，“怕怕”是幼稚的词，要我说，恐怕是在利用自己的脆弱给周围的男性留下良好印象。她知道自己这么想很不友好，而且会产生反效果。她也知道自己的判断多半没错，但是也没用。

“确实。”苏珊附和道。

“还有个巫师，戴着尖帽子！”

“我认为我们应该带她出去。”唉神的语气在苏珊看来太夸张了。

“好主意，”她表示同意，“我们走吧。”

猫眼靴子上的鞋带都断了。仿佛他突然被拎起来，鞋带被扯断了一样。

这让中戴夫非常担心。那味道也让人不安。塔的其他地方没有任何味道，但在这里却弥漫着一股蘑菇味。

他皱起眉头。中戴夫是个盗贼，是个杀人凶手，因此他道德意识还挺高的。他之所以不愿偷穷人，不光是因为穷人没东西可偷。要是必须伤害某人的话，他倾向于留下可以愈合的伤口。要是在行动中不得不杀人的话，他会尽力确保对方不太受苦，至少不要发出声音。

但这次的活儿让他很紧张。因为一般来说他根本不知道自己还会紧张。

每一件事都有不对劲的地方，他从骨子里不舒服。

现在猫眼就只剩下一双靴子了。

他拔出剑。

在他上面，蠕动的阴影渐渐退去。

苏珊慢慢朝楼梯的位置走去，她四处看了看，一眼看见了十字弓。

“所有人都出来，站在我能看见的地方。”桃子平静地说，“不准拿那把剑，女士，你会伤到自己的。”

苏珊想藏起来，但是失败了。一般而言，要藏起来是很容易的，她下意识地就能隐蔽，有时候后果还挺尴尬的。她随随便便读书的时候，人们会到房间里来找她。可是在这个地方，她无论如何都不能躲起来。

“你不是这个地方的主人。”她退后几步。

“对，但你看见这把十字弓了吗？我是这把弓的主人。你到我面前来，好吗，我们一起去见茗时先生。”

“抱歉，我要检查一些东西。”比利尔斯说。苏珊惊讶地发现他居然弯下腰摸了摸箭尖。

“喂！你干什么呢？”桃子后退了几步。

“就摸一下。痛感肯定是普通感官的一部分吧，”唉神说，“我警告你，我很有可能是不死之身。”

“可是我们不是啊。”苏珊说。

“不死之身，哈？”桃子说，“那我直接射中你的脑袋，你也不会死？”

“那样的话……我应该会觉得疼……”

“好。那你就一直走吧。”

苏珊尽量不动嘴唇小声地说：“万一出事了，你们两个就往楼下跑好吗？就算发生了最坏的情况，马会带你们离开这里。”

“万一出事？”唉神低声说。

“照我说的做。”苏珊说。

桃子在他们身后东张西望，他知道此时要是有其他人出现感觉会好很多。抓到人质让他觉得轻松不少。

苏珊从眼角看到有东西在楼梯外侧的扶手处移动。有那么一瞬间她觉得仿佛看到金属利刃的反光。

她身后还有喘气的声音。

拿着十字弓的那个人一动不动地站着，盯着对面的楼梯。

“啊，不——”他低声说。

“怎么了？”苏珊问。

他盯着苏珊：“你也能看见？”

“仿佛很多刀刃在咔嚓咔嚓响的那个东西吗？”苏珊问。

“啊，不，不……”

“它刚出现了一小会儿。”苏珊说。

“现在走了，”她继续说，“去别处了。”她又补充了一句。

“是剪刀怪……”

“是谁啊？”唉神问道。

“不是谁！”桃子勉强恢复理智厉声说道，“没有剪刀怪这种东西，懂吗？”

“嗯……对，你小时候吃手指头吗？”苏珊问，“我只知道剪刀怪是人们用来吓唬小孩的。他们说，它会跑出来——”

“住嘴住嘴住嘴！”桃子用十字弓狠命戳苏珊，“小孩就会相信这些胡说八道！我是大人了，对，我能用别人的牙给我开啤酒瓶——唉，神……”

苏珊听见了那个咔嚓咔嚓的声音，它很近很近了。

桃子闭上眼睛。

“我后面有什么东西吗？”他抖抖索索地问。

苏珊推开其他人，朝着楼梯底下用力挥挥手。

“没有。”她说。然后一行人赶紧离开。

“楼梯上有什么东西吗？”

“没有。”

“好！如果你们遇到那个独眼龙，跟他说钱自己收着就行！”

他说完转身就跑。

苏珊也转过身，剪刀怪就站在楼梯上。

它不是一个人形的怪物，它看起来像是个鸵鸟，又或者像是个后腿直立起来的蜥蜴，但总的来说是完全由很多刀刃组成的。每次它一移动，就有成百上千的刀刃发出咔嚓咔嚓的声音。

它长长的银色脖子弯下来，大剪子组成的头盯住苏珊。

“你不是要找我，”她说，“你不是我的噩梦。”

刀刃左右晃了晃，剪刀怪在思考。

“我记得你来找过泰拉，”苏珊上前一步，“因为有个傻瓜前任家庭教师跟她说小女孩吃手会被怪物剪掉手指，你还记得吧？记得那个拨火棍吗？那次过后你肯定有很多地方都需要打磨……”

怪物低下头，小心翼翼而且尽可能礼貌地从苏珊身边绕过去，咔嚓咔嚓地顺着楼梯追赶桃子去了。

苏珊朝着塔顶跑去。

西德尼在自己的提灯上装了一片绿色的滤镜，然后用顶端带有祖母绿的银色棍子按下去。锁的某个装置动了一下。门里面传来呼呼的声音，然后有什么东西咔嗒响了一下。

他松了口气，跌坐在地。有人说受到绞刑威胁的话人能够超乎寻常地集中精神，但是和被茗时监视着相比，绞刑威胁不过是安眠药而已。

“我，呃，这是第三个锁了，”他说，“绿光是开锁的关键。我想起莫格尔大厅那个神奇的锁头，只能用中轴向的风才能打开，虽然——”

“我承认你很专业，”茗时说，“另外还有四个呢？”

西德尼紧张地看了看在一旁沉默不语的大块头班卓，然后舔了一下嘴唇。

“嗯，当然，如果我没猜错，这些锁都需要特定条件打开，嗯，万一这些锁只能……嗯，举例来说，只能被拿着老鼠的金发小孩打开？只能在星期二打开？只能在下雨天打开？”他试着说，“那我们有可能花费数年时间。”

“你能够搞清楚这些咒语的本质吧？”茗时说。

“是的，是的，当然能，”西德尼赶紧挥手，“我就是搞清楚了本质才打开了这一个锁。反转魔术，当然，只要有时间。”

“我们有很多时间。”茗时说。

“可能需要更多一些的时间，”西德尼斗胆说，“这个过程非常、非常、非常……困难。”

“哎呀，要是对你来说太困难，你就早说呀。”茗时说。

“不！”西德尼惊叫起来，然后努力控制自己的情绪，“不，不，不，我可以……我肯定很快就能打开——”

“真是太好了。”茗时说。

巫师学徒低下头。门缝里冒出来一丝雾气。

“你知道门里面有什么吗，茗时先生？”

“不知道。”

“啊，好吧。”西德尼悲伤地看着第四个锁。当旁边有茗时这样的人在场的时候，你会发现自己的记忆力好得惊人。

他紧张地看了茗时一眼，“不会再有暴力死亡了吧？”他问，“我实在受不了暴力死亡的情景了。”

茗时安慰地攀着他的肩膀说：“不用担心，我很支持你呢。暴力死亡只是最后的手段。”

“茗时先生？”

茗时转身看到中戴夫走过来。

“塔里还有其他人。”他说，“他们抓走了猫眼。我也不知道是怎么抓走的。我让桃子守住楼梯，但是找不到铁丝网了。”

茗时回头看了一眼西德尼，那巫师学徒正以强烈的求生欲疯狂捣鼓第四个锁。“你跟我说这个干什么？我花了很多钱雇你们这些大块头就是为了处理这种事情啊。”

中戴夫张张嘴想说点什么，但是说出口的却是：“啊，对，但是我们在这里对付的究竟是什么呢？是麻烦老头，还是吓人怪？还是别的东西？”

茗时叹了口气。

“我认为应该是牙仙的雇员。”他说。

“塔里那几个人不像仙子，”中戴夫说，“他们像是平民。另外地面似乎裂开把猫眼吞进去了。”他想了一下又改口说，“是天花板裂开。”他许久未用的想象力勾画出一个恐怖的场景。

茗时走到楼梯上往下看，遥远的塔底部那堆牙齿看起来像个白色的圆点。“那女孩也不见了。”中戴夫补充道。

“真的？我觉得我是说要杀了她。”

中戴夫犹豫了一下。莉莉白大妈向来教自己的儿子们要像对待贵重易碎品一样敬重女性，如果他们行为有所不敬又恰好被老妈那敏锐的雷达发现，那就会被狠狠惩罚一顿。就算隔着三个房间老妈也能听见你在干什么，对于半大孩子来说这简直太可怕了。

这种事情是会留下阴影的。莉莉白大妈肯定教育成功了。至于说其他人呢，要是任何人阻碍他们挣大钱，他们都不介意表达自己的反对意见。但是对于茗时要他们杀死没用的人一事，大家嘴上不说却都很反感。这不是专不专业的问题。刺客才在乎专不专业。这里重点是你要做什么事情和不做什么事情。杀死一个女孩是你不会去做的那种事。

“我们以为……嗯，你不会知道……”

“她没用了，”茗时说，“很少有人有用。”

西德尼赶紧翻看自己的笔记本。

“总之，这地方就是个迷宫——”中戴夫说。

“很不幸，确实是。”茗时说，“我确信他们能找到我们。不过不能指望他们有什么壮举。”

堇菜花和唉神快步跑下楼梯。

“你知道怎么回去吗？”堇菜花问。

“你不知道？”

“我记得是有……一处软的地方。如果你走到那里就会知道自己可以穿过去。”

“你知道在哪里吗？”

“不知道！我从来没来过这里！而且我们来的时候他们往我头上套了个袋子！我只负责把枕头底下的牙齿拿出来！”堇菜花说着哭起来，“我刚拿到清单，才培训了五分钟，他们就问我收每星期十便士的梯子钱。我知道威廉·鲁宾小朋友那事是我的错，但是他们自己也说了，把所有牙齿都拿上——”

“呃……什么错？”比利尔斯想催她跑快点。

“因为他睡觉的时候把头放在枕头下面，然后他们确实又给了我钳子，而且没人说过不该——”

她的声音的确挺可爱的，比利尔斯心里说，只是调子有些奇怪，感觉像是在跟一支笛子说话。

“我们还是快点到外面去吧，”他比画了一下说道，“免得那些人听见我们。”

“你负责哪方面的神灵工作？”堇菜花问。

“呃……嗯，我……做点这个做点那个……嗯……”比利尔斯顶着剧烈的头疼思考该如何作答。很快他想到了答案，是那种喝多了之后才会觉得不错的答案。虽说喝酒的是其他人，不过得出这个答案的却是比利尔斯。

“我其实是个体经营的神。”他尽可能轻松愉快地回答。

“神怎么能个体经营？”

“啊，这个嘛，你看啊，如果其他哪个神想要度假之类，我就去顶班。对，这就是我的工作。”

接着他又很不明智地把自己这段瞎话添油加醋了一番。

“没错，我很忙的，忙得脚不沾地。大家都争相雇用我，你想都想不到。他们一心血来潮就请假一个月，变成大白牛或者天鹅之类的东西，然后说：‘哎哟，比利尔斯老兄，我不在的时候你照应一下好吗？回答一下祈祷之类。’我真是一刻也不得闲，根本不敢拒绝工作委托。”

堇菜花很崇拜地睁大了眼睛。

“你现在在顶谁的班呢？”她问道。

“嗯，是……现在是宿醉之神……”

“宿醉还有神啊？真可怕！”

比利尔斯看了看自己那身皱巴巴脏兮兮的长袍。

“我觉得这个……”他含含糊糊地说。

“你不太擅长吧？”

“这还用你说吗。”

“你更适合当重要的神灵，”堇菜花不无敬佩地说，“我认为你适合当空眼爱奥或者命运之类的神灵。”

比利尔斯目瞪口呆地看着她。

“我一见到你就觉得哪里不对，”她继续说，“你不适应这样糟糕的小神灵。有你这样的小腿，你甚至能当上奥夫勒。”

“是吗？我是说……对，有时候是的。我得戴上假獠牙——”

这时候忽然有人拿剑抵住他的喉咙。

“怎么呢？”铁丝网说，“情人散步呢？”

“你！你放开他！”堇菜花喊道，“他是个神！你会后悔的！”

比利尔斯非常小心地吞了口口水。这把剑非常锋利。

“神啊？”铁丝网说，“什么神啊？”

比利尔斯又想吞口水了。

“这样那样的都有。”他模模糊糊地说。

“哼，”铁丝网说，“我真是大开眼界。所以我在这里必须特别小心才对啊？免得你用闪电劈死我啊？一整天都妨碍着我之类的——”

比利尔斯一动也不敢动。但是从眼角的位置，他确信自己看到一片阴影正沿着墙壁移动。

“天啊，闪电用完了吗？”铁丝网冷笑着说，“嗯，你知道不，我从没——”

忽然传来嘎吱一声。

铁丝网的脸离比利尔斯只有几寸远，唉神看见他忽然脸色大变。

那人瞪大了眼睛，嘴唇哆嗦着……

比利尔斯冒险后退一步。铁丝网的剑没有动。他站着不动，整个人轻轻发抖，仿佛想要转身看看背后有什么，但是又不敢转身去看。

就比利尔斯所见，不过是什么东西吱嘎了一声而已。

他抬起头看着前面不远处的东西。

“谁把它放在那里了？”堇菜花说。

那是个衣柜。深色橡木制成，上头粘着一些花哨的木质装饰品，以便掩饰这东西只是个直立木盒子的事实。它是个衣柜。

“那个什么，你不用丢个闪电，再说点什么吗？”堇菜花又问。

“哈？”比利尔斯看了看吓傻了的铁丝网，又看看那个衣柜，它很普通也很……古怪。

“我是说，闪电是S开头的词，衣柜是……”

堇菜花张张嘴却没发出声音。比利尔斯内心有一部分想的是：这女孩需要把脑子里别的功能全部关停才能想清楚字母顺序，不过我还是喜欢她。但是她喜欢的却是穿长袍的狡诈大人物，所以我还是别想这个事了。

但是他内心最主要的一部分想的是：这人为什么如此害怕一点小噪音？神仙（我自己）在上，那就是个衣柜而已！

“不，不，”铁丝网语无伦次地说，“我不想！”

剑咣当一声掉在地上。

他后退几步跑上楼梯，但是跑得很慢，仿佛全身肌肉都不听使唤一样。

“不想干什么啊？”堇菜花说。

铁丝网转了个圈。比利尔斯见过别人转圈。人转圈都挺快的，但是铁丝网转圈的样子就好像是一只大手抓着他的头，把他转了一百八十度。

“不，不，不，”铁丝网哀号起来，“不。”

他跌跌撞撞地走了几步。

“你们帮帮我。”他小声说。

“怎么了啊？”比利尔斯问，“只是个衣柜而已，对不对？你可以把旧衣服全都放进去，然后就没地方放新衣服了。”

衣柜门突然打开。

铁丝网想伸开双臂抓住衣柜门两边，他一动不动地站了片刻。

然后突然就被拖进了衣柜里，接着门砰地一下关上。

一把黄铜小钥匙在锁眼里咔嚓转了几圈。

“我们得把他放出来。”唉神说着走上前。

“为什么？”堇菜花问，“他们不是好人！我见过这个人。他给我拿吃的的时候，对我有……一些暗示。”

“对，但是……”比利尔斯透过镜子看到一张前所未见的脸——铁丝网看起来万分恐惧。

他转动钥匙想打开门。

“唉天啊……”

“我不想看！我不想看！”堇菜花在他背后看着。

比利尔斯弯腰捡起摆在衣柜中间的一双靴子。

然后又小心地把靴子放回去，接着绕衣柜转了一圈。柜子背后是胶合板做的，角落里还印着“德拉特里父子店，费卓路，安卡-摩波”

字样，墨水有点褪色了。

“是魔法吗？”堇菜花紧张地问。

“我不知道，魔法物品上还会印上厂商名字吗？”比利尔斯说。

“确实有魔法衣柜，”堇菜花紧张地说，“你钻进去之后，就会走到一个魔法世界。”[1]

比利尔斯又看了看那双靴子。

“嗯……是哦。”他说。

我认为必须告诉你一些事情。死神说。

“是啊，我也觉得你该说，”瑞克雷回答，“我这里有各种小怪物满地乱跑，吃袜子吃铅笔，今晚早些时候，我们还给一个人调了醒酒剂，那人自称是宿醉之神。我们这里一大半的巫师都在哄快乐精灵开心。我们认为圣猪老爹出事了，我们说对了吗？”

“是小六说对了，校长。”庞德纠正道。

小六？什么小六？

“呃……小六认为——小六计算出——今天在信仰方面发生了巨大变故。”庞德说。虽然具体情况不明，但是庞德隐约觉得死神不喜欢会思考的非生物。

小六先生非常机敏。圣猪老爹他……死神停顿了一下，没有合适的人类词语可以表达，**某种意义上来说他是死了。但准确来说也不是死了……神不会被杀死，不会被彻底杀死。我们可以说，他被严重减损了。**

“嗯，神嘛！”瑞克雷说，“谁想杀死那个老头呢？”

1　此处影射著名儿童魔幻文学《纳尼亚传奇》系列。故事中四个小孩子走入一个魔法衣柜，进入了另一个世界。——编者注

他也有敌人。

“他怎么了？爬烟囱失手了？”

每个生物都有敌人。

“什么，每个都有？”

对，每个都有。强大的敌人。但是这一次他们太过分了。他们利用人类。

“他们是谁？”

是一些认为宇宙里只能有石头绕圈的存在。你听说过审计员吗？

“庶务长做过一些审计——”

不是财务方面的审计员，是现实的审计员。它们认为生命是宇宙中的污点，是瘟疫，是混乱，必须清除。

“为什么要清除？”

为了让宇宙更高效运转。

“我以为宇宙是为了我们……嗯，为了应用学教授而存在的，我们都是沾他的光。”瑞克雷挠了挠自己的下巴，“再说只要没有那群该死的学生整天跑来跑去，我也能把大学管得非常好。”

确实。

“他们想消灭我们？”

他们希望你们不要那么的……该死，我忘记那个词怎么说的了。不要那么的虚伪？圣猪老爹就是这种……死神打了个响指，那声音在屋里回荡。**这种刻意撒谎的代表？**

“虚伪？”瑞克雷说，“我？我诚实极了，就像今日白昼最长一样诚实！嗯？这次又怎么了？”

庞德拉了拉他的袍子，在他耳边低声说了几句。瑞克雷清清嗓子。

“有人提醒我今天是一年中白昼最短的一天，”他说，“但是这不会影响到我刚才提出的观点，不过我还是要感谢同事提出宝贵意见，感谢他随时准备彻底纠正一切错误甚至鸡毛蒜皮也不放过的品格。我是个无比诚实的人，先生。大学委员会议上说的那些都不算数。”

我是说人类整体意义上的虚伪。呃……比如说非要说宇宙是这样而不是那样。

“这倒是难住我了，”瑞克雷说，“算了，你为什么要送礼物？”

总有人要送啊，这是很重要的。他们必须看见，然后才能相信。在黎明前必须有足够多的人相信圣猪老爹才行。

“为什么？”瑞克雷问。

这样太阳才能升起来。

那两个巫师呆呆地看着他。

我不开玩笑。死神说。

此时忽然传来一声恐怖的尖叫。

“好像是庶务长，”瑞克雷说，“他刚才还没事呢。”

让庶务长尖叫的那个东西，就躺在他卧室的地板上。

是个人。他死了。活人绝不会有那种表情。

已经有别的巫师在屋里了。瑞克雷挤进人群。

“唉，神啊，”他说，“瞧瞧这张脸！好像是被活活吓死的啊！到底怎么了？”

“嗯，”院长说，“据我所知，庶务长打开衣柜就看到这人在柜子里。”

“真的吗？可怜的老庶务长也没那么吓人吧？”

“不是的，校长。那个尸体就直接扑到他身上了。”

庶务长站在角落里，脸上全然是平时那种脑震荡后的愉快表情。

“你还好吗，老哥？”瑞克雷问，“1276的11%是多少？”

“140.36。”庶务长回答。

“啊，好着呢。”瑞克雷开心地说。

“这是怎么说的呢，”不确定性研究会主席说，“能算算数不代表他就正常啊。”

“不需要正常，”瑞克雷说，“他就负责数字。这家伙虽然有点疯，但是我仔细检查过了，他就是学校的傻仆人之一。”

“不是仆人，”院长耐心地说，“他是专家之一，瑞克雷。”

“无所谓了。反正他这样的人能告诉你一百年前冈月的第一天是星期几——”

“星期二——”庶务长说。

“——却不会自己系鞋带，”瑞克雷接着说，“尸体在他衣柜里干什么呢？你们不准说‘躲猫猫’，或者其他类似的冷笑话。自从巴克比校长那件事之后，学校就再没有过尸体装在衣柜里的情况了。”

“我们当时都警告巴克比那把锁太坚固了。”院长说。

“我有点奇怪啊，大半夜的庶务长为什么要打开衣柜呢？”瑞克雷说。

巫师们都不说话了。

院长回答：“我们……在玩沙丁鱼游戏，校长。”

“什么游戏？”

“类似躲猫猫，但是你找到某人之后就必须跟他挤在一起躲着。”院长解释道。

“容我问个明白啊，”瑞克雷说，“我的高级巫师们，深更半夜的，在一起玩躲猫猫？”

“没有一直玩，”不确定性研究会主席说，“之前我们在玩‘老奶奶走路’和‘我是小间谍’玩了好久，后来资深数学家生气了，因为我们都说他把‘枝形吊灯’写错了。”

“你们，在玩小孩的游戏？”

院长凑近他耳语。

"是史密斯小姐，我们不参加的话她就哭。"

"史密斯小姐又是谁？"

"那个快乐精灵，"近代如尼文讲师气鼓鼓地说，"只要有一点不答应她，她的嘴唇就像盘装果冻一样抖起来了。简直讨厌。"

"为了让她不哭我们只好一起玩游戏，"院长说，"一个女人居然能这么死气沉沉。"

"我们不快乐她就哭，"不确定性研究会主席说，"资深数学家还给她表演杂耍了。"

"他不会杂耍啊！"

"所以她才高兴了一点。"

"你们是说，众位巫师们半夜折腾，玩小孩的游戏，就是为了哄一个丧气的精灵开心？"

"呃……是啊。"

"你们之前拍着手说自己相信有精灵，对吧？"瑞克雷说，"我说得没错吧。"

"我们只是信那些闪亮亮的小精灵，"讲师操着一口近代如尼文回答，"不信那些穿着松垮垮的毛衣外套，袖子里揣了七八条手帕的精灵。"

瑞克雷又看了看那个尸体。

"你们谁认识他吗？我觉得他像是个地痞流氓。话说，他的靴子哪儿去了？"

院长从衣服口袋里掏出一个小玻璃方块，在尸体周围检查了一圈。

"秘子读数很高，各位，"他说，"他是通过魔法过来的。"

他又掏了掏那人的衣兜，从里头掏出一些白色的小东西。

他说了一声："呸。"

"牙齿？"瑞克雷说，"什么人会揣着牙齿到处走？"

“可能是他很不擅长打架？”不确定性研究会主席说，“我去找莫多来把他搬走吧，好吗？”

“可以通过秘子计读数的话，也许小六可以——”瑞克雷说道。

“够了，瑞克雷，”院长说，“不借助那个该死的思考磨坊我们也还是能解决问题的。”

死神抬头看着小六。

一个用于思考的机器？

“呃……是的，先生。”庞德·斯蒂彭斯说，“是这样的，当你说……嗯，是这样，小六相信一切……但是，那个啥，太阳还是会升起来的，对吗？它的工作就是每天升起来。”

安静点。

庞德后退几步，赶紧离开了房间。

蚂蚁在管子里爬行。钝齿轮旋转着。连接着羊头骷髅的大轮子发出吱嘎吱嘎的声音在慢慢转动。在这一连串的过程中，老鼠吱吱叫着。

怎么样了？死神说。

片刻后，那支笔开始书写。

+++大型红色杠杆时间。+++疑问。+++

不。他们说你会思考。如果人类不再相信有圣猪老爹，逻辑上来说会有何结果。太阳会再次升起吗？回答。

小六花了几分钟时间。轮子转动。蚂蚁奔忙，老鼠吱吱叫。煮蛋器倒计时。它毫无目的地蹦了几下，然后忽然一抖回到起点。

小六写道：+++太阳不会升起。+++

正确。如何阻止此事发生？回答。

+++正常且持续的信仰。+++

很好。思考机，我要给你一个任务。

+++是的。我在写入记忆区准备好了一个位置。+++

那是什么?

+++你可以说：记在骨子里。+++

好。给你的指令是这样的。相信有圣猪老爹。

+++是的。+++

你相信吗？回答?

+++是的。+++

你……相……信吗？回答。

+++是的。+++

小六那堆乱七八糟的管子发生了一点变化。巨大的轮子吱嘎吱嘎地转入新的位置。墙的另一边传来蜜蜂忙碌的嗡嗡声。

很好。

死神转身准备离开房间，但是小六飞快地开始写东西，他停下脚步回去看那纸上写了什么。

+++亲爱的圣猪老爹，圣猪节礼物我想要……

不。你不能写信——死神想了想，然后说，**你可以写，对吧。**

+++是的。我有资格给圣猪老爹写信。+++

死神等着它写完，然后拿起那张纸。

你是个机器，机器不会想要什么东西。门把手也是个很复杂的机器了，它就不想要任何东西。

+++凡事都要争取。+++

你说得也对。死神说。他想起了黑色背景上的小小红色花瓣，接着又继续读那张纸条。

这些东西很多我都不懂。我觉得袋子大概也不懂。

+++真抱歉。+++

不过我们可以认真想想有什么可以给你。死神说，**说真的，今天**

晚上忙完了我肯定会累垮。送礼物比收礼物困难得多。他在口袋里找了好久，**我看看……你几岁了？**

苏珊手扶着剑柄跑上楼梯。

庞德·斯蒂彭斯当初惊恐地发现，自己作为一个巫师，居然在等待圣猪老爹到来。人对自己的角色定位总是很奇怪的，他们总是根据自己的经验主动设置各种条条框框，结果当宇宙轮盘赌把什么东西塞到他们眼前时，他们就惊讶不已。他们会说：事已至此，我，一个普通的鱼市批发商，居然要控制一架大型客机，因为机组成员都去吃香芒鸡了，谁想得到呢？或者：事已至此，我，一个家庭主妇，今早只是出门去参加幼儿园联合会的跳蚤市场，结果买到了一百万被盗现金，还遇到了一个肉鸡自由委员会的帅哥。太神奇了！或者：事已至此，我，一个普通冰球运动员，忽然发现自己是神之子，在南加州一个小授权公社有着五百个死心塌地的追随者，想不到吧？

此时苏珊想的是：事已至此，我，一个非常讲求实际的家庭教师，反着计算加法比绝大部分人正着计算加法都快得多的人，现在居然在爬一座牙齿形的塔，塔的主人是牙仙，我还拿着一把属于死神的武器……

再说一遍！我希望有一个月，一个月就行啊，不发生任何这些奇奇怪怪的事情。她听见上面有些声音，有人在说锁的事情。

她从楼梯的边缘往上看。

那上头仿佛是有人在露营似的。有好些箱子和几个睡袋。两个人坐在箱子上看第三个人捣鼓那弧形墙壁上的一扇门。其中一个人非常高大，苏珊见过类似的大块头，那些人都是大胖子，漏风的衣服和肌肉下头藏着大量脂肪。另一人……

“你好啊，”她耳边忽然冒出一个快乐的声音，“你叫什么名字？”

苏珊慢慢转过头。

她首先看到的是一只闪闪发光的灰色眼睛，接着那只有着细小瞳孔的黄白色眼睛也进入她的视野。眼睛周围是一张友善的粉白色面庞，头上顶着卷卷的头发。那人真的长得挺好看，有点孩子气，只不过两只形态各异的眼睛露出一种很奇怪的神情，似乎在说这模样是从别处偷来的。

她伸手想拿剑，但是对方抢先一步，将剑从她腰带上拿走了。

苏珊想夺回自己的剑，但是对方挡住她，同时不大高兴似的说：“啊啊，哎呀，我的天。白色骨头把手，毫无品位的骷髅和骨头装饰……这是死神本人第二喜欢的武器吧？我说得对吗？唉，我的天！不愧是圣猪节啊！所以你一定是苏珊·斯托-赫里特，贵族，我得鞠个躬。”他说着往后跳了几步，“不过你做了很不好的事情啊——”

楼上传来咔嗒一声，接着捣鼓门的那个巫师激动地喘了口气。

“耶！太好了！左手使用木头镊子！这个简单！”

他发现苏珊在看着自己，不禁紧张地咳嗽了一声。

“呃，我打开了第五个锁，茗时先生！没问题！就是按照‘巫德利神秘学秩序’来的！傻子知道了都能打开。”

“我知道。”茗时嘴里说着，眼睛还盯着苏珊。

“啊……”

有些声音严格来说是听不见的，不过苏珊还是听见那位巫师的脑子在飞速运转。因为他深知茗时不会在没用的人身上浪费时间。

“……有……精妙……有趣，”他慢吞吞地说，“对，很复杂。我，呃，我看看第六个……”

“你怎么知道我？”苏珊问。

“简单，”茗时回答，“《特乌尔普贵族全谱》上看的。你的家族格言：Non temetis messor，不收获葡萄酒。我们上课必须学的，你知道吧。梅里塞特把那书叫作《草场指南》。不过这个笑话只有他一个人笑。对，我知道不少你的事情。你父亲很有名。他总能很快走完很长的距离。你外公……说真的，那句格言，真的没问题吗？当然，他不可怕，对吧？你觉得呢？”

苏珊想要隐身，但是没能成功。她感觉到自己依然尴尬地保持着实体状态。

“我不知道你在说什么，”她说，“你又是谁？”

“抱歉。我叫茗时，乔纳森·茗时。愿意为你效劳。”

苏珊在脑子里认真排列了一下这几个音节。

“是说……喝茶的那个时间？下午四点左右？”她问道。

“不。我说的是米——英——斯——希，”茗时说，“我说得很清楚，别想用这种办法惹我生气分散我的注意力。我只对重要的事情生气。西德尼先生，进展如何了？如果是按照巫德利神秘学秩序的话，第六个应该是铜和蓝绿色的光。除非还有其他诡计……”

“呃，正在处理，茗时先生——”

“你以为你外公会来救你吗？你觉得他会来吗？他的剑在我手里了，你看。我在想——”

楼上又传来咔嗒一声。

“第六个好了，茗时先生！”

“是啊。”

“呃……我现在就开始处理第七个吗？”

“好啊，你方便的话。关键应该是纯白的光。”茗时依然盯着苏珊，“不过现在不重要了。不管怎样谢谢你。你帮了大忙。”

“呃……”

“你可以走了。”

苏珊看见西德尼连书和工具都不要了，扭头就冲下楼梯。他可能觉得自己肯定会被叫住，于是决定要跑得比声波还快。

“你们来这里就为了这种事吗？”她说，“来偷东西？”对方打扮得像个刺客，而有一个办法肯定能让刺客生气，“像盗贼一样？”

茗时激动地跳了几步，“盗贼？我？我不是盗贼，女士。不过如果我当盗贼的话，我会从众神那里偷火种。”

“我们已经有火了。”

“众神肯定也有火的升级版了。总之我不是，那些人才是盗贼。普通的劫匪，正经的小偷，不过可能他们的吃相不太好看。那位是中戴夫，那个大块头是班卓。他会说话哦。”

中戴夫朝苏珊点点头。她看着中戴夫的眼睛，也许有一些她能利用的东西……她需要一些东西。但现在她头发也乱七八糟的。她不能让时间停下来，不能融入背景中，就连头发都不听话了。

她成了普通人。在这里，她忽然成了自己期待已久的普通人。

简直，太糟糕了。

西德尼边祈祷边跑下楼梯。他其实不信任何的神，因为大部分巫师都不鼓励学生信神，但是此时他无比热切祈祷着，任何无神论者听到都会希望他的祈祷是错的。

不过没有人喊他回去。没有人追赶他。

于是他那长期处于亚临界状态的畏惧心情之下的思路猛地转了个弯，他放慢了脚步免得自己摔倒。

此时他忽然注意到，脚下的楼梯不是他们来时那种光滑的白色，而是变成了大块坑坑洼洼的石板。光线也变得不一样了，接着楼梯彻底不见了，他跌跌撞撞地来到一片平地上，那里本该是台阶才对的。

他伸手摸了摸地上的碎砖块。

过去的幽灵忽然袭来，他明白自己在哪里了。他在锥石老太那所破学校里。他妈妈希望他学会读书写字，将来成为巫师，但他妈妈同时也觉得五岁小男孩留一头长卷发很可爱。

罗尼·詹克斯正在操场上晃荡。

成年人的理智告诉他，罗尼不过是个蠢笨顽固的七岁小孩，该长脑子的地方多长了些肌肉而已。但是孩子的眼睛却看得更仔细些，西德尼吓得像是看到了一个人形的地震一样，罗尼一只鼻孔里满是恶心的东西，两个膝盖上都结着疤，两个拳头圆鼓鼓的，仅有的五个脑细胞仿佛在咕噜咕噜作响。

唉，神啊。罗尼当年就藏在那棵树后面。那棵树和西德尼记忆中的一样又大又险恶。

但是……万一不知怎么回事他又到那棵树后面去了，西德尼知道，自己可能还是很瘦，但绝对比此时的罗尼·詹克斯高大很多。没错，众神在上，他肯定要狠狠踢那小坏蛋的裆部——

这时候一片阴影挡住了太阳，他忽然意识到自己顶着一头的卷发。

茗时若有所思地看着那扇门。

“我觉得应该去打开它，”他说，“费了这么多功夫……”

“你利用小孩子的牙齿控制他们。”苏珊说。

“你这么一说，听起来真奇怪啊，”茗时回答，“对你来说这是交感巫术吧。你觉得你外公会来救你？不会的……我觉得他来不了。他到不了这里。我认为他不能到这个地方来，所以他才派你来，是这样的吧？”

“当然不是！他——”苏珊不说话了。当然是呀，她暗自说道，同时也觉得自己有点傻。当然是外公派她来的，他在研究人类啊。作为一个会走路的骷髅，外公是很聪明的……

但是……茗时有多聪明呢？茗时知道自己聪明，不过他太得意所以没有意识到死神——苏珊想到了这个问题，她不能让茗时从她的眼神里看出端倪。

“我觉得他不会来，”苏珊说，“他不如你聪明，茗时先生。”

“是米——英——斯——希，”茗时下意识地纠正道，“真是的。”

“你认为你能就这样全身而退？”

“哎呀，居然真的有人这样说啊？”茗时突然凑到她身旁，“我已经全身而退了。圣猪老爹死了。这只是个开始。当然我们会继续收牙齿。因为充满各种可能性——”

一阵雪崩般的轰鸣从远处传来。班卓醒了，他动了动腿脚。他那双大手原本是放在膝盖上的，现在慢慢抬了起来。

“怎么了？”他说。

茗时没说话，一时间似乎很迷惑。

“什么怎么了？”

“你说再也没有圣猪老爹了。”班卓站起来，看上去就好像两块大陆相撞处升起一座小山。他双手依然扶着膝盖。

茗时看着他，然后看了看中戴夫。

“他知道我们在干什么吧？知道的吧？”他问，“你告诉他了吧？”

中戴夫耸耸肩。

“必须要有圣猪老爹，”班卓说，“一直都是有圣猪老爹的。”

苏珊看了看脚下。雪白的大理石上出现了灰色斑点。她现在站在一片灰色之中。班卓也是。而茗时周围的灰点正不断弹跳着，仿佛一大群马蜂围着果酱转。

寻找某个东西。苏珊心想。

“你不相信圣猪老爹吧，不信吧？”茗时又问，“你是个大孩子了嘛。”

“是啊，”班卓说，“那‘再也没有圣猪老爹了’是什么意思？”

茗时指指苏珊。

“她干的，”茗时说，“她杀了圣猪老爹。”

如此厚颜无耻的发言让苏珊大为震惊。

“我没有，”她说，“他——”

“就是你！”

“不是我！”

“就是你！”

班卓的大光头转向苏珊。

“圣猪老爹怎么了？”他说。

“我认为他没有死，”苏珊说，“茗时害得他生了重病——”

“有什么关系呢？”茗时蹦蹦跳跳地跳开，“班卓，这件事完成了之后，你想要多少礼物就能有多少礼物。相信我！”

“必须要有圣猪老爹，”班卓嘟哝着说，“不然就没有圣猪节了。”

“圣猪节只不过是个太阳历的节日，”茗时说，“是——”

中戴夫站起来。他一只手握着剑。

“我们走了，茗时，”他说，“我和班卓走了。我一点都不喜欢这件事。我不介意抢劫偷盗，但是你这样不诚实。班卓，马上跟我走。”

“那再也没有圣猪老爹是怎么回事？”班卓继续问。

茗时突然指向苏珊。

“抓住她，班卓。全都是她的错！”

班卓扑向苏珊，但立刻又停下脚步。

“我们妈说不能打女孩子，”他又嘟哝起来，“不能扯她们头发……”

茗时那只完好的眼睛翻了个白眼。他脚下那些灰色的点仿佛是在石头里煮沸了一样跳跃着，随着他的脚步移动。班卓周围的灰点也是一样。

赶紧找，苏珊心想，找到一个突破口。

“我觉得我认识你，茗时，”她尽可能拿出班卓会喜欢的可爱的声音，“你是所有人都害怕的疯小孩，对吗？”

“班卓？”茗时厉声说，“我让你抓住她——”

“我们妈说了——”

“你就是那种整天疯笑的小孩，学校恶霸也不敢惹你，因为他们敢动你一下，你就会发疯一样又踢又咬，”苏珊说，“你是那种不懂得朝猫扔石头和把猫丢进火里有什么区别的小孩。”她很满意地发现茗时正瞪着她。

“闭嘴。”他说。

“我知道，绝对没有人愿意跟你玩，”苏珊说，“你不是没朋友的小孩。小孩子虽然表达不出来，但他们知道你这样的人——”

“我叫你闭嘴！班卓，抓住她！”

就是这样，她从茗时的声音里听出了那个东西。他的声音前所未有地出现了起伏。

苏珊看着他的脸继续说：“那样的小男孩，看着娃娃的衣服……”

“我没有！”

班卓似乎很担忧。

“我们妈说了——”

“你妈妈去死吧！”茗时大声说。

随着一阵钢铁的摩擦声，中戴夫拔出剑。

“你刚才说我们妈什么？”他低声说。

现在他要专心对付三个人了，苏珊心想。

“我敢打赌，从来都没有人跟你玩。”她说，“我敢打赌，有很多事情大家都不跟你说，对吧？”

“班卓！照我说的做！”茗时尖叫起来。

那个大块头的家伙现在已经来到苏珊身边了。她可以看到班卓不知如何是好，苦恼得脸都皱起来了。他那双巨大的拳头握起又松开，嘴唇一动一动的，仿佛正在自己脑子里进行着激烈的辩论。“我们……我们的妈妈……我们的妈妈说了……”

灰色的斑点在地板内不断聚集，形成一片灰色的阴影，而且正以惊人的速度变得更黑更高。它的高度很快超过了那三个人，并且形成了一个人形。

“你们几个讨厌鬼又干坏事了？”

那个大高个子的女人俯看着他们是哪个，她肉乎乎的手里握着一个比胳膊还粗的桦树枝子。

那人影咆哮起来。

中戴夫抬头看着莉莉白大妈巨大的脸庞，每个毛孔看起来都像是地下洞穴的入口，每颗棕黄的牙齿都像是墓碑。

“你让她遇到危险了？对不对，戴维？”

他赶紧后退，“没有，妈妈……没有。”

“你该被好好打一顿了，班卓。你又欺负女孩子了？”

班卓吓得跪倒在地，泪水接二连三地落下。

“对不起，妈妈，对不起，对不起，妈妈，不要啊，妈妈，对不起，妈妈，对不起，对不起——”

那人影又转向中戴夫。

他连剑都握不住了。脸就好像融化了。

中戴夫也哭起来。

“不，妈妈，不，妈妈，不啊啊啊啊，妈妈——”

他哇啦哇啦哭着跪倒在地，抓着自己的胸膛，然后就消失了。

茗时笑起来。

苏珊拍拍他的肩，想在他转过头的瞬间狠狠打他一巴掌。

她计划是这样的。但茗时速度更快，一把就抓住了她的手腕。苏珊的手仿佛是撞上了铁棍。

“唉，不行啊，”他说，“我不希望这样。”

苏珊从眼角看到班卓正爬向自己哥哥先前所在的位置。莉莉白大妈消失了。

“这地方让人精神错乱，对吧？”茗时说，“它想方设法找你的弱点对付你。嗯，我被我内在的童心感动了。”

他伸出另一只手抓住苏珊的头发把她的头往下扯。

苏珊尖叫起来。

“真是很有趣。”他低声说。

苏珊忽然觉得他松手了。忽然传来黏糊糊的撞击声，仿佛是棍子敲在什么厚实的地方。茗时转身背对她走开。

“不能扯女孩头发，”班卓低沉的声音说道，“那样很坏。”

茗时跳起来，像杂技演员似的稳稳停在楼梯栏杆上。

然后他拔出那把剑。

在塔的光芒中，剑刃完全是隐形的。

“看来故事讲的是真的，”他说，“薄得你根本看不见。我肯定会很喜欢它。”他朝班卓和苏珊挥舞那把剑，“真的很轻。”

“你不敢用它。我外公会来找到你。”苏珊朝他走去。

她看到茗时一只眼睛抽搐了一下。

“他会找到每一个人。而我会做好准备迎接他。”茗时说。

"他是个一根筋的人。"苏珊靠得更近了。

"啊，我喜欢他。"

"也许吧，茗时先生。"

茗时将那把剑一挥，苏珊根本没时间躲避。

当他第二次挥剑的时候，她甚至没打算要躲避。

"在这里用不了。"她说，茗时惊讶地看着那把剑，"在这里那把剑的剑身根本就不存在。这里没有死亡。"

她说着扇了茗时一巴掌。

"你好啊，"她愉快地说，"我内心可是个保姆呢。"

她没有揍他。只是伸出胳膊，抓着他的下巴，把他从栏杆上拖下来。

茗时翻了个筋斗。苏珊不知道他是怎么办到的。总之他就凭空翻转了一圈。

他的手抓住了苏珊的胳膊，苏珊脚下一滑，整个人被掀翻吊在栏杆外头。苏珊另一只手抓着栏杆——但是她怀疑栏杆可能承受不住他们的重量。

茗时抓着她的胳膊吊着，同时若有所思地看着上面。他嘴里咬着那把剑的剑柄，另一只手伸向自己的腰带——

有一个问题飞速冒出来："他会不会疯得连抓着他的苏珊都要杀死？"苏珊立马想到了这个问题的答案。苏珊狠狠地踢下去，踢中了他的耳朵。

她衣袖上的布撕裂了。茗时想换只手抓住她。苏珊又踢了下去，裙子也撕破了。那一瞬间他两手空空，但依然是一副想要解决复杂问题的表情，他就这样掉了下去，旋转着越变越小……

他撞上那一堆牙齿，那些牙像弹珠一样四散飞去。茗时抽搐了一下……

消失了。

一只像香蕉串一样的手把苏珊从栏杆上拉了回来。

“打女孩会让你陷入大麻烦，”班卓说，“不能欺负女孩子。”

他们身后传来咔嗒一声。

那几扇门都开了。冰冷的白雾涌到地板上。

“我们妈——”班卓想要把事情想明白，“我们妈刚才在这里——”

“是的。”苏珊说。

“但那个不是我们妈，因为他们把我们妈埋了——”

“是的。”

“我们看着他们往墓里填土什么的。”

“是的。”苏珊说。她在心里补上一句，你肯定看见了。

“戴维又去哪里了呢？”

“呃……别的什么地方吧，班卓。”

“好地方吗？”那个大块头犹豫着问。

苏珊抓住这个说实话的机会——至少不是完全地说谎话。

“可能是。”她说。

“比这里好？”

“谁都不清楚。但有人说那个地方好像确实比这里好。”

班卓那双粉色的小眼睛看着她。这个三十五岁的男人此时看起来仿佛是一大团粉色的云里冒出来的一张五岁小孩的脸。

“那就好，”他说，“他又能见到我们妈了。”

这对话似乎让他十分劳累，于是他坐下了。

“我想回家。”他说。

苏珊看着他脏乎乎的大脸，无奈地耸耸肩，掏出一张手帕伸到他嘴边。

“吐口水。”她说。班卓照办。

她把最脏的地方擦了擦，然后把手帕塞到他手里。

“好好擤鼻涕。”她说着，小心地退到班卓的鼻涕范围之外，等着那阵冲击消失。

“手帕你留着吧，”她非常真诚地说，“衬衣塞进裤子里。”

“好的，小姐。”

“现在下楼去把那堆牙齿扫到圈里。你能做到吗？”

班卓点头。

“你要做什么？”苏珊又问。

班卓集中精神回答：“把牙齿扫进那个圈里，小姐。”

“很好，去吧。”

她看着班卓下楼，然后回头看着那白色的门。她很确定巫师只打开了六扇门。

门后面那个房间是纯白的，在脚边环绕的雾气变得死气沉沉，她自己的脚步声也消失了。房间里有一张床，是一张很大的四柱床，床很旧了，满是灰尘。

她以为床上没人，但是却发现床上的枕头堆里躺着一个身影。看上去像是个戴睡帽的虚弱老太太。

老太太转过头朝苏珊笑了笑。

“你好啊，亲爱的。”

苏珊不记得自己的祖母。她爸爸的母亲在她很小的时候就去世了，而妈妈那边……嗯，根本就没有外祖母。但这样的祖母却是她想要的。

然而她脑子里顽固又现实的那个部分说：这样的祖母根本不存在。

苏珊觉得自己听见了小孩子的笑声。接着又有别的小孩在笑。在她几不可闻的地方，有小孩在玩耍。那种笑声总能让人感到愉快且平静。

当然，前提永远是你别听见具体内容。

“不。”苏珊说。

那位老太太问：“你说什么呢，亲爱的？”

“你不是牙仙。”唉，天哪……她居然还盖着一床拼布的被子……

“我就是啊，亲爱的。”

“唉，祖母啊，你的牙齿为什么那么大……哎呀，你连披肩都有，我的老天。”

“我不知道你在说什么，小可爱——”

“你忘了安乐椅，”苏珊说，“我一直觉得应该有安乐椅……”她身后传来噗的一声，接着传来慢吞吞的嘎吱嘎吱声。她不用回头就知道是怎么回事了。“要是再加上一只玩毛线团的小猫，你肯定就应付不来了。”苏珊严肃地说着拿起床边的烛台。这烛台感觉确实很重。

“你不是真的，”她毫不动摇，“这地方不是由披着大披肩的老太太管理的。你是我想象出来的。这是你保护自己的手段……你在大家脑子里东找找西找找，找出能利用的东西——”

苏珊将烛台用力一挥。烛台从床上那老太太的身影之中穿了过去。

“果然。”她说，“你不是真的。”

“我是真的啊，亲爱的，”老太太说着外貌忽然变化起来，“但烛台是假的。”

苏珊看着床上那个新的东西。

“得了吧，”她说，“这个确实可怕，但是吓不到我。这个也不行。”那东西不断变化形状，“不，我也不怕我爸爸。唉，你没办法了，是吧？我喜欢蜘蛛。我不怕蛇。狗？不怕。老鼠挺好的。我喜欢老鼠。抱歉，有人怕那东西吗？”

她一把抓住那个东西，这一次它不再变形了。它看起来像是个瘦小干瘪的猴子，巨大的眼睛深深地凹陷，眉骨则像阳台一样突出。它毛发很长，是灰色的。它在苏珊手里不停地挣扎，呼哧呼哧地喘气。

“我什么都不怕，”苏珊说，“不过我生起气来很吓人。”

那东西不动了。

它小声说：“我……我……”

苏珊把它放下来。

“你是个吓人怪，对吧？”她说。

苏珊一松手，那东西就缩成一团坐在了地上。

“……不，我是那个吓人怪……”它说。

“那个吓人怪是哪个？”苏珊问。

“那个吓人怪。”吓人怪说。苏珊看着它干瘦的身影，灰白细软的毛发，骨头几乎从皮肤里支棱出来……

“第一个吓人怪？”

“我……那时候……我记得大地上景物很不一样。冰，很多很多的……冰。还有……那个你们叫什么来着？”那东西又喘了口气，“……地面，大岛……都不一样……”

苏珊坐在床边。

“你是说大陆吧？”

“全都不一样。”那双凹陷的黑色眼睛看着她，接着那个吓人怪突然站起来挥舞双臂，“我住在黑暗的洞穴里！我看到树的影子！你听说过……原始呼叫[1]吗？那是在冲着我叫！我曾经……”它又缩成一团咳嗽起来，“然后……那个东西，你知道吗，那个东西……全是亮光，很明亮……你可以拿着的那个光亮，热乎乎的小太阳，接着就

1 叫作“原始呼叫”（Primal Scream）的事物有：一支英国摇滚乐队、一本哲学书、哈佛大学考试周午夜的裸奔活动、一张爵士乐专辑、一部科幻电影，等等。大概都是对“那个吓人怪”叫的。

没有黑暗了，只有影子，然后你们制造了斧子，斧子砍倒了森林，然后……然后……”

苏珊挪了挪位置说：“世界上有很多吓人怪。”

“藏在床底下！躲在衣柜里！但是……”它努力吸了口气，“如果你当年……见过我……当时那些人跑到洞穴里画他们的狩猎场景……我可以在他们脑子里咆哮……吓得他们把肠子都要拉出来……”

“这些老把戏都失传了。”苏珊严肃地说。

“……嗯，后来其他的也来了……他们不懂高水平的恐惧。他们只知道黑暗小角落。”那个吓人怪虽然是在低声说话，但也不忘加上讽刺语气，“我当年就是黑暗！我是……第一个！结果现在我也跟他们一样了……吓唬女仆，让奶油变质……在树桩底下一躲就是一年……有一天夜里，我忽然想……这是为什么？”

苏珊点头。吓人怪不聪明，它们的脑细胞想要从头骨一侧跳到另一侧的话会花费很长时间，因此这个存在主义之不确定性的问题肯定也想了很长的时间。但是——外公也有类似的想法。你跟人类在一起混得太久了，就不再是人类想象中的样子，而是有了自己的模样。比如伞和银色的梳子……

“你心想：这一切有什么意义呢？”苏珊说。

“……吓唬小孩……躲在暗处……然后我就观察他们。在冰川时期其实没有真正的小孩……只有大的人类和小的人类，没有小孩……小孩……小孩脑子里有一个不一样的世界……在他们的头脑，过去就是现在。过去，一切都还年轻的时候。”

“你从床底下爬出来……”

“我守着他们……不让他们受伤害……”

苏珊努力不发抖。

“那牙齿呢？”

“我……哦，你不能把牙齿随便乱放，乱放的话任何人都能拿到，就会做一些可怕的事情。我喜欢小孩，我不希望任何人伤害小孩……”它激动起来，“我从来都不想伤害小孩。我就是看着，我把所有的牙齿都安全保存起来……然后，然后有时候我就坐在那里，听它们的声音……”

吓人怪继续唠唠叨叨地说着。苏珊既尴尬又惊讶地听它说，但也不知道是该同情它还是打断它，打断它似乎也可以。

“……那些牙齿……它们记得……”

吓人怪有些发抖。

“钱呢？”苏珊问，“我从没见过有钱的吓人怪。”

“……钱到处都有……埋在洞里……古代宝藏……沙发后面……攒多了……就投资……牙齿的钱很重要，是魔法的一部分，可以保证牙齿安全，说明牙齿来路正当，否则就是偷的……我给它们每一个都加了标签，都安全保存起来，然后……然后我老了，就雇了人……”牙仙偷偷笑了一下，苏珊忽然有点同情住在洞穴里的古代人。吓人怪继续激动地说：“反正他们什么都不问，对吧？你给钱，他们就把自己的工作干了，什么都不问……”

“这份工作很重要啊。”苏珊说。

“我……然后他们就来……偷东西……”

苏珊服了它了，旧神灵做新的工作。

“你看起来状态不好。”

“……谢谢你……”

“你是不是病了。”

“……我太老了……那些人太难对付。”吓人怪有气无力地说，“……你……在这里不会死，只会变得非常老。”吓人怪喘着气说，“听听那个笑声……”

苏珊点头。那声音很远，她听不清内容，只是遥远的说笑声，仿佛是走廊另一端传来的。

“……这个地方……是围绕着我长起来的……”

“那些树，”苏珊说，“还有天空，都是孩子们想的……”

“……我要死了……小孩们……你必须……我……”

吓人怪消失了。

苏珊坐了一会儿，听着远处的说话声。

信仰的世界就像牡蛎，她心想，一个小垃圾跑进来，结果围绕着这东西长出一颗珍珠。她站起身下楼。

班卓不知从哪里找到了一把扫帚和一把拖布。圈里头什么都没有了，班卓居然主动小心地把粉笔的痕迹也洗掉了。

“班卓？”

“在，小姐。”

“你喜欢这里吗？”

“这里有树，小姐。”

大概就是“喜欢”的意思吧，苏珊心想。“你觉得这里的天空有问题吗？”

班卓疑惑地看着她。

“没问题，小姐。”

“你会数数吗，班卓？”

他很得意地说。

“是的，小姐。我会数手指，小姐。”

“你可以数到多少？”苏珊继续问。

“十三，小姐。”班卓骄傲地说。

她看着那双大手。

“天哪。”

嗯，有何不可？他块头很大，又值得信任，他还有别的人生可选吗？

“我觉得你可以继续干牙仙的工作，班卓，这主意不错吧。”

“没问题吗，小姐？牙仙不介意吗？”

“你……可以一直干到她回来。”

“好的，小姐。”

“我会……我会找个人来帮你，直到你适应。食物会用车子运进来。你不能让别人骗你。”她看着班卓那双手，然后又看看他下半身，又看着班卓这座小山的顶部，最后补充了一句，“不过他们应该不会骗你。”

“是的，小姐。我会把这里收拾干净，小姐，嗯……”那张粉红色的大脸看着她。

“什么事，班卓？”

“我可以养个小狗吗，小姐？我之前养过小猫，小姐，但是我们妈嫌它脏把它淹死了。”

苏珊忽然想起了一个名字。

“小狗名字叫斑斑吗？”

“是的，小姐，就叫斑斑，小姐。”

“我觉得它很快就会来了，班卓。”

他似乎对这句话深信不疑。

“谢谢你，小姐。”

“现在我必须走了。”

“好的，小姐。”

她回头看了看那座塔。死神的地盘是一片漆黑，当你身处其中的时候，会知道自己绝不会遭遇任何危险。你处在危险以外的地方。但是这里……

你长大之后只会害怕符合逻辑的东西。贫穷。疾病。被坏人盯上。至少你不会被楼梯下面的什么东西吓得发疯。这个世界没有乱七八糟的光和阴影。美好的儿童世界？儿童世界肯定不是成年人世界的缩小版，它更像是将成年人的世界用大号粗体字重新写了一遍。每一件事物都……更多，更多的一切。

她让班卓继续打扫，然后离开了这个永远阳光普照的世界。

比利尔斯和堇菜花快步追上她。比利尔斯拿了根树枝像棍子一样挥舞着。

“不需要那个了。”苏珊说。她只想睡觉。

“我们讨论了一下，决定回来帮忙。”比利尔斯说。

“啊，民主的勇气。”苏珊说，“他们都走了。去了该去的地方。”

比利尔斯心怀感激地放下棍子。

“不是那个——”他说。

“对了，你们两个也可以帮上忙，”苏珊说，“里面现在乱七八糟的。去帮帮班卓吧。”

“班卓？”

“他……现在基本上是他负责这个地方。”

堇菜花笑了。

“但是他——”

“他负责这里。”苏珊疲倦地说。

“好吧，”比利尔斯说，“总之，我们应该可以告诉他该做什么——”

“不！有太多的人告诉他该做什么。他知道该做什么。你们帮他适应这份工作就好，行吗？但是你……”

“如果圣猪老爹回来了，你就会消失，对吗？”这个问题苏珊问不出口。

“我，嗯，我决定不干以前的工作了，”比利尔斯说，“呃……我继续帮别的神顶班。”他可怜兮兮地看了苏珊一眼。

“是吗？”苏珊看了看堇菜花。哦对，要是她相信比利尔斯的话，至少……可能有用。谁都说不准。

“好的，”她说，“那祝你工作开心。我回家了。这个圣猪节可真麻烦。”

她在河边找到冰冰。

审计员焦急地挤作一团。它们这个种族，每次出现什么重大错误需要立即纠正的时候，它们就会凑在一起找个背黑锅的人。

一个说：它是……

它不说话了。审计员总是集体生活，因此要找替罪羊就比较麻烦。事情都明白了。毕竟，如果每一个人都有责任的话，那就是谁都没错了。这就是集体责任的意思嘛。是运气不好之类的意思。

另一个说：很不幸，人们想错了。会有人来问我们。

一个说：死神呢？毕竟他也参与了。

一个说：准确来说不算。

一个说：得了吧。他把那个女孩也卷进来了。

一个说：呃……不。她是自己参与进来的。

一个说：对，但是他告诉她……

一个说：不。她没有。事实上他还特别强调不能——

它停了一下，该死！

一个说：另一方面……

其他几个袍子转向它。

什么？

一个说：没有证据，没有书面的东西，只是几个人类突发奇想去了牙仙的地盘。这件事很不幸，但和我们无关。我们当然很惊讶。

一个说：还是有圣猪老爹。有些事情会被人注意到。旁人会提出问题。

它们在半空中飘了一会儿，谁都没说话。

最后一个说：我们可能要……它停了一下，那个词即使是想一想都很令人厌恶，但它还是继续说出来了……

冒险。

床，苏珊心想，此时雾气从她身边飘过。早晨还需要一些正经的人类东西，比如咖啡、粥之类的。还有床，真正的东西——

冰冰停下脚步。苏珊盯着它的耳朵，然后催它继续前进。它叫了一声，但是没有移动。一只骷髅的手抓住缰绳。死神出现了。

还没有结束。还有一些别的事情要做。他们还在折磨他。

苏珊一下子没了干劲。“什么事？哪些人？”

往前走。我牵马。死神也骑上马，环抱着她拿起缰绳。

苏珊说：“我去了——”

是的，我知道，控制信仰。死神说，马又向前走，**只有思路很简单的人才能想到。这种魔法很古老了，基本上不算是魔法。要让几百万小孩不相信圣猪老爹，这个办法太简单了。**

“你在干什么呢？”苏珊问道。

我也要完成我预定的工作。我留了一点余地。一百万张有煤灰脚印的毯子，一百万个装满礼物的袜子，每个屋顶都有雪橇痕迹……再怎么不信圣猪老爹的人都没办法否认。阿尔伯特说他此后很多天都不想再喝雪利酒了。但至少圣猪老爹有回归的位置。

“我现在该做什么？”

你要把圣猪老爹带回来。

“哦，是吗？为了和平和善意以及仙子铃铛的叮当声，所以要带他回来吗？谁管那么多呢。他只是个搞笑的胖老头，在圣猪节让大家开心而已！我干了这么多事，就为了让一个老头溜进孩子们的卧室？”

不。是为了让太阳能再次升起。

“圣猪老爹和天文学有什么关系？”

旧神做了新工作而已。

资深数学家没有参与宴会。他让一个女仆把食物拿到他的房间去，他在自己的房间里才能完全放松，才能在突然和异性单独相处时觉得自在，才能想干什么就干什么。比如可以在裤子上擦鞋，用一只指甲掏另一只指甲。

“再来点酒吧，格温多琳？几乎不含酒精的。”他说着靠近快乐精灵。

“好啊，我不介意，顾问先生。”

“哦，叫我贺拉斯就好了。你的小鸡要吃点什么吗？”

“她好像跑到别的地方去了。”快乐精灵说，“我担心，我觉得我是个很无聊的人……”她重重地擤了一下鼻子。

“我可不这样想。”资深数学家说。他真希望自己能有时间打扫房间，至少要把犀牛填充标本里那些令人尴尬的脏衣服拿出来。

“大家都很善良，”快乐精灵说着又擦擦泪汪汪的眼睛，“那个不断对我做鬼脸的瘦子是谁？”

“那是庶务长。你为什么——”

“不管怎么说，他看起来很快乐。”

“因为他吃了干青蛙丸，他吃了一大把呢。”资深数学家轻蔑地说，“我说，为什么不——”

“天啊，没毒吧？”

“要是有毒的话他就不会吃了。”资深数学家说，“你怎么不再喝杯酒呢，然后……然后……”他忽然想到一个很不错的主意，“然后……然后……我可以带你去看看鲍威尔校长纪念室。那个天、天、天、天花板很有趣。哎呀，真的有趣。”

“好啊，”快乐精灵说，“你认为那个纪念室能让我高兴起来吗？”

“能啊，一定能，”资深数学家说，“绝对能！很好！那我就，呃，我就去……就去……我就……”他朝自己更衣室的方向胡乱挥挥手，然后单脚跳着，“我就去，嗯……就……去……”

他冲进更衣室嘭的一声关上门，在衣帽架和挂钩之间疯狂搜寻。

“袍子弄干净，”他低声说着，“洗洗脸，洗洗袜子，梳梳头发，免剃须洗涤剂在哪里——”

门的另一边传来快乐精灵擤鼻涕的可爱声音。而门的这边则是资深数学家的低声尖叫，因为他又急又闻不清楚味道，结果脸埋进护理脚部的松节油里了。

在他头顶某处，有个胖小孩手里拿着弓和箭，背上还长着一对完全不符合空气动力学原理的搞笑小翅膀，小孩趴在紧闭的窗户上徒劳地扑扇着翅膀。那扇窗户上的霜花是一个帅气的奥利恩女士形象。旁边那扇窗户上则是花瓶里的向日葵形状的霜花。

大厅里的桌子已经塌了。宴会的传统是虽然有很多道菜，但是每个巫师都会按照自己的节奏出席宴会，这个传统是为了防止速度慢的人拖大家后腿。只要愿意他们吃两轮也行，如果有人特别喜欢汤，他也可以等一个小时，然后等到鱼上来之前再开吃。

“你感觉怎么样啊，老兄？”院长说。他正坐在庶务长旁边，

“继续吃干青蛙丸了吗？”

“我，呃，我，呃，不，我还好。”庶务长说，“当然，我非常非常震惊，那时候——”

“很遗憾，那可是你的圣猪节礼物。”院长说着递给他一个小盒子，盒子发出沙沙的声音，“你可以打开看看。”

“哦，真是太好了——”

“这个是我送给你的。”院长说。

“真是可爱——”

“我自己花钱买的，你知道吧。”院长轻轻挥了一下火鸡腿。

“包装纸很漂亮——”

“花了一块多钱呢，容我补充一句。”

“我的天——”

庶务长拆开包装纸。

“这是用来装干青蛙丸的盒子。你看，上面写着‘干青蛙丸’呢，看见了吗？”

庶务长摇了摇。“真好啊，”他轻轻地说，“里面已经装了一些干青蛙片了呢。真是贴心。立刻就能用上。”

“是的，”院长说，“我从你的梳洗台上拿来的。毕竟我花了一块多钱呢。”

庶务长感激地点点头，把小盒子整齐地放在盘子旁边。今天晚上他们允许庶务长用刀。除了平时那些木勺子扒拉着吃的东西以外，他们还允许他吃别的东西。

他紧张又期望地看着近处的那个烤猪，同时将餐巾牢牢地垫在下巴处。

“呃，抱歉，斯蒂彭斯先生，”他有点发抖，“麻烦你把装苹果酱的瓶子给我——”忽然间庶务长面前的半空中传来一阵布匹撕裂一样的声音，接着似乎有什么东西撞上了烤猪。烤土豆和油溅得到处都是。猪嘴里那个苹果猛地弹出来砸到庶务长额头上。

他眨眨眼睛看着下面，发现自己险些把叉子插到一个人头上。“哈哈哈！”他小声笑着，眼睛都发光了。

周围的巫师惊讶得打翻了碗盘。

“他就这样凭空掉下来了！”

“他是刺客吗？不是刺客行会的学生恶作剧吧？”

“他为什么拿着一把没有刀刃的剑？”

“他死了吗？”

“死了吧！”

“我还没吃那个鲑鱼奶油冻呢！你去看看好吗？他的脚在那里头！食物到处都是！你想来点吗？”

庞德·斯蒂彭斯从人群中挤过去。他很了解自己这群老资历同僚，他们觉得自己能派上用场的时候，就好比是给溺水的人再浇一杯水。

“让他呼吸点新鲜空气。”他大声说。

“我们怎么知道他需不需要空气？”院长说。

庞德把耳朵贴在那人胸口。

“他没呼吸了。”

“呼吸咒语，呼吸咒语，”不确定性研究会主席低声说，“呃……斯波尔特的直路面罩可以吗？我觉得这个咒语是写在某个地方的——”

瑞克雷从众位巫师中挤过去，扯了扯那个黑衣人的腿。然后把他倒竖起来，用力拍了拍他的后背。

他看着众人惊讶的目光。“以前在农场上干过这个活儿，”他说，“这样可以救小羊羔。”

“哦，好吧，真是的，”院长说，“我不——”

那具“尸体”发出半是咳嗽半是窒息的声音。

“你们让开点！”校长吼道，空着的那只手一扫，在桌上腾出一片空地。

“喂，我还没吃那个对虾呢！”近代如尼文讲师说。

“我都不知道我们还有对虾，”不确定性研究会主席说，“有人，我没说具体是谁，院长，把它推到软壳蟹后面去藏着自己吃了。简直穷酸。”

茗时睁开眼睛。总的来说他就是在瑞克雷眼皮底下复活的，那情景仿佛宇宙瞬间被一颗巨大的粉色行星占据了。

“抱歉，打断一下。”庞德低头看着笔记本，“这对自然哲学的进步来说是极端重要的。你看见了亮光没有？有没有闪亮的隧道？有没有过世的亲人来和你说话？哪个词语最适合描述……”

瑞克雷把他推开。

“这是干什么呢，斯蒂彭斯先生？”

“我真的需要跟他谈谈，先生。他经历了濒死体验。”

“我们都有。那种体验叫‘活着’，”校长简洁地说，“给这倒霉孩子倒杯酒，把你那个作死的铅笔拿走。”

“嗯……这里就是幽冥大学了吧？”茗时说，“你们都是巫师？”

“你躺着别动。”瑞克雷说。但是茗时抬手摸了摸腰间。

“我有一把剑。”他低声说。

“哦，掉地上了。”院长说着捡起来，“看起来好像——这是我干的？”

巫师们惊讶地看着桌子被削掉一大块。不知道什么东西把桌上的一切都切开了，包括木头、布、盘子、餐具、食物全都切开了。院长发誓他看到烛火也被那看不见的刀刃切成了两半，蜡烛芯似乎觉得这样不体面，于是火焰又合起来。

院长抬起手，其他巫师纷纷后退。

“空中似乎有一条很细的蓝色的线。”院长好奇地说。

“抱歉，先生，”茗时说着从他手中拿过剑，“我肯定是晕过去了。”

他说完跑出大厅。

“他不会走太远，”近代如尼文讲师说，“正门用斯波德校长戒律锁起来了。”

“拿着一把能切开任何东西的剑，还说走不远。”瑞克雷说话间只听见外头传来木头倒下的声音。

“不知道那是什么啊？”不确定性研究会主席说着，注意力又转回到剩下的食物上，“至少这一大块肉切得很好。”

“噗、噗、噗——”

大家转过身。庶务长手挡在面前。叉子被切掉之后光滑的切面在众位巫师面前闪亮。

“很高兴他的礼物这么实用，”院长说，“重要的是心意。”

在桌子下面，幸福的蓝鸡往庶务长靴子上拉了泡屎。

有一些……敌人。死神说。冰冰正从冰山上跑过。

“他们都死了——”

别的敌人，你可能也知道。在海洋王国的最深处，那里没有光，但是生活着一种生物，它们没有脑子没有眼睛也没有嘴。这种生物什么都不做，就只是活着，伸展着猩红色的花瓣，然而周围没有任何东西能够看见。明明没有任何东西能看见，却是猩红色的。它们不过是黑夜中一个小小的“是”。但是……但是……它们也有敌人，对它们来说是凶恶的敌人，不折不扣的恶意，它们的敌人不光想杀死它们，还希望它们从未存在过。你听明白我的意思了吗？

“还行，但是——”

很好。现在，先想一下它们对人类的看法。

苏珊很惊讶。外公的语气一向和石头一样冰冷平静，她还从未听过他用别的语气说话。然而现在他的语气有些尖锐。

“他们是什么？”她问。

我们要快点。没多少时间了。

“我以为你一向时间很充足。我是说……不管你是要阻止什么事情，你都可以回到过去，还能——”

还能扰乱时间？

“你以前这样干过……”

这一次是其他人在扰乱时间。它们没有权力这么做。

“什么其他人？”

它们没有名字，姑且称之为审计员吧。它们管理着整个宇宙。它们负责让重力起效，让原子旋转之类，总之就是原子的那些事。它们讨厌生命。

“为什么？”

确实很……离谱。本来绝对不该发生这件事才对。它们喜欢石头，喜欢石头沿曲线运行。它们最讨厌的就是人类。死神叹了口气，**它们缺乏幽默感。**

“圣猪老爹为什么——”

你之所以是人，是因为你有信仰。不管好坏都包括在内。

雾气分开。陡峭的山峰环绕着他们，积雪的反光照亮了周围。

“这些山看起来好像骨头城堡。”她说。

它们就是骨头城堡，死神说，**某种意义上确实就是。**他回到了自己知道的地方。一个很古老的地方……

冰冰在积雪上慢慢跑着。

“我们在找什么？”苏珊问。

你看见就知道了。

“雪？树？有什么线索吗？我们到这里来做什么？”

我跟你说过。是为了确保太阳再次升起。

“太阳当然会升起来！”

不。

“没有任何魔法能阻止太阳升起。”

我真希望自己和你一样聪明。

苏珊非常烦恼地看着下面，她看见了某个东西。

雪白的背景上出现了黑色的阴影，那些影子奔跑着似乎是在追赶什么东西。

“有人……在追什么……”她说，“我看到一些动物，但是不知道它们在追什么——”然后她看到雪地上有什么东西在动，那是个模糊的黑影，一边躲闪一边滑行，但总是看不清楚。冰冰一直下降，马蹄几乎踩在松树上，树被它踩弯了。一阵轰隆隆的声响从身后的森林里传来，随之而来的还有树枝断裂的声音和雪的气味。

降低到现在这个高度，苏珊可以看清楚了。那些都是很大的狗。它们追赶的猎物一时还看不清楚，那东西在雪地里躲闪，让积雪的树丛掩护自己。

忽然一堆雪裂开。一个很大很长的蓝黑色东西像一头巨鲸一样从雪中冒出来。

“是一头猪！”

野猪。它们把野猪赶到悬崖边。它们现在绝望了。

她听见那头野猪在喘气，狗都安静下来。

血从先前造成的伤口里流到雪地上。

“这头……野猪，”苏珊说，“是……”

对。

“他们想杀了圣猪老——”

不是杀死。他知道如何死去。嗯，对……以这个形态，他知道如何死去。他很有经验。但是审计员们想要结束他真正的生命，拿走他的灵魂，夺取他的一切。他们绝不能杀死他。

“那就阻止他们！”

你必须去。这是人类的事情。

狗的动向很奇怪。它们没有跑，却是在飘，它们以快得不可思议的速度穿过雪地。

“那些不像是真正的狗……”

的确不是。

“我能干什么？”

死神朝那头猪点点头。冰冰现在降落到和它差不多的高度，距离只有几尺远。现实逐渐出现。

“我不可能骑着它！”苏珊说。

为什么不能？你受过教育的。

“所以我知道猪不是让人骑的！”

观测证据积累起来也不会成为证据。

苏珊看着前面。雪原再往前就是断崖了。

你必须去，外公的声音出现在她脑海中，**他到悬崖边肯定会陷入困境。但是他必须脱身。明白了吗？这些不是真正的狗。如果它们抓住它，它不光会死，他会……不存在……**

苏珊跳下去。她在空中悬浮片刻，伸开双臂，袍子迎风招展……

接着她落在那头猪背上，仿佛是撞上了一个非常舒服的沙发。野猪颠簸了一下，然后立刻站好。

苏珊抓住它的脖子，脸贴着它尖锐的鬃毛。她感觉到它的热量，那感觉仿佛骑着一个火炉。

它散发着汗味、血的味道以及猪的味道。很浓的猪的味道。

前面没有陆地了。

野猪在悬崖边缘的积雪中一个急转弯，几乎要把苏珊甩出去，接着它面对那些猎狗。他们面前有一大群狗。苏珊很熟悉狗。她家里养了很多狗，几乎到了用狗代替了地毯的程度。但眼前这些狗不是那些懒散的品种。

她脚跟夹紧，同时抓紧猪的耳朵，那感觉仿佛握着两条毛茸茸的毯子。

“左转！”她高喊着用力一拽。

她全心全意地下达命令。意思就是，要是不按时睡觉肯定会哭。

让她惊讶的是，那头猪吼了一声，朝悬崖的边缘一跳，迅速逃走了，猎狗慌忙转身追上去。

这里是一块山顶平地。平原四周全是悬崖，下山的路只有最简单最极端的一条。

狗再次飞行似的追到了野猪脚边。

苏珊看着周围那片灰色毫无特征的天空。肯定有某个地方，有某条路……

确实有。

那边有一块巨石，是一块巨大的刀状岩石，连接着这座平原和别处的山。那块石头非常窄，看起来仿佛一条狭窄的积雪悬在万丈深渊上。

但总比没有强。那一条积雪上没有别的东西。

野猪跑到悬崖边犹豫了一下。苏珊低下头，脚跟踢了踢这头猪。

它发出呼噜呼噜的声音，四蹄如同活塞一样飞跑，它冲向了那条狭窄的岩石。它飞奔着寻找一线生机，雪在它脚边飞溅。它一心只顾奔跑，动作算不上优雅，四条腿不停地扑腾，就像踢踏舞舞者在一座下降的楼梯上不停地往上爬似的。

“这就对了，这就对了，这就——”

野猪脚下一滑。那一刻野猪似乎只用两条腿站着，另外两条腿在结冰的岩石上扒拉。苏珊努力朝反方向倾斜，紧紧抓着野猪的脖子，脚下的深渊似乎要把她拉下去。

下面什么东西也没有。

她对自己说：他会接住我，如果我摔下去了他会接住我，如果我摔下去了他会接住我……

细碎的冰碴儿让她眼睛疼，野猪的脚拼命扑腾，几乎踢到她的头。

一个更年长的声音说：不，他不会的。如果我摔了也没有人来接住我。

野猪的眼睛近在眼前。她忽然明白了……

……在这双眼睛深处，最不同寻常的生物回应了她。在这双黑色的眼睛里，有人回望着苏珊……

她踩住一块岩石，以此为支点整个人拼命向上用力。一人一猪挣扎了片刻，接着猪站稳了脚根，继续沿着这条细长的岩石跑起来。

苏珊冒险往后面看了看。

那些狗依然以奇怪的姿态追赶着。它们跑的时候仿佛是在不断抽搐，似乎并没有真正运用肌肉，而是从一个地方飘到另一个地方。

那些不是狗，苏珊心想，只是有狗的外形。

野猪忽然脚下又一滑。雪飞溅起来。整个世界都颠倒过来。她感觉到野猪肌肉紧绷，形体发生了变化，接着他们随着冰块和岩石落进了无穷的黑暗中。

当他们落地时，苏珊被甩了出去，在深深的积雪里翻滚了几圈。她奋力挣扎，生怕接下来再次下落。

但是她没有下落，而是捡到了一根结冰的树枝。猪躺在不远处，大汗淋漓地喘着气。她站起来。这地方像是个小山，山上长着几片树林。

狗也跑下来，它们转着圈避免滑倒。

苏珊知道，它们可以瞬间就扑上来，就算骑着猪飞跑也躲不掉。她双手握住树枝用力一挥，树枝上冰晶碎裂，她用力挥舞这根棍子。

“来啊，”她说，“跳啊！你们挺厉害啊！来！”

其中一条狗扑上来。苏珊一棍子把它打翻，然后将棍子往上一扫，那条狗被举起来，然后扔了出去。

它抖了几下，然后嚎叫着消失了。

苏珊愤怒之余又有些胜利的喜悦，她跳了几步。

“这就对了！还有谁要来？还有谁？”

其他的狗都看着她，谁都不肯上前，一时间僵持不下。最终有一两条狗小心翼翼地试了试，它们转身，一边滑着一边想回到上面的平原上。

一个身影挡住它们的去路。

那身影不过是刚刚才出现，却仿佛是永恒地存在着一样。它仿佛是雪做成的，三个雪球竖着堆起来。眼睛是黑色的两点。更多的黑点凑出一个弧线组成尾巴，胡萝卜是鼻子。

胳膊则是两根树枝。

至少从稍远处看来像是胳膊。

其中一条胳膊上拿着弯弯的树枝。

一只披着湿乎乎的红纸片的渡鸦落在雪人胳膊上。

“噗，噗，噗？”渡鸦说，“冬至节快乐？啾啾啾？你还在等什么？等圣猪节？”

狗退开了。

雪从雪人身上落下，露出一个穿黑袍的枯瘦身影。

死神吐掉胡萝卜。

嚯。嚯。嚯。

那群猎狗绝望之余开始慌忙变形，它们灰色的身影变得模糊，如同涟漪一样扭曲起来。

你们就是忍不住。最后怎样呢？我看还是错了。

他握住镰刀。刀刃发出咔嗒一声。

生命总会钻进你的身体里。死神说着走上前，**当然这是比喻的意思。这个习惯改不了了。喘一口气根本不够用。你会发现自己还想接着喘气。**

一条狗在雪地里滑了一跤，它绝望地挣扎着，不想就此落入无尽的冰冷中。

你看，你越是挣扎就越接近活着……事实上我也是借着这一点才过来的。

领头的狗努力挣扎了一会儿，变成了一个灰色的人影，但很快又变成了其他形态。

恐惧，这也是重要的一点。死神说，**所有的感官都充分接受着世界的一切细节。跳动的心脏。流动的血液。你们怎么可能感觉不到？你们被打回原形了。**

审计员再次努力想要变回袍子的形状，它们想说：你不能这么做，有规矩的！

是的，有规矩。但是你们违反了规矩。你们竟敢违反规矩？你们竟敢！

镰刀的刀刃在灰色的背景下是一线细细的蓝色。

死神竖起一根枯瘦的手指放在本该是嘴唇所在的地方，他似乎陷入沉思。

现在还剩下一个问题。他说。

他抬起手，似乎是长高了。他的眼窝里闪耀着火光。当他再次说话时，山上开始雪崩。

你表现得乖还是不乖呢？

嚯。嚯。嚯。

苏珊听见那笑声渐渐消失。

野猪所在的雪地上现在被血染得一片鲜红。她跪下来扶起它的头。

它死了。眼睛里一片空洞。舌头吐了出来。

苏珊几欲哭泣。不过她内心有一小部分，家庭教师的那个部分说：她只是太累了，而且过于兴奋，是肾上腺素褪去的后果。她不可能为了一头猪哭泣。

但是她依然双手握拳捶打野猪。

“不，你不能死！我们可以救你！你不能死！”

一阵微风吹来。

有什么东西在远处的积雪之下动了动。古树的枝条轻轻晃动，落下些许冰碴儿。

太阳升起来了。

光芒像无声的旋风一样照在苏珊身上。她往后退了退，抬起胳膊护住眼睛。巨大的红色火球将冰封的树林照得一片闪耀。

冷冷的光芒照进群山深处，将每座山峰都变成了寂静而炫目的火山。阳光继续前进，填满了每一条峡谷，不可阻挡地沿着山坡上升……

一阵呻吟的声音传来。

原本是野猪所在的雪地上躺着一个男人。

他只围着一块缠腰布。又长又密的头发在背后结成乱糟糟的一片，头发里沾满血和油污，摸起来也十分油腻。他全身被狗咬到的地方都在出血。

苏珊看了一会儿，以头脑之外的某些东西思考了一下，然后认真从衬裙上撕下来一些布条包扎他的伤口。

真厉害，她内心有一小部分说道，紧急情况还能保持头脑清醒。

总之是某个清醒的东西吧。

可能是某种性格缺陷。

那人有文身。被血掩盖的蓝色螺旋图案遍布他全身。

他睁开眼睛看着天空。

“你能起来吗？”

他看着苏珊，虽然想要站起来，但还是摔倒了。

最终苏珊扶着那人坐好。他摇摇晃晃地攀着苏珊的肩膀，勉强站起来。苏珊努力无视他的臭味，其实那臭味之强已经接近物理意义了。

下山是最好的选择。虽然他的大脑似乎没在工作，脚却明白事理。

他们穿过冰封的森林，雪在阳光下呈现出一片明亮的橙色。冷冷的蓝色阴影聚集在低洼处，仿佛小杯子装着的冬天。

那个有刺青的男人在苏珊旁边发出咕噜咕噜的声音。他忽然跌倒，跪在地上，抓着自己的嗓子拼命咳嗽。他呼吸的声音好像拉大锯。

“这次又怎么了？怎么回事？怎么了？”

那人看了她一眼，继续拼命咳嗽。

“卡住了吗？”她大力拍打那人的后背，但是此时那人整个趴在地上，几乎喘不过气来。

苏珊双手绕到他胳膊下面，把他扶起来，然后拦腰抱住他。唉，神啊，接下来怎么做呢，她上过急救培训班，现在应该一只手握拳顶住他，一只手环绕拳头，用力推拉——

那人咳嗽了几声，一个东西弹到树上，接着落在雪地里。

她跪下仔细看了看。

原来是一颗小黑豆。

树梢上一只鸟被惊动了。苏珊抬头看，一只山雀朝她叫了几声，飞到了另一根树枝上。

她又回头看看，那人此时又不一样了。他穿上了厚重的毛皮衣服，戴着皮帽穿着皮靴。他拄着一根石头尖的长矛站着，看起来比之前强壮不少。

有个东西从树林里飞速跑过，除了一片阴影以外什么都看不清。苏珊只瞥见一只白色的野兔瞬间跳开。

她回头再看，发现那人已经不再穿着毛皮了，他看起来老了不少，但眼睛还是一样的。他穿着厚厚的白袍，看上去很像个僧侣。

鸟又叫起来的时候，她根本没去看。她此前以为此人是像翻书一样渐渐变换形态，但她明白自己搞错了。所有这些形象是同时共存的，连同所有其他的形象一样。你所见的样子取决于你看待他的方式。

对，这件事完成得很好，我很厉害，而且完全习惯这些事情了，她心想。不然我肯定会很烦恼……

此时他们已经到了森林边缘。

稍远处有一架原木做的粗糙雪橇，四头整装待发的大野猪站在雪橇前。在雪橇黑色的木头上刻着很多张脸，很可能是石头刻上去的，也可能是风和雨刻上去的。

圣猪老爹爬上雪橇坐好。刚才走最后一段路的时候，他长胖了不少，现在他就只是个穿红袍的大胖子，衣服上零散结着些许冰晶。偶尔霜花反光的时候隐约显现出他曾有过毛皮和獠牙。

他坐好，俯身从座位下摸出来一副假胡子，他疑惑地看着那胡子。

抱歉，苏珊身后有人说道，**那是我的。**

圣猪老爹朝死神点点头，这是一个手艺人对待另一个手艺人的态度，然后又朝苏珊点点头。她不知道这算不算感谢——也许是表示认同吧，因为有些事情必须要做，而且也做完了。但不是感谢。

他抖了抖缰绳，牙齿咔嚓一响，雪橇就出发了。

他们看着圣猪老爹离去。

苏珊心不在焉地说："我记得有个说法是，圣猪老爹穿红白外套是近代才发明出来的。"

不。是大家的记忆。

现在圣猪老爹已经成了峡谷对面的一个红点。

"嗯，穿这身衣服挺好。"苏珊说，"我有个问题，纯粹是出于学术兴趣啊……你确定我刚才是能活下来的，对吧？"

我很有信心。

"哦，好。"

死神过了一会儿才说：**我会把你拎起来的。**

"谢谢。那……要是我……"

要是你没有救他的话，会发生什么情况？

"对！太阳还是会升起来吧，对不对？"

不会。

"得了吧，你知道我不信这个。太阳会升起来是天文学的事实。"

太阳不会升起来。

她转向死神。

"今晚折腾太久了，外公！我累了，我想洗澡！别再说这些傻事了！"

太阳不会升起来。

"真的？那接下来又会发生什么呢，请问？"

一团燃烧的气团会照亮整个世界。

他们沉默地走了一会儿。

苏珊闷闷不乐地说："哼，文字游戏。我还以为你挺有文学素养呢。”

我一点文学素养都没有。人类才玩文字游戏。

“好吧，”苏珊说，“我又不傻。你是说人类需要……幻想，才能忍受生活。”

真的吗？类似某种粉色小药片吗？不。人类需要幻想才能成为人类，成为堕落的天使和进化的猿猴之间的状态。

“牙仙？圣猪老爹？小——”

对。你可以学着开始相信小谎言。

“可以相信大谎言吗？”

可以。公正、仁慈、责任，等等。

“不是一回事！”

不是吗？那你把宇宙磨成最细的粉末，然后用最细的筛子筛过，然后给我看看公正的原子、仁慈的分子。而你——死神挥挥手，**而你依然表现得仿佛有某种理念统辖整个世界似的，仿佛宇宙中有……有一些正确的东西，可以当作是公正一样。**

“但是人们必须相信这些，否则的话——”

我就是这个意思。

苏珊努力厘清思路。

宇宙中有个地方，两个星系互相碰撞了一百万年，死神忽然说，**你别告诉我那是正确的。**

“确实不太对，但是人们不这样想。”苏珊说，“某个地方有张床……”

对。星星爆炸，世界冲突，人类到宇宙中大部分地方去都会被冻死或者烧死，但是你们却相信……一张床是很普通的东西。这真是非常惊人的才智。

“才智？”

对啊。非常特殊的愚钝才智。你们是在脑子里想象出了整个宇宙。

“你把我们说得像是一群疯子，”苏珊说，“一张舒适温暖的床……”

不。你们必须相信很多不真实的东西。不然它们怎么能成为真实呢？死神说着扶她骑上冰冰。

冰冰升上天空，苏珊说：“那些山，它们是真正的山还是某种影子？”

是的。

苏珊知道这就是完整的回答了。

“呃……我在牙仙的地盘弄丢了剑。”

死神耸耸肩，**我再做一把就好。**

“你可以做吗？”

可以的。这下我有事情可做了。你别担心了。

资深数学家开心地哼着歌，再一次梳理自己的胡子，还洒了些香水，他自认为这是充满阳刚之气的好味道[1]，但其实是用于驱魔的臭鼬提取物。然后他走出书房。

他说：“抱歉，耽误了一会儿，不过——”

外面一个人也没有。只在很远很远处，有人在擤鼻涕，同时伴随着魔法褪去的微弱丁零丁零声。

一场打斗削去了艺术之塔的顶端，与此同时冰冰小步跑着停在育儿室的阳台边。苏珊下马站在新鲜的积雪上，一时不知如何是好。有人特意绕路送你回家，出于礼貌肯定要请他们进去坐坐，但是另一方面……

1　那确实是充满阳刚之气的好味道，不过是针对雌性臭鼬而言的。

你要来吃圣猪节晚餐吗？死神满怀希望地问，**阿尔伯特做了油炸布丁。**

“油炸布丁？”

阿尔伯特认为那个就是炸。我觉得他做的其实是果酱。他一直说炸……

“我……呃……他们真的需要我留在家里，”苏珊说，“盖特家有不少活动。他的生意朋友要来，可能一整天都……我必须照顾孩子们……”

必须有人看着孩子啊。

“呃……”苏珊放弃了，她问，“你要进来喝杯饮料吗？”

这时候喝杯热可可最合适了。

“好。壁炉架上的铁盒里还有饼干。”

苏珊松了口气朝小厨房走去。

死神坐在吱嘎作响的藤编椅子里，把一条毯子盖在腿上，饶有趣味地看着周围。他听见杯子叮当的声音，接着有人陡然深吸一口气，随即是一片沉默。

死神从铁皮盒子里拿了一块饼干。壁炉架子上挂着两个装满礼物的袜子。他以专业态度很满意地戳了戳那两只袜子，然后又坐回椅子里开始观察育儿室的墙纸。墙纸上印的好像是一些围着缠腰布的兔子，周围还有很多别的动物。他不觉得奇怪。有些时候死神会亲自去处理兔子的死亡，这是为了确保流程无误。不过他从没见过围缠腰布的兔子。他也不指望兔子会围缠腰布。他根本就不指望有缠腰布。至少，如果没有体验过人类所描述的宇宙的话，他肯定不指望有缠腰布。怎么说呢，总之没给兔子画上金表和高顶礼帽就谢天谢地了。

人类也喜欢跳舞的猪，还有戴帽子的小羊。目前为止，就死神所知，人类和猪、羊发生关联的唯一原因，就是为了肉排和酱汁。所以儿童室墙纸上的动物为什么要穿衣服，真的很令人费解。嗨，小朋友们，这些是你们即将吃掉的……他觉得自己要是能理解个中原因，一定能更进一步地深入了解人类。

他目光又飘向那扇门，苏珊的家庭教师外套及帽子挂在门后。外套和帽子都是灰色的。灰色，圆形，很无聊的样子。死神不太了解人类的精神世界，但是他还是能辨别出保护色。

无聊就是保护色，只有人类才发明得出这种东西。他们真是想象丰富。

门开了。

死神惊恐地发现，一个性别不明的小孩从卧室里出来，睡眼惺忪地走过来，取下壁炉架上挂着的袜子。她又往回走，走到一半的时候忽然看到了死神，于是停下来很疑惑地看着他。

死神知道小孩能看见自己，因为他们还没有发展出那种方便的选择性无视能力，那种能力是凡人们与生俱来的。他觉得有点尴尬。

“苏珊有根拨火棍，你知道吧。”那孩子似乎是想帮他。

哦，嗯。是啊。我的天哪。

“我觉着——觉得你们都已经知道了。上周，她抓住一个吓人怪的鼻子把它拎起来了。”

死神努力不去想象这个场景。他认定是自己听错了。但是不论他怎样重新排列这句话，其中的含义都没能变得更好。

“我把高文的袜子给他，然后再回来看。”那孩子说着就走了。

呃……苏珊？死神赶紧请求援助。

苏珊拿着一把黑色的茶壶从厨房里出来。

她身后还跟着一个人。在昏暗的灯光中，一把剑闪耀着蓝色的光芒。一只玻璃眼睛反射着蓝光。

“哎呀，”茗时看了死神一眼，平静地说，“真是出人意料啊。

这是家庭聚会吗？”

那把剑晃了晃发出嗡嗡声。

茗时说：“我在想，有没有可能杀掉死神呢？这是一把非常特殊的剑，在这里肯定能够使用……”他抬手捂住嘴，之后轻轻笑了一下。“多半也不算谋杀，只是普通的公民行为。照他们的说法，这是‘大家伙’。站起来，先生。你肯定了解自身的弱点，而苏珊毫无疑问绝对会死，所以我希望你千万不要搞什么最后的手段之类的。”

我本身就是最后的手段。死神说着站起来。

茗时小心地绕着圈子，剑尖在空气中画出弧线。

隔壁房间似乎有人想要轻轻吹口哨。

苏珊看了看外公。

“我记得他们没有要能发出声响的礼物。”她说。

哦，袜子里肯定有能够发出声音的东西，死神说，**不然凌晨四点半还能做什么呢？**

“这里有小孩？”茗时说，“对，当然有啊。叫他们来。”

“绝对不行！”

“这是有好处的，”茗时说，“有教育意义。你的对手是死神，那无论如何你也只能当好人了。”

他用剑指着苏珊。

“我说，叫他们来。”

苏珊满怀希望地看了看外公。死神点点头。她觉得自己似乎看见他的一只眼窝里闪过一点火光，对死神来说，那就是挤挤眼睛。

他有计划，他能让时间停止，他无所不能，他有计划。

“高文？泰拉？”

隔壁房间里鬼鬼祟祟的声音停下来。一阵脚步声后，两张严肃的面孔出现在门口。

“进来，进来，小卷毛们。”茗时亲切地说。

高文严肃地看了他一眼。

又一个错误，苏珊心想。如果他管他们两个叫“小浑蛋”，他们肯定会立刻缠着他不离左右。他们知道大人什么时候要送他们去睡觉。

“我抓住了这个吓人怪，”茗时说，“我们该怎么处理他呢？”

两个孩子转向死神。泰拉把拇指放进嘴里。

“这只是个骷髅。”高文很不以为然。

苏珊张了张嘴，那把剑立刻朝她挥过来。她赶紧闭嘴。

“对，一个很坏很恐怖很讨厌的骷髅，”茗时说，“很吓人，对吧？”

泰拉把拇指从嘴里拿出来，发出很轻微的“噗”的一声。

“他在吃饼饼。”她说。

“饼干。”苏珊下意识地纠正。她仿佛心不在焉似的晃动着茶壶。

“一个穿黑袍的恐怖骷髅！”茗时发现事情的走向有点不对。他转头对苏珊说：“你在摆弄那个茶壶。所以我认为你是想做一些很有创意的事情。请你把它放下，慢慢地放。”

苏珊轻轻蹲下，把茶壶放在了壁炉边。

“嗯，并不吓人，只是骨头而已。”高文随意地回答，“马厩的马夫威利答应过要给我一个真正的马的骷髅。我要用它做个塔克提库斯将军那样的帽子，将军想要吓人的时候就戴那种帽子。再说他只是站在这里，又没有发出那种呜呜呜的声音。而且你才比较可怕吧，你的眼睛好奇怪。”

“真的吗？那我们就看看我能有多可怕吧！”茗时回答。他举起剑，蓝色的火焰在剑身上噼啪作响。苏珊握住拨火棍。

茗时看到苏珊转身。他走到死神身后举起剑……

苏珊抬手把拨火棍扔了出去。棍子发出嗡嗡的声响从空中飞过，带出一串火花。

它击中死神的袍子消失了。

死神眨眨眼睛。

茗时朝着苏珊笑了笑。

他转身有些迷糊似的看着手里的剑。

剑从他手中落下。

死神在剑落下的同时握住剑柄，剑身一转，画出向上的弧线。

茗时低头看着插在自己胸口的拨火棍，然后倒了下去。

“啊，不，”他说，“棍子不可能从你身体里穿过去。你穿着袍子，还有好多东西挡着！”

又是轻轻的“噗”的一声，泰拉把拇指从嘴里拿出来，“它只杀死怪物。”

“马上停止时间！”苏珊喊道。

死神打了个响指。房间里顿时陷入一片灰紫色的光芒中，时间静止了。钟没了声响。“你朝我眨了一下眼睛！我以为你有计划！”

确实。啊，确实。我计划看你怎么做。

“只是这样？”

你很聪明。你确实接受了不错的教育。

“什么？”

我确实加了些火花和声音。我觉得那样挺好看。

“万一我什么都没做的话怎么办？”

我确实有一些想法，在最后时刻使用。

“刚才就是最后时刻！”

总有时间再安排一个别的最后时刻。

“孩子们看见了！”

很有教育意义。世界很快就会告诉他们怪物无处不在，但是至少

要让他们记住还有拨火棍。

“他们看到的是一个人——”

我认为他们很清楚他是什么。

死神踢了踢倒在地上的茗时。

别装死了，米——英——斯——希先生。

刺客的鬼魂像玩偶匣里的小丑一样跳了出来，脸上带着那种疯疯癫癫的笑容。

“你挺得意呢！”

当然了。

茗时渐渐消失。

我把尸体带走，死神说，**免得出现一些不好应付的问题。**

“他做这些事情到底是为什么？”苏珊说，“有什么原因？为了钱？为了权力？”

有些人只是出于纯粹的爱好而去做事情，死神说，**或者是为了出名，或者是为了违反禁忌。**

死神扛起那具尸体。有个东西在壁炉处弹了一下。他转过身，犹豫地问：

呃……你知道那个拨火棍可以从我身体里穿过去吧？

苏珊发觉自己有些惊讶。

“当然知道。在这个屋子里，拨火棍很厉害的。”

你一点都不怀疑？

她犹豫了一下，笑起来。

“我很自信的。”

啊。她外公看了她一会儿，她察觉到一丝丝轻微的不确定。**当然。当然。对了，你愿不愿意从事更大规模的教学活动？**

“没有这个打算。”

死神朝阳台走去，他似乎又想起一点别的事情，于是在袍子里摸索了一阵。

我给你做了这个东西。

苏珊接过来一看，原来是个湿乎乎的方形纸盒，盒子底下都滴水了。盒子里头有几片棕色羽毛，像是粘上去的。

“谢谢。呃……这是什么？”

阿尔伯特说上面必须有雪，不过雪融化了，死神说，**这个当然是一张圣猪节卡片啊。**

“哦……”

本来还该有一只知更鸟的，但是我实在没法把它固定在上头。

“啊……”

它就是不肯合作。

“是吗……”

它完全不懂圣猪节的精神。

“哦，嗯，也挺好。外公？”

什么事？

“为什么？你为什么要做这些事？”

死神想了好一会儿，似乎在努力整理措辞。

最终，他回答：**我觉得这么做一定能有所收获。是的，就是这个意思。因为人类太有趣了，连无聊都能发明出来，真的很让人惊讶。**

“哦。”

嗯，总之……圣猪节快乐。

“好的。圣猪节快乐。”

死神在窗边站了一会儿。

晚安……所有的孩子们。

渡鸦停在一根积雪覆盖的木头上。他伪装的红色胸脯已经撕坏了，被拖在身后。

“连搭个便车回家都不行。”他说，“喂，来看看这里？到处都是雪和冰冻的垃圾。我真的寸步难飞了。我简直要当场饿死了，你知道吗？哈！最近人人都说着循环利用，但是你一提应用生态学，他们就……就……装傻充愣了。哈！知更鸟肯定就能搭到便车回家，肯定能。”

吱吱。鼠之死神很同情地说，然后四处嗅了嗅。

渡鸦看着那个戴兜帽的身影在雪地里跑来跑去。

“我就只能在这里冻死了，对不对？”他阴沉沉地说，“只剩下一堆可悲的羽毛，外加我的小爪子被冻得蜷起来。甚至不能让别的动物饱餐一顿，我跟你说，瘦成皮包骨而死很可耻，我们种族——”

它忽然发现积雪之下有一块脏兮兮的白色。老鼠继续挖下去，露出一块像是耳朵的东西。

渡鸦看着那东西。“是一头羊！”它说。

鼠之死神点头。

“一整头羊！[1]”

吱吱。

“哇！”渡鸦说着跳上去啄它的眼睛。“嘿，还没凉透呢。”

鼠之死神愉快地拍拍它的翅膀。

吱吱咿克，咿克吱吱……

“谢谢。也祝你……”

---

1 那是一头因自然原因在睡梦中死去的羊。衰老而死。度过了漫长愉快的一生，对一头羊来说已然死而无憾。它大概很高兴知道自己死后还能帮助其他动物……

很远很远的某处，很久很久以前的某个时间，一家商店的门被打开。一个矮个子玩具制造商从后头的工作间里跑出来，他突然停下脚步，以某种惊人的远见卓识死去了。

你们橱窗里有一个很大的木质摇摇马？新来的客人问道。

“啊，对对对。”店长紧张地摆弄着自己的方框眼镜。他没听见店门口的铃响，这点让他很焦虑。“但是那个木马只是用来展示的，它已经被预订了，是一位爵士——”

够了。我买下来。

“不行，因为，您看——”

店里还有其他玩具吧？

“虽然有，但是——”

那我就买这匹马。爵士给你们多少钱？

“呃，定价20元，不过——”

我出50元，那位客人说。

这个小个子店主不说话了，他半是不满半是贪婪地抬起头。确实有别的玩具，他对充满先见之明的自己说。而这位客人，看起来不是个能容许别人拒绝的人，甚至连问都不会问。塞拉齐阁下会生气，不过他现在又不在这里。这位陌生人却在这里，确凿无疑地在这里。

“呃……既然如此……嗯……我帮您包起来吧？”

不用了。我就这样拿走吧，谢谢。我从后门出去，如果你不介意的话。

店主打开橱窗取出木马，顺口问道：“呃……你是怎么进来的？”

穿墙进来的。比走烟囱方便多了，你说是吧？

这位怪人说着把一个叮当作响的钱袋放在柜台上，轻松扛起木马。店主觉得自己要撑不住了。昨天的晚餐仿佛在威胁说要离家出走。

那人看了看别的货架。

你做的玩具挺不错。

“呃……谢谢。”

那人准备出门了，忽然说：**对了，外头有个小男孩鼻子冻在橱窗上了。可以弄点热水帮他解冻。**

死神走出玩具店，冰冰在雪地上等着他，他把木马绑在鞍子后面。

阿尔伯特肯定会很高兴的。我简直等不及想看他的表情了。嚯。嚯。嚯。

圣猪节的晨曦照进幽冥大学的塔楼时，图书管理员溜进大厅，他脚上还牢牢粘着几页乐谱。

圣猪节的晨曦照进幽冥大学的塔楼时，校长回书房坐下，舒了口气，脱下靴子。

这真是非常漫长的一夜，毫无疑问。发生了很多怪事。资深数学家流泪就是其中之一，他还是头一次见。

瑞克雷看了看通往新浴室的门。嗯，他已经处理完了那些麻烦事，现在去洗个温暖的淋浴肯定会令人振奋。然后就可以干净清爽地去参加管风琴合唱活动。

他摘下帽子，有人伴随着丁零零的声音掉落下来。一个小地精在地上滚了几圈。“咦，又来一个啊。我以为都清理干净了呢，”瑞克雷说，“你是什么？”

地精紧张地看着他。

“呃……每次有另外的魔法出现，你就能听见声音，铃声之类的，对吧？”它的表情显示，它心里知道接下来要坦白的事情很可能会招来一顿抽打。

“然后呢？”

地精拿起一个很小的手摇铃，紧张地晃了晃。铃铛发出悲伤的丁零零零零的声音。

“挺好听对吧？那是我弄出来的声音。我是丁零零零零精灵。”

“滚！”

“我还有发光的仙尘，不仅发光还有‘铮’的一声。你喜欢的话……”

“滚出去！”

“《圣有蹄类之歌》你喜欢吗？”地精很绝望地说，“很应景。很好听。一起来唱唱吧。是这样唱的：圣（咣）有蹄类（咣）的铃铛（咣）啊……”

瑞克雷抄起橡皮鸭子朝它砸去，地精沿着浴室管道跑了。边跑边骂，同时手摇铃还不断发出丁零零的声音。

最终在一片美好的宁静中，校长脱下了袍子。

图书管理员打完气之后，管风琴室的铆钉都在呼哧呼哧响。他满意地爬到座位上，然后十分满意地看着面前的键盘。蠢蛋约翰逊在音乐方面的成就和他在其他领域的成就不相上下，他的天才如同霜冻席卷土豆田一样在各个领域肆虐。他说：要响亮，要大，要包罗万象。结果就制造出了幽冥大学的巨大管风琴，这架管风琴是世界上唯一一架能将电闪雷鸣和碾压蛤蟆的声音演奏成交响乐的东西。

温水从马斯特朗·瑞克雷的尖顶浴帽上流下来。

约翰逊先生虽不是刻意为之，但他确实制造了一个完美的浴室——至少这里非常适合唱歌。回音和共鸣管道消除了歌声中的一切瑕疵，哪怕是最业余的歌手也能唱出浑厚悠长的声音。

于是瑞克雷放声歌唱。

“——我离开嗒嗒嗒嗒嗒，去做个什么事，带上嗒嗒嗒嗒嗒，我看到一个非常美丽的少——嗷嗷——女，于是我——”

管风琴管道中充满能量，它们发出嗡嗡的声响。图书管理员咔咔掰了几下手指关节。整理关节花了些时间，接着他拉下减压阀。

嗡嗡声变成了急促的敲打声。

他非常小心地踩下离合器。

管风琴的声音穿过墙壁传入浴室，瑞克雷不唱歌了。

洗澡期间还有音乐？他心想，还真是周到。但是被浴室的墙壁管子挡住了，真可惜。

就在此时他看到了一个很小的杆子上面写着“音乐管道”。

瑞克雷从来不会去考虑每个开关是干什么用的，因为按下去了自然会知道。所以他拉下那个杆子。但是并没有他预想中的音乐声，几块大板子打开，他被无声无息地推到一旁，板子下面露出一排排黄铜喷嘴。

图书管理员十分陶醉，他乘着音乐的翅膀尽情梦想。他双手双脚在键盘上飞舞，声音渐次加强，《泡沫灾祸组曲》的第一乐章结束。

他一只脚踩上“加力燃烧室”挡杆，另一只脚打开氮氧气缸的阀门。

瑞克雷拍了拍喷嘴。

什么事都没发生。他又看了看那些控制开关，忽然发觉自己从未动过“管风琴互锁”的那个黄铜杆。

于是他拉了一下。但此举并没有给沐浴带来更加美好的体验。只是发出“砰”的一声，接着远处某个咕噜咕噜的声音变得越来越响亮。

他没再管这个开关，又回去给自己胸口抹香皂。

“——鹿群奔跑，玩耍……嗯？怎么——”

那天晚些时候，他叫人再次把浴室钉起来，并且在门上挂了个通告，上面写道：

“任何情况下均不可使用。切记。”

不过莫多钉钉子的时候并没有把钉子都钉死，钉子都留了一截在外头，下次有人想开门的时候就方便拔出来了。他从不猜测也从不抱怨，他只是深知巫师们的想法而已。

他们老是找不到肥皂。

庞德和学生们小心翼翼地看着小六。

“它不能就这样死机啊，你说是吧。”艾德里安·呆鸟·萝卜籽说。

“蚂蚁都不动了，”庞德叹了口气，“好吧，把那个东西放回去。”

艾德里安小心地把一个毛茸茸的小泰迪熊放在小六的键盘上头。各种东西马上运行起来。蚂蚁又开始干活了。老鼠也开始吱吱叫了。

他们试了三次。

庞德又一次看着小六写下的那个句子。

+++我的！哇哇哇！+++

他郁郁不乐地说：“只要把小六的毛绒泰迪熊拿走它就不工作了，我不想把这件事告诉校长。我不想住在那样一个世界里。”

“呃，”呆鸟说，“其实，你可以说它必须要在启动TDX的情况下才能工作……”

“你觉得这么说比较好吗？”庞德有些犹豫。TDX听起来根本不像是个泰迪熊。

“跟‘毛茸茸的泰迪熊’相比确实好点儿？”

庞德点头：“是要好点。”

高文对苏珊说，在圣猪老爹赠送的所有礼物中，他最喜欢那个弹珠。

苏珊问，是什么弹珠？

高文说：是我在壁炉里找到的一颗玻璃弹珠。是一颗战无不胜弹珠。它总会往不一样的方向滚。

乞丐们沿着他们古怪的路线穿过城区街道，偶尔还走一段回头路，在这个清新的早晨，雪又下了起来。

偶尔有人开心地打个嗝儿。他们都戴着纸帽子，只有脏鬼老罗除外，因为他把自己的帽子吃了。一个锡罐在他们几个人手里轮流转。锡罐里装的是上好的葡萄酒混合烈性酒，再加上一些横行者阿诺德从费卓路油漆厂后面偷来的东西。

“那个鹅真好吃。”鸭人一边剔牙一边说。

“我很惊讶你居然吃了，连同你头上的鸭子一起吃了。”棺材亨利一边擤鼻涕一边说。

“什么鸭子啊？”鸭人问。

“那个很油的东西是啥呢？”横行者阿诺德问。

“那个啊，亲爱的朋友，那个是鹅肝酱。我敢打赌，是从热努阿运来的。真的非常好吃啊。”

“吃了不会胖吗？”

“啊，世界上满是吓人的食物啦！”鸭人开心地说。

他们陆陆续续来到最喜欢的餐厅的后门。鸭人迷迷糊糊地看着餐厅，眼中充满模糊的回忆。

“我曾经每天晚上都来这里吃饭。”他说。

“为什么不来了呢？”棺材亨利问。

“我……我也不知道，”鸭人说，“记不清楚了。当年……我觉得我是另一个人。但是，”他说着拍拍阿诺德的头，“俗话说得好：‘跟朋友共享破靴子胜过跟仇人吃小牛排。’过来，老罗。”

他们让脏鬼老罗坐在餐厅后门门口，然后敲了敲门。服务生一开门，脏鬼老罗就朝他笑，露出所剩无几的牙齿和那出了名的口臭。“一千只手和虾！”他说着摸了摸自己的前额。

“致以节日的问候。”鸭人帮他翻译道。那个服务员想关上门，但横行者阿诺德已经准备好了，他把自己的靴子卡在门口[1]。鸭人说：“也许你更希望我们午餐时间再来？顺便给客人们唱首圣猪节快乐歌？”棺材亨利在后头发出一阵火山爆发一样的咳嗽，那声音听起来就黄绿黄绿的。他说：“当然是免费的。”

“毕竟是圣猪节呢。”阿诺德说。

这群乞丐就算是放在乞丐行会里，也是名声很坏的那种，以他们自己的低端标准而言，他们过得很不错。那个标准是根据“必然性法则”精心制定的。只要他们愿意走开，人们就会给他们各种东西。

几分钟后，他们就推着快乐的阿诺德走开了，阿诺德的轮椅上摆满了各种草草包起来的东西。

“大家都很善良。”鸭人说。

“一千只手和虾。”

阿诺德查看他们收到的慈善捐助，大家推着他的轮椅灵活地绕过水洼和积雪。“尝起来……挺熟悉的。”他说。

“怎么个熟悉法？”

“像泥巴和破靴子。”

“喂！那可是很时髦的食物啊。”

“是啊，是啊……”阿诺德嚼了几口，“你觉不觉得，我们突然都时髦起来了？”

“不知道。你时髦吗，老罗？”

---

1 阿诺德虽然没腿，但是在街上走着，总是随时会用到靴子。棺材亨利给他的靴子装了根棍子。阿诺德真是离不开那只靴子了。有些劫匪实在陷入困境的时候就跑去抢乞丐，结果发现自己被一个三尺高的人踢中了脑门儿。

“滚蛋吧。”

“嗯。我听着像是挺时髦的。”

雪慢慢落在安科河上。

“总之……新年快乐，阿诺德。”

“新年快乐，鸭人，祝你的鸭子也快乐。”

“什么鸭子？”

“新年快乐，亨利。”

“新年快乐，老罗。”

“混账东西！”

“神仙保佑我们所有人。”横行者阿诺德说。

大雪遮蔽了他们的身影。

“什么神？”

“不知道。你知道什么神？”

“鸭人？”

“什么事，亨利？”

“你刚才说到小牛排来着？

“小牛排怎么了，亨利？”

“为什么会‘小’呢？因为牧草不够吗，还是别的原因？”

“啊……这个，只是修辞手法，亨利。”

“不是牛吗？”

“不完全是。我的意思主要是——”

街上很快只剩下一片白雪。

片刻后，太阳出来，雪融化了。

读客

激发个人成长

多年以来，千千万万有经验的读者，都会定期查看熊猫君家的最新书目，挑选满足自己成长需求的新书。

读客图书以“激发个人成长”为使命，在以下三个方面为您精选优质图书：

1. 精神成长

熊猫君家精彩绝伦的小说文库和人文类图书，帮助你成为永远充满梦想、勇气和爱的人！

2. 知识结构成长

熊猫君家的历史类、社科类图书，帮助你了解从宇宙诞生、文明演变直至今日世界之形成的方方面面。

3. 工作技能成长

熊猫君家的经管类、家教类图书，指引你更好地工作、更有效率地生活，减少人生中的烦恼。

每一本读客图书都轻松好读，精彩绝伦，充满无穷阅读乐趣！

图书在版编目（CIP）数据

新手死神. 4, 拯救老爹/(英) 特里・普拉切特著；王爽译. --
郑州：河南文艺出版社, 2020. 5
ISBN 978-7-5559-0974-3

Ⅰ. ①新… Ⅱ. ①特… ②王… Ⅲ. ①长篇小说 - 英
国 - 现代 Ⅳ. ①I561.45

中国版本图书馆CIP数据核字（2020）第048547号

著　　者	［英］特里・普拉切特
译　　者	王　爽
责任编辑	张恩丽
特邀编辑	朱写写　　张楚悦
策　　划	读客文化
版　　权	读客文化
封面设计	汪　芳
出版发行	河南文艺出版社
印　　刷	三河市龙大印装有限公司
开　　本	890mm ×1270mm 1/32
印　　张	10.5
字　　数	265千
版　　次	2020年5月第1版　2020年5月第1次印刷
定　　价	42.00元

如有印刷、装订质量问题，请致电010-87681002（免费更换，邮寄到付）